पत्थर युग के दो बुत

आचार्य चतुरसेन के इस उपन्यास में
सभी पात्र अपने पति या पत्नियों
के अतिरिक्त अन्य व्यक्तियों
के प्रति आकृष्ट हैं।
वे सांपों की इस घाटी में
आंख मूंदकर बढ़ते चले जाते हैं और तब तक नहीं रुकते
जब तक विनाश सामने नहीं आ जाता।

स्त्री-पुरुष के विवाहेतर संबंध
अनुचित होते हुए भी अस्वाभाविक नहीं हैं
इस विषय का मनोरंजक वर्णन
आचार्य श्री चतुरसेन के अतिरिक्त कौन
कर सकता है!
शुरू से आखिर तक गुदगुदाने वाले
इस उपन्यास में आप डूब-डूब जाएंगे।

पत्थर युग के दो बुत

आचार्य चतुरसेन

डायमंड बुक्स

www.diamondbook.in

प्रकाशकाधीन

प्रकाशक : **डायमंड पॉकेट बुक्स (प्रा.) लि.**

X-30 ओखला इंडस्ट्रियल एरिया, फेज-II

नई दिल्ली- 110020

फोन : 011-40712200

ई-मेल : sales@dpb.in

वेबसाइट : www.diamondbook.in

Patthar Yug Ke Do Boot

By - Acharya Chatursen

रेखा

आज यह उनका पांचवां 'बर्थडे' है; शादी के बाद। जिनमें से वे केवल एक में ही घर पर हाज़िर रहे-पहले ही बर्थडे पर, जो शायद हमारे विवाह के पांच महीने बाद ही पड़ा था। उस समय तक तो मेरे मन का संकोच और झिझक भी नहीं मिटी थी। उस समय मेरी आयु इक्कीस बरस की थी, और उनकी बत्तीस बरस की। वे केंद्र में उस समय वित्त मंत्रालय में उपसचिव थे। उनका रुआबदार चेहरा, मेघ-गर्जन-सा स्वर-घोष, बलिष्ठ गौर शरीर, बड़ी-बड़ी उभरी हुई आंखें, उठी हुई नाक और धीर-गंभीर भाव-भंगिमा तब ऐसी थी कि मैं उन्हें देखते ही सहम जाती थी। बातचीत का उनका ढंग हाकिमाना था। सब बातों में जैसे वे आज्ञा ही देते थे। नौकर-चाकर, चपरासियों की-पी. ए., सेक्रेटरी और दफ्तर के दूसरे कर्मचारियों की एक फौज सदैव उनके पीछे लगी रहती थी। एक के बाद दूसरे फाइलों के गट्ठर लेकर उनके दफ्तर के कर्मचारीगण आते, सहमे-सहमे-से उनकी कुर्सी के पीछे अदब से खड़े होते, उनके हस्ताक्षर कराते। हस्ताक्षर करते-करते वे बीच-बीच में कुछ प्रश्न करते। प्रश्नों का उत्तर देते हुए उनके पी. ए. सेक्रेटरी की ज़बान लड़खड़ा जाती। उनके नेत्रों से नेत्र मिलाकर जवाब देने का किसी को साहस न होता-बहुधा उनमें से अनेक के चेहरे पर पसीना आ जाता। चपरासी पत्थर की मूर्ति की भांति घंटों अचल उनके संकेत की प्रतीक्षा में खड़े रहते। यह सब मैं देखती-और देखकर मैं भी उसी भांति जड़-स्तब्ध रह जाती। उनके निकट जाने, उनसे बात करने में मुझे डर लगता था। मैं घबरा जाती थी। क्यों न घबराती भला? मैं तो एक साधारण गृहस्थ की कन्या हूं। मेरे पिता के घर पर केवल एक ही नौकर घर का सब काम-धंधा करता था। पिताजी उसके साथ परिवार के एक सदस्य की भांति ही व्यवहार करते थे। वह हमारा पुराना नौकर था। मुझे उसने बचपन में गोद

खिलाया था। वह मुझे 'बिटिया रानी' कहता था। विवाह होने के बाद तक भी वह इसी तरह कहता रहा। मैं उसे 'दद्दा' कहती थी। मां उसे बहुत मानती थीं। और वह हमारे सारे ही दुःख-सुख में सम्मिलित था। पिता की मैं इकलौती बेटी हूं। तीन भाई हुए, और जाते रहे। मां उनकी याद कर-करके रोती रहीं। बहुत बार उन्होंने मुझे छाती से लगाकर मेरे भाइयों की स्मृति में आंसू बहाए। कदाचित् इसी से माता और पिता का समूचा प्यार मुझ अकेली पर उमड़ आया था। इतना प्यार भी किसी को मिल सकता है, यह मैं तब नहीं, पर अब सोचती हूं-उनसे दूर होकर उनकी स्नेहमयी गोद से छीनी जाकर।

आरंभ में पिताजी ने मझे स्वयं ही पढाया। उस पढाने में कितना दलार था! ये बचपन की बातें हैं पर उन्हें भूली नहीं मैं। भूल सकती भी नहीं हूं। इसके बाद स्कूल-कालेज, कालेज की सहेलियां, विवाह के पूर्व का वह निर्द्वंद्व जीवन, जब शैशव विदा हो रहा था और यौवन आंख-मिचौनी के खेल खेल रहा था, गुदगुदाता था, खिलखिलाता था, छूता था, पर दीखता न था। कैसा मनमोहक था वह खेल,! कितना मन को भाता था! कितना हंसती थी मैं, और कितनी बातें करती थी-आज सोचती हूं तो सोचती ही रह जाती हूं। बात-बात पर मचलती, मां की गोद में गिर जाती, जैसे अभी भी मैं एक दूधपीती बच्ची थी। और मां भी अभी जैसे मुझे वैसी ही दूधपीती बच्ची समझती थीं। ऐसा दुलार करती थीं। मुझे तो याद नहीं, मैंने कभी मां का कोई अपराध किया हो, या मां ने मेरी कोई भूल-चूक अपराध मानी हो। और पिताजी, बेचारे ऐसे निरीह-निष्पाप-ज्यों-ज्यों मैं बड़ी होती गई, मेरे अनुगत होते गए। उनपर मैं निर्द्वंद्व शासन चलाती, जो चाहती करा लेती। मेरी किसी इच्छा में वे बाधक न हुए। मेरी हर त्रुटि पर वे हंस देते। मेरे हर हठ को वे आंखों पर लेते। सयानी होने पर मैं मां के साथ घर के कामों में हाथ बंटाती। पिताजी के लिए एकाध सब्जी अपने हाथ से ज़रूर बनाती। पिताजी मुझे 'राजा' के नाम से संबोधन करते थे। वे मुझे पुत्री नहीं, पुत्र मानते थे। उनके मुंह से 'राजा' सम्बोधन कितना प्यारा लगता था मुझे! आज भी मेरे

कानों में वह प्यारा संबोधन गूंजता रहता है। चाय को तनिक देर हुई कि पिताजी कहते-राजा बेटा, आज हमें चाय नहीं मिली! और मैं घर-आंगन में अपनी अल्हड़ हंसी बिखेरती जाती उनके पास चाय का प्याला लेकर।

वे दिन मेरी आंखों में अब भी बस रहे हैं। अभी केवल पांच ही बरस तो हुए। मेरे रक्त की प्रत्येक बूंद में रमे हुए हैं वे दिन, भला भूल कैसे सकती हूं! परंतु मुझे इस ज्वलंत वैभव में धकेलकर जैसे वे चिरपरिचित प्रिय दिवस चले गए, वैसे ही चले गए मेरे वे माता-पिता-मेरी आत्मा के आधार और मेरे जीवन के निर्माता, प्रेम, न्याय, तप और आत्मदान के महादाता।

उस घर में और इस घर में भला क्या समता? उस जीवन और इस जीवन में तो ज़मीन-आसमान का अंतर है। अब तो मैंने अपने को इस जीवन का अभ्यस्त बना लिया है, सब कुछ परच गया है; पर तब तो सब कुछ पराया-सा, अटपटा-सा अपरिचित-सा, अग्राह्य-सा लगता था।

हां, मैं उनकी बात कह रही थी। यही बात उनके संबंध में थी। बहुत साहस करने पर भी मैं उनके निकटतम न हो सकी, बहुत दिन तक। ऐसा प्रतीत होता था-एक पर्वत मेरे सम्मुख खड़ा है, कैसे इस पर चढ़ूंगी! मेरे नन्हे-नन्हे पैर घायल हो जाएंगे। कितना ऊंचा, कितना बड़ा, कितना कठोर है यह पर्वत! फिर भी सुशोभन है, दर्शनीय है, भव्य है। ऐसा ही तो दुरूह था उनका व्यक्तित्व! पर वे मेरे हैं, यह एक बात मेरे मन में दिन में सौ बार उठती थी-वे आंखों के सामने रहते थे तब भी, और नहीं रहते थे तब भी। यही बात मां ने मुझसे कही थी, जब उन्होंने आंसुओं से अपनी छाती तर कर ली थी। और वही एक बात कहकर मुझे उनके साथ भेज दिया था। वे मेरे हैं, यह तो खैर मैं समझ गई, जान गई, किंतु क्यों हैं यह न जान पाई-न तब, न अब, पांच साल बीत जाने पर भी। कभी सोचती, मेरे स्वामी हैं; पति स्त्री का स्वामी होता है-यह तो मैंने बहुत पुस्तकों में पढ़ा था, बहुत जगह सुना था, तो मैं सोचती, वे मेरे स्वामी हैं, फिर

सोचती, पति हैं। स्वामी क्यों! पर ज्यों-ज्यों निकट होती गई, परदा दूर होता गया, तन का भी और मन का भी। तब सोचने लगी-स्वामी नहीं, सखा हैं। ऐसे भी क्षण आए जब सोचना पड़ा-सब कुछ हैं। अथवा हम दो नहीं हैं, अभिन्न हैं। वे मैं हूं, और मैं वे हैं।

उन्होंने जब पहली बार मुझे अपनी बलिष्ठ भुजाओं में कसकर मेरे अछते अधरों पर अपना प्रथम नर्म-गर्म चुंबन अंकित किया, तब मुझे ऐसा प्रतीत हुआ जैसे अकस्मात् ही किसी दुर्दम्य शक्ति ने मुझे उछालकर उस दुरारोह पर्वत की उत्तुंग चोटी पर फेंक दिया। भीति और आनंद ने मुझे झकझोर डाला। मैं हांफने लगी। परंतु इसके बाद मैं जैसे वह छोटी-सी निरीह बालिका न रह गई। नारी की गरिमा ने जैसे मुझे दबोच लिया। मैंने उस पर्वत के उत्तुंग शिखर पर से देखा, सारा संसार तुच्छ-सा, छोटा-सा लग रहा था। और उसके बाद मैंने देखा उनका स्वच्छंद हास्य, उज्ज्वल आह्लाद, उल्लास, उज्ज्वल प्यार और प्यार का अकथ उन्माद, विलास और भोग का ऐश्वर्य जो अब मेरे चारों ओर बिखर बह रहा था, समेटे से न समेटा जा सकता था। अनिर्वचनीय था वह। मैं छक गई थी; किंतु वे? वे बिखेरे जा रहे थे, आनंद का, प्यार का, उन्माद का अटूट प्रवाह, पहाड़ी निर्झर की भांति झर-झर-झर-झर।

यह सब उनके उस रूप से भिन्न था, जो मैंने आने पर देखा था, जिसने मुझे भयभीत कर दिया था। मैंने जाना-उनकी वह महत्ता, शान और प्रभाव औरों के लिए है, मेरे लिए प्यार है, हास्य है, आलिंगन है, चुंबन हैं, आत्मार्पण है। यह देखकर मेरी भीति भाग गई। अभिन्न दृष्टि उदय हुई। प्यार का एक अंकुर उगा और देखते ही मुझे-मेरे आपे को अतिक्रांत कर गया। भूल गई मैं अपने को-अपने नारी जीवन को, अपने तन को, मन को, अपनेपन को। रह गई वही वज्रवत् आधारशिला, बलिष्ठ बाहुओं का वह आवेष्टन, चुंबन का वह महादान। और मैं गरिमा में डूब गई। कहां गया वह शैशव व बाल-लीला, माता-पिता का वह लाड़-प्यार, जिसे जीवन का अब तक आधार समझती रही। अब तो ऐसा लग रहा था-वह सब तो एक स्वप्न था-वास्तविक

जीवन तो अब आरंभ हुआ है; इक्कीस वर्ष की वय में। अपने ही भीतर मैंने अपने को नया जनम धारण करते देखा-इस नए जन्म के बाद मेरा जीवन भी नवीन हो गया। अब इसकी उस अतीत शैशव से भला क्या तुलना हो सकती थी!

दुर्भाग्य ही कहना चाहिए कि इस बीच मेरे माता और पिता स्वर्गवासी हो गए। पर अपने सौभाग्य के ऐश्वर्य में मैं ऐसी मदहोश थी कि यह दुर्भाग्य मुझे कुछ खला ही नहीं। यह तो मैंने समझा कि कुछ मेरा अपना खो गया, पर उससे मेरी कुछ हानि हुई, ऐसा तो मैंने समझा ही नहीं! पत्थर पड़े मेरी बुद्धि पर, मेरी स्वार्थपरता पर, मेरी मूढ़ता पर! मैं ऐसी मतवाली हो गई कि माता-पिता की उस गोद को एकबारगी ही भूल गई-जिसने पूरे इक्कीस बरस तक अपने वात्सल्य से मुझे यौवन के राजसिंहासन पर ला बिठाया था। हां, मैं रोई थी, पर उन्होंने मुझे अधिक रोने नहीं दिया, मेरे आंसू-भरे नेत्रों पर चुंबन के अनगिनत अंक अंकित करके गीली आंखों को सूखा कर दिया। मैंने देखा, तिनके का सहारा खोकर मुझे अब विशाल वटवृक्ष का सहारा मिल गया। संसार की सब पुत्रियों की भांति मैं भी मूढ़ अहम्मन्यता की शिकार बन गई। माता-पिता को मैं भूलती चली गई।

और अब आया उनका जन्मदिन। उनका यह बत्तीसवां जन्मदिन था। पर मेरे लिए पहला ही था। अभी पांच ही महीने तो मुझे ब्याहकर आए हुए थे। इसी बीच प्यार के सुख और माता-पिता के बिछोह के दुःख ने मुझे झकझोर डाला था। मैं कुछ खोई-खोई-सी रहती थी। वे आफिस जाते तो मैं घर में सोते-जागते, उन्हीं का स्वप्न देखती। वही आलिंगन, वही चुंबन, वही वज्रहास पहाड़ को हिला देने वाला, वही वज्र-वक्ष और प्यार की चितवन एवं अतीन्द्रिय आनंद का चरम आदान-प्रदान। मेरा सूक्ष्म शरीर मंडराता रहता उनकी मानस-मूर्ति के चारों ओर; दुनिया में और भी कहीं कुछ है, मैं नहीं जानती थी, नहीं देखती थी। मेरे शरीर के भीतर मेरे रक्त की प्रत्येक बूंद में उनकी कमनीय मूर्ति बसी थी, और मेरे नेत्रों के बाहर सूरज के प्रकाश में सुशोभित रंगीन विश्व में तथा धवल चंद्र-ज्योत्स्ना की उज्ज्वल छटा में वे ही दीख पड़ते थे-केवल वे ही।

और जब वे सशरीर मेरे सामने आ खड़े होते थे तब मैंने विश्व में असंख्य रूपों में बिखरी हुई उनकी मूर्तियां सिमटकर एकीभूत हो गई हों-ऐसा मुझे भान होता था। क्या कहूं मैं अपनी बात, मैं दीवानी हो गई थी। मैं होश-हवास खो बैठी थी। किस भाग्यवती को कभी प्रेम का ऐसा भयानक बुखार चढ़ा होगा! किस नारी ने प्रेम का यह उज्ज्वल उत्कट रूप देखा होगा!

एक दिन अकस्मात् ही उन्होंने आकर मुझसे कहा, "आज मेरा बर्थडे है।" और पांच सौ रुपयों के नोटों का गड्डर मेरे हाथ में थमा दिया। "कुछ मित्र भी आएंगे शाम को, जैसा ठीक समझो, व्यवस्था करना और एक अच्छी-सी साड़ी अपने लिए ले आना।" वे तो इतना कहकर और एक चुंबन लेकर आफिस चले गए। और मैं उन नोटों के गड्डर को हाथ में लिए जड़ बनी बैठी रही। क्या करूं, मेरी समझ में नहीं आ रहा था। बचपन में मेरे माता-पिता मेरा जन्मदिन मनाते थे। मेरे लिए मिठाइयां आती थीं, नए कपड़े आते थे, खिलौने और सौगात आती थीं, पर वे सब तो बचपन की बातें हैं। ये तो बच्चे नहीं हैं, फिर यह बर्थडे कैसा मनाया जाएगा! परन्तु शीघ्र ही मेरी जड़ता दूर हो गई। मन स्फूर्ति से भर गया। तभी आफिस का चपरासी भी उपस्थित हुआ। उसने कहा, "गाड़ी ले आया हूं। चलिए बाज़ार से जो-जो खरीदना है ले आइए।" और मैं न जाने क्या-क्या खरीद लाई। चपरासी ने भी बहुत मदद की। मिठाइयां, नमकीन, फल, बिस्कुट, पेस्ट्री मुरब्बे, पापड़ और न जाने क्या-क्या? कौन-कौन आएंगे, यह मैं नहीं जानती थी। क्या होगा, यह भी नहीं जानती थी। पर ज्यों-ज्यों चीजें मैं खरीदती जाती थी, मेरा दिल उमंग में हिलोरें लेता जाता था। मैंने एक आसमानी रंग की साड़ी भी खरीदी। बहुत माथा-पच्ची करनी पड़ी मुझे। न जाने उनको पसंद आएगी भी या नहीं। मैंने तो अब अपना आपा ही खो दिया था-उन्हीं की आंख से अपने को देखती थी। साड़ियां पसंद ही नहीं आ रही थीं। अंत में बहुत-बहुत हिचकिचाहट के बाद एक साड़ी खरीदी और एक मफलर लिया उनके लिए भी। चपरासी से मैंने बहुत सलाह-मशवरा किया। बेचारा बूढ़ा ब्राह्मण था। और सब नौकर-चाकर आफिस वाले मुझे 'मेम साहब' कहते थे, पर यह बूढ़ा ब्राह्मण मुझे

‘मांजी’ कहकर पुकरता था। बड़ा भला लगता था मुझे उसके मुंह से मांजी कहना। मुझे याद आता था-पिता के घर का बूढ़ा नौकर रामू, जो मुझे ‘बिटिया रानी’ कहकर पुकारता था। मैंने घर के बड़े-बूढ़े की भांति इस ब्राह्मण सेवक से खूब सलाह-मशवरा करके एक-एक चीज़ खरीदी थी। कौन चीज़ साहब को पसंद होगी-इसपर मैं इस बूढ़े चपरासी की राय को एकदम महत्त्व देती रही। बहुत-सी सामग्री खरीदकर मैं लौटी।

बड़ी धूमधाम रही रात को। बड़े-बड़े आदमी आए। एक गायक ने संगीत-गान किया। हंसी-मज़ाक, चुहल, खाना-पीना खूब हुआ। स्त्रियां भी आईं। पुरुष भी आए। सबसे मेरा परिचय हुआ। नमस्कार का आदान-प्रदान हुआ। आनंद का एक निराला सामूहिक रूप मैंने देखा।

धीरे-धीरे सब लोग जाने लगे। हंस-हंसकर बधाइयां देते जाते थे, सब संभ्रांत पुरुष-स्त्री मुझे बहुत भले लग रहे थे। बर्थडे का यह त्यौहार मेरे मानस-पटल पर घर कर गया। सब चले गए-पर उनके कुछ अंतरंग मित्र भीतर के कमरे में अभी जमे बैठे थे। वहां उनका ‘ड्रिंक’ चल रहा था। इस ड्रिंक से मैं पहले अपरिचित थी। शराब वे पीते थे-यह मैं जान तो गई थी, पर शराब कैसे पी जाती है, यह न जानती थी। घर में वे शराब नहीं पीते थे। बहुत दिन बाद पता चला कि विवाह से प्रथम पीते थे-विवाह के बाद घर में बंद कर दिया था-क्लब में जाकर पीते थे। इन पांच महीनों में मैंने उन्हें एक बार भी मदहोश नहीं देखा था। शराब की तेज़ महक अवश्य उनके मुंह से आती थी; पर वह महक कैसी है, यह मैं नहीं जानती थी। शर्म के मारे पूछ भी न सकती थी। कभी-कभी मुझे सहन नहीं होती थी। फिर भी मैं अपनी ग्लानि को नहीं प्रकट करती थी। किंतु आज मैंने देखा। सबके जाने पर उनके तीन-चार अंतरंग मित्र पीने बैठे थे। मैं उस मंडली में नहीं गई। कोई स्त्री उस मंडली में न थी। सब पुरुष ही थे। यों वे मुझे बुलाकर अपने मित्रों से परिचय कराते थे। पर इस वक्त नहीं बुलाया। रात बीतती जा रही थी। पर यह मंडली तो जमी बैठी थी। रामचरण चपरासी से-उसी बूढ़े ब्राह्मण से मैंने पूछा, “वहां अब ये क्या कर रहे हैं? खाना-पीना तो सबका कब का खत्म हो चुका।” बूढ़ा चपरासी सब जानता था। रात-दिन बड़े अफसरों में रहता था। भला

उससे क्या बात छिपी थी! पर वह मुझसे सब बातें खोलकर कहना नहीं चाहता था। जब-जब मैंने पूछा, तो उसने यही कहकर टाल दिया, "अपना दिल बहला रहे हैं मांजी। खुशी के मौके पर तो ऐसा होता ही है। सब बड़े आदमी बैठे हैं।" बहुत बार पूछने पर बताता, "ड्रिंक हो रहा है।" यह ड्रिंक क्या होता है, यह भी उसने बताया तो मेरा माथा घूम गया। हे भगवान, इस तरह वे शराब पीते हैं! बहुत शराबियों को मैंने नशे में गंदी हालत में देखा था। मैं डर रही थी, बेचैन हो रही थी। आखिर बहुत देर बाद ड्रिंक का दौर खत्म हुआ। एक-एक करके वे अंतरंग मित्र भी अपनी-अपनी मोटरों में बैठकर रवाना हो गए। केवल एक रह गए दिलीपकुमार राय, गृह-विभाग के अंडर सेकेट्री। वे सबसे पहले आए थे, और सबसे पीछे गए; मैंने देखा-सीधे ढंग से नहीं, दो आदमियों ने उन्हें पकड़कर गाड़ी में डाला। वे भी मोटर तक उनके साथ थे। जब वे लौटे तो उनका रंग-ढंग देखकर मैं सकते की हालत में रह गई। उनके पांव लड़खड़ा रहे थे, और वे हकला-हकलाकर बोल रहे थे। उनके मुंह से जो शब्द निकल रहे थे, उनमें से बहुतों को मैं नहीं समझ सकी-मैं जड़ बनी हुई खड़ी उनकी यह दशा देख रही थी। वे एकाएक मेरे ऊपर झुक गए; लगे हलकी भाषा में प्यार-मुहब्बत की बातें करने, नौकर-चपरासियों के सामने ही। उनके मुंह से शराब की तीव्र गंध आ रही थी, और अब मैंने पहचाना कि यह शराब की ही गंध थी-जो सदा उनके मुंह से आती थी। उनकी इस अप्रत्याशित कुचेष्टा से मैं तिलमिला उठी और उनके आलिंगनपाश से छूटकर मैंने उन्हें पीछे धकेल दिया। वे फर्श पर गिरकर अचेत हो गए।

मैं घबरा गई। रामचरन और एक नौकर ने उन्हें पलंग पर लिटाया। लकड़ी के कुंदे की भांति वे बेहोश पलंग पर पड़े हुए ज़ोर से सांस ले रहे थे। कभी अस्फुट कुछ शब्द उनके मुंह से निकलते थे। पलंग की पाटी पर बैठी मैं उनके सिर पर हाथ फेरती बैठी रोती रही, एकांत रात्रि में नौकर-चाकर सब सोने चले गए। मैं जागती सपने देख रही थी, बचपन के सपने, मां-बाप के लाड़-प्यार के सपने, बालपने के अल्हड़ खेलों के सपने, फिर ब्याह के और उसके बाद उनके सपने-प्यार के, दुलार के, आनंद के और पहाड़ की उस ऊंची चोटी पर चढ़कर, जहां से दुनिया छोटी दिखी थी, उसके

सपने। अंतस् की आंखें सपने देख रही थीं और बाहर की आंखें सावन-भादों की झड़ी लगा रही थीं। हाय अब क्या होगा? यह रूप क्या हो गया?-मैं मूढ़ बनी यही सोच रही थी, रो रही थी। सोचती रही और फिर न जाने कब सो गई।

सुबह आंख खुली तो देखा, वे उठ चुके थे, बाथरूम से उनके गुनगुनाने की परिचित मधुर ध्वनि आ रही थी। मैं हड़बड़ाकर उठ बैठी। वे बाहर आए और हंसते हुए मेरी ओर बढ़े। मेरे दोनों हाथ अपनी मुट्ठी में लेकर उन्होंने प्रेम से कहा, "रात मेरी तबीयत एकाएक खराब हो गई थी। है न; अब ठीक हूं। तुमको शायद रात बहुत तकलीफ रही, ऐं? तुम्हारी आंखें लाल हो रही हैं, क्या सोई नहीं?"

मैं रोने लगी। रोते-रोते उनके वक्ष पर जा गिरी। हाय मैं अभागिनी रात की बात क्या कहूं भला! यह तो मेरे लिए प्रलय की रात थी-मेरे तो सभी सपने हवा हो गए थे। पर उनसे एक बात भी मुंह से न कह सकी, रोती रही। उन्होंने प्यार किया, मेरे सिर पर हाथ फेरा। उदारता और प्यार का भरपूर वही हाथ! वही स्पर्श! उससे जैसे मेरे सूखे प्राण फिर से हरे होने लगे-जैसे सूखे ठूंठ में हरी कोंपलें निकल आई हों।

वे मुझे बाथरूम में ले गए। मुंह धुलाया। फिर एक प्रकार से मुझे अंक में भरकर चाय की टेबल पर ले गए। रात के उन्माद का तो अब चिह्न-मात्र भी न था। वही पर्वत के समान महान और प्यार के मूर्तिमान अवतार मेरे साथ बैठे हंस-हंसकर बातें कर रहे थे। अन्ततः मैं दुःस्वप्न की भांति उस रात की बात भूल ही गई।

वह दिन चला गया। और दिन आए और गए। आते गए, जाते गए। बहुत आए और गए। बहुत नई बातें पुरानी हुईं। पुरानी नई हुईं। पर शराब एक दैत्य की भांति मेरे मानस-पटल पर चढ़ बैठी। कैसी भयानक चीज़ है यह शराब! क्यों पीते हैं भला ये इसे? बहुत मन को रोका और आखिर एक दिन मैंने कह दिया, "क्यों पीते हो तुम इस ज़हर को?"

वे हंसे। टाल गए। टालते ही गए। परंतु अंततः सवाल-जवाब, हुज्जत बढ़ी तो वे तिनक गए। उन्होंने कहा, "ऐसी वाहियात औरत हो तुम! हर बात का जवाब तलब करती हो। मैं नहीं पसंद करता ये सब बातें!"

बस, जैसे आंधी का एक बवंडर आया और उस पहाड़ की चोटी पर से मुझे नीचे धकेल गया। अभी तक इतना साफ कलाम मैंने उनके मुंह से नहीं सुना था। वे भी शायद यह 'फील' करने लगे। नर्म होकर बोले, "सोसाइटी में यह सब करना पड़ता है डार्लिंग, तुम इन बातों का सोच-विचार न किया करो। इसके सिवाय इससे मेरी सेहत भी ठीक रहती है। आफिस में मुझे कितना काम करना पड़ता है, जितनी ज़िम्मेवारियां मेरे सिर पर हैं। ज़रा-सा शुगल न करूं तो बस मर ही मिटूं।"

ये शायद ठीक ही कहते हैं, यह सोचकर मैं चुप हो गई। पर मेरे मन में जो चोर बैठा सो बैठा। रात को जब ये क्लब से आते तो मैं सतर्क दृष्टि से उनकी प्रत्येक हरकत को देखती। मेरी सदा की प्रसन्नता गायब हो जाती और मेरा मन खीज से भर जाता। वे भी यह बात समझ गए और मुझसे खिंचे-खिंचे रहने लगे। और यों मिश्री में बांस की फांस का प्रवेश हो गया। मेरे सोने का महल मलिन होने लगा। मेरा उल्लास बुझने लगा। मैं खोई-खोई-सी रहने लगी। मुझे ऐसा प्रतीत होने लगा-जैसे यह कम्बख्त शराब एक व्यवधान बनकर हमारे बीच आ गई है, मैं चाहती थी कि मैं उनसे झगड़ा न करूं। पर अब वे और देर से घर लौटने लगे। कभी-कभी आधी-आधी रात तक मुझे खिड़की में मुंह दिए बैठा रहना पड़ता था; उनके लिए खाना लिए भूखी बैठी रहती थी। अब उनके मन में मेरे लिए वह सहानुभूति न थी। वे आते और मैं उदास और ठंडे दिल से खाने को कहती तो वे रूखे स्वर में कहते, "मैंने तुमसे कई बार कहा है, मेरी प्रतीक्षा मत किया करो, खा-पी लिया करो। मैं वहां खा लेता हूं। पर तुम सुनती ही नहीं।" भला कैसे सुनूं मैं! मर्द बन जाऊं? औरत का स्वभाव ही छोड़ दूं!

वे यह कहकर सोने के कमरे में चले जाते और मैं बिना ही खाए-पिए एक ओर पड़ी रहती। आए दिन यही होता और कभी-कभी दो-दो दिन बात करने की नौबत न आती। आखिर मैं करूं क्या? जाऊं भी कहां? सोचूं भी क्या? जीवन तो बंध चुका। हृदय पर कैच हो चुका। अंत में हंसी और आंसुओं का गठबंधन हो गया। मैं हंसती भी, रोती भी। प्यार का दर्द अब मेरी बीमारी बन गया। पर इसका इलाज क्या था?

फिर दूसरा बर्थडे आया, और वे पांच सौ रुपए मेरे हाथों में थमाकर चल दिए। मैंने कहा, "सुनो," वे रुके, कहा, "क्या?"

'तुम्हारे हाथ जोड़ती हूं। इस बार यहां ड्रिंक मत करना।"

"अच्छा!" कहकर वे तेज़ी से चल दिए। उनका इस तरह जाना, 'अच्छा' कहना मुझे कुछ भाया नहीं-न जाने क्यों किसी अज्ञात भय ने मेरा मन मसोस दिया। मैं बाज़ार गई, सब सामान लाई। मन में उछाह भी था, और भय भी था। न जाने आज की रात कैसे बीतेगी? पिछले साल की सब बातें याद आ रही थीं, और मेरा कलेजा कांप रहा था। फिर भी मैं यंत्रवत् सब तैयारी कर रही थी।

मेहमान आने लगे पर उनका कहीं पता न था। मेरे पैरों के नीचे से धरती खिसक रही थी। लोग हंस-हंसकर बधाइयां दे रहे थे, चुहल कर रहे थे। मुझे उनके साथ हंसना पड़ता था, पर दिल मेरा रो रहा था। यह तो बिना दूल्हे की बारात थी। बड़ी देर में आए उनके अंतरंग मित्र दिलीपकुमार। आगे बढ़कर उन्होंने सब मेहमानों को सम्बोधित करके कहा, "बंधुओ और बहनो, बड़े खेद की बात है कि एक अत्यावश्यक सरकारी काम में व्यस्त रहने के कारण दत्त साहब इस समय हमारे बीच उपस्थित नहीं हो सकते हैं उन्होंने क्षमा मांगी है और अपने प्रतिनिधिस्वरूप मुझे भेजा है। खूब खाइए-पीजिए मित्रो!"

इतना कहकर वे मेरे पास आए। मुझे तो काठ मार गया। मैंने कहा, "क्या हुआ?"

"कुछ बात नहीं भाभी, उन्हें बहुत ज़रूरी काम निकल आया। आओ, अब हम लोग मेहमानों का मनोरंजन करें, जिससे उन्हें भाई साहब की गैरहाज़िरी अखरे नहीं।" और वे तेज़ी से भीड़ में घुसकर लोगों की आवभगत में लग गए। निरुपाय हो छाती पर पत्थर रखकर मुझे भी यह करना पड़ा। पर मैं ऐसा अनुभव कर रही थी जैसे मेरे शरीर का सारा रक्त निचुड़ गया हो, और मैं मर रही हूं।

जैसे-तैसे मेहमान विदा हुए। सूने घर में रह गए हम दो-दिलीपकुमार और मैं। उन्होंने मेरे निकट आकर कहा, "यह क्या भाभी, तुम्हारा तो चेहरा ऐसा हो रहा है, जैसे महीनों की बीमार हो। क्या तबीयत खराब है तुम्हारी?"

"नहीं, मैं ठीक हूं, पर वे कब तक लौटेंगे?"

'उन्होंने कहा था कि छुट्टी होते ही मैं आ जाऊंगा। अब जब तक भाई साहब नहीं आ जाते, मैं यहां हूं। आप चिंता न कीजिए। लेकिन आपने तो कुछ खाया-पिया ही नहीं है। इतने लोग खा-पी गए, जो मालिक है, वही रह गया। तो कुछ खा लीजिए न-मैं लाता हूं।" पर मैंने उन्हें रोककर कहा, "नहीं, मैं कुछ नहीं खाऊंगी, आप बैठिए।" मैंने एक कुर्सी की ओर इशारा किया। कुर्सी पर बैठते हुए उन्होंने कहा, "भाभी, खाया-पिया तो मैंने भी कुछ नहीं। भाई साहब के बर्थडे पर हमी दोनों घाटे में रहे।" वे खिलखिलाकर हंस पड़े। मैंने उठते हुए कहा, "आप खाइए न, मैं लाती हूं।"

पर उन्होंने हठ ठाना-जब तक मैं नहीं खाती, वे न खाएंगे। लाचार मुझे भी बैठना पड़ा। कुछ खाया, पर मेरा मन कहां-कहां भटक रहा था। कहां हैं वे? ऐसा प्रतीत हो रहा था जैसे मेरे प्राण उनमें उलझे हुए हों और वे उन्हें निर्दयता से दूर बैठे खींच रहे हों। मैं चाहती थी कि ये दिलीपकुमार यहां से चले जाएं और मैं जी भरकर रोऊं।

पर वे नहीं गए। मेरे कहने पर भी कहने लगे, "आपको अकेली छोड़कर कैसे जा सकता हूं, बड़ी खराब बात है-इतनी देर हो गई, अभी नहीं आए।"

हजारों प्रश्न मेरा मन कर रहा था, पर मेरी वाणी जड़ थी। मैंने अपनी सारी शक्ति अपने आंसुओं को रोकने में लगा दी थी।

रामचरण पत्थर की मूर्ति की भांति बरांडे में चुपचाप खड़ा था। सब नौकर-चाकर जाकर सो रहे थे, पर यह एकनिष्ठ ब्राह्मण सेवक चुपचाप खड़ा था, कदाचित् मेरी वेदना का मूक भागीदार। उसकी उपस्थिति से मुझे ढाढ़स बंध रहा था। अंततः वे आए, मगर मदहोश होकर, और रामचरण ने उन्हें उठाकर पलंग पर डाल दिया। मेरा मुंह ठीकरे के समान काला हो गया। मैंने बाहर आ, दिलीपकुमार से कहा, "अब

आप भी जाइए," और मैं उमड़ते आंसुओं के वेग को न संभाल सकने के कारण भागकर अपने शयनगृह में घुस गई। न जाने कितना रोई। थकावट ने मेरा उपकार किया, मैं सो गई।

और फिर साधारण प्रभात था। वे प्रसन्न और स्वस्थ चाय पर बैठे थे। मैं उनके सामने आना नहीं चाहती थी, पर उन्होंने बुला भेजा। मैं आकर चुपचाप बैठ गई। केतली से प्याले में चाय उंडेलते हुए उन्होंने कहा, "कहो, कैसा रहा तुम्हारा कल का जलसा? सब ठीक-ठाक रहा न?"

मैंने जवाब नहीं दिया। उनकी बात में कितना अंश व्यंग्य का था और कितना सहानुभूति का-यह मैं न जान सकी। परंतु प्यार की तो एक बूंद भी नहीं है, यह अवश्य जान गई। वह रात तो गत वर्ष के समान थी, पर वह प्रभात वैसा न था। मुझे चुप देखकर उन्होंने चाय की चुस्की लेते-लेते कहा :

"चुप क्यों हो? क्या नाराज हो?"

"क्या मुझे आपसे नाराज़ होने का भी अधिकार है?" मैंने कहा।

"क्यों नहीं! पर मेरा कसूर पहले साबित करना होगा।"

'आपका कसूर? क्या एक औरत मर्द के कसूर पर भी विचार कर सकती है?"

"ज़रूर कर सकती है। यह तो स्त्री-पुरुष की समानता का युग है।"

"आप मानते हैं कि स्त्री-पुरुष समान हैं?"

"ज़रूर मानता हूं।"

"खैर, तो बताइए, कल आपने मेरे साथ अन्याय नहीं किया? इतने मेहमान आए, फिर आप ही का बर्थडे, और आप गायब! कौन-सा काम था भला, सुनूं तो?"

'क्या तुम्हें मेरे उपस्थित न होने का कारण नहीं ज्ञात हुआ?"

"हुआ-जब आपको उस हालत में घर आते देखा।"

"तो बस, यह मैंने तुम्हारी आज्ञा का पालन किया।"

"मेरी आज्ञा का?"

"भूल गईं तुम, तुमने कहा था-"आज यहां ड्रिंक न करना।"

"सो तुमने और कहीं जाकर किया!"

'बिल्कुल ठीक! यहां तुमने अपनी तफरीट की। वहां मैंने अपने मित्रों का अनुरोध-पालन किया।"

'लेकिन मेरा मतलब यह था कि आप ड्रिंक करें ही नहीं।"

"यह तो बेमतलब का मतलब है। हम यदि परस्पर एक-दूसरे के रोज़-रोज़ के कामों में बात-बात पर प्रतिबंध लगाते रहे तो हमारा मिलकर साथ रहना दूभर हो जाएगा।" इतना कहकर उन्होंने एक विरक्ति का भाव अपने होंठों पर प्रकट किया और चाय का कप एक ओर रख, अखबार उठा दिया।

मैं उठकर चली आई। नारी-जीवन की निरर्थकता मैं समझ गई। क्या पुरुष को भी नारी नियंत्रण में रख सकती है? ऐसा कहना तो पहाड़ से सिर टकराना है। कितना बड़ा संसार है पुरुषों का और कितने बड़े व्यापक जीवन पर दृष्टिकोण है उसका! उसकी समता हम घर की चारदीवारी में रहकर भला कहां तक कर सकती हैं?

अब मैं रोती भी कहां तक? मैंने सब्र किया। समझौता किया उनसे-"पीते ही हो तो घर में बैठकर पियो। जैसे मेरे आने से पहले पीते थे।" आधी-आधी रात तक घर से बाहर रहना और फिर अर्ध-मूर्छित अवस्था में घर लौटना-इसमें क्या सार है भला! आखिर मेरा भी तो एक संसार है जो उन्हीं में सीमित है। आफिस के समय पर तो मेरा चारा नहीं-पर उसके बाद का समय तो मेरा ही है, जिसके सहारे मैं जीती हूं, मेरा नारी-शरीर ज़िंदा रहता है।

और वे घर में पीने लगे। मैं भी सब कुछ सह गई। इसी समय जन्म हुआ प्रद्युम्न का। बहुत खुश हुए थे। मैंने समझा, अब यह मेरी दुबारा सुहागरात आई है-पर धीरे-

धीरे सब कुछ पुराना होता गया। क्लब तो वे अवश्य ही जाते थे, पर जल्दी आ जाते थे। इतना सहारा था। फिर प्रद्युम्न को पाकर मैं उसी में सिमट गई थी-एक नया आधार मिला था। शराब का पीना अब मुझे खलता न था। तीसरा जन्मदिन आया और फिर चौथा। पर उनकी हाज़िरी उस दिन न हुई। मेरा रोना-झींकना सभी बेकार गया-उस दिन तो वे अवश्य ही बाहर ही पीते थे और मदहोश होकर आधी रात के बाद घर लौटते थे।

अब इस बार मैंने एक ठान ठानी थी। तैयारी मैंने सब की थी पर निमंत्रण मैंने किसी को नहीं दिया। घर दीपमालिकाओं से सजा हुआ था और टेबलों पर विविध पकवान सजे थे-पर मेहमान एक भी न था। मैं अकेली ही घर में थी। सब नौकरों को भी मैंने विदा कर दिया था। पर रामचरण नहीं गया या। वह मेरी सेवा में हाज़िर था। प्रद्युम्न अब तीसरे बरस में था। उसे मैंने खिला-पिलाकर सुला दिया था। मैं शान्त बैठी उस दीपावली से आलोकित घर में कभी-कभी आकाश में बिखरे तारों को देख लेती थी। दिलीपकुमार आए। आते ही कहा, "यह क्या, आज कोई मेहमान आए ही नहीं?"।

"ऐसा नहीं! आप तो आ गए हैं।" मैंने एक फीकी मुस्कान होंठों पर लाकर कहा।

"लेकिन...लेकिन..." उन्होंने मेरे मुंह की ओर देखकर अपना वाक्य अधूरा ही रखा। मैंने कहा, "आप अपने मित्र का क्या संदेश लाए हैं, कहिए।"

'भाई साहब आए ही नहीं अभी? बड़ी खराब बात है। लेकिन..."

"लेकिन क्या, कहिए न?"

"लेकिन यह तो बड़ी खराब बात है।"

"उनकी गैरहाज़िरी में औरों का आना और भी खराब बात होती।"

"शायद, पर भाभी, क्या आपने निमंत्रण भेजा ही नहीं इस बार?"

"क्या आपको निमंत्रण मिला?"

“नहीं, पर मेरी बात छोड़िए। लेकिन...”

मुझे हंसी आ गई, उस दुःख में भी। मैंने कहा, “खैर, लेकिन को छोड़िए, सबके हिस्से का आप ही खाइए-पीजिए।”

‘नहीं, नहीं, मैं जाता हूं। भाई साहब को ले आता हूं। किंतु आप?”

“मेरे विषय में आप क्या कहते हैं?”

“आपने भाभी, न साड़ी बदली न बाल बनाए।”

“मुझे इसका ध्यान ही नहीं रहा।”

‘तो खैर, अब कपड़े बदल डालिए चटपट, तब तक मैं भाई साहब को लिए आता हूं। बड़ी खराब बात है।”

वे उठकर जाने लगे। मैंने ज़रा कड़े स्वर में कहा :

“नहीं, कहीं जाने की ज़रूरत नहीं है। आप यहीं बैठ जाइए और मुझसे बातें कीजिए।”

‘कैसी बातें?”

“मीठी-मीठी बातें-जैसी मर्द औरतों से किया करते हैं।”

“लेकिन...”

“फिर लेकिन? लेकिन आप बात कीजिए।”

‘दिलीपकुमार हंस पड़े। उन्होंने कहा, “तो भाभी, इसी शर्त पर रुक सकता हूं- आप साड़ी बदल लें और बाल बना लें।”

“एक हिंस्र प्रवृत्ति ने अकस्मात् ही मेरी चेतना को अशांत कर दिया। और मैंने तुरंत ड्रेसिंगरूम में जाकर नई साड़ी पहनी, बालों का जूड़ा बांधा, होंठों पर राग-रंजन किया, नेत्रों में काजल दिया। और अब मैं स्वयं हैरान थी, कोई आसुरी प्रवृत्ति कहां

से आकर मुझे शृंगारित कर रही थी। शृंगार करके ज्योंही मैं दिलीपकुमार के सामने पहुंची, वे देखकर भौंचक रह गए। एकदम जड़-अविचल, एकटक मुझे देखते रहे। और मैं भी भीतर-बाहर से पत्थर बनी खड़ी रही-निश्चल, निष्कंप, निस्पंदित। दिलीपकुमार के मुंह से बात नहीं फूटी। धीरे-धीरे उनकी आंखें नीचे को झुक गईं।

इसी समय गाड़ी का हार्न बजा। वे आ रहे थे। इस बार होश-हवास में थे। मगर नशे में झूम रहे थे। उन्होंने एक नज़र मेरी ओर देखा। दोनों हाथ फैलाकर डार्लिंग कहकर मेरी ओर बढ़े। राय को उपस्थिति में उनकी इस चेष्टा से मैं शरमा गई। मैं पीछे हट गई। तभी उनकी नज़र दिलीपकुमार राय के ऊपर पड़ी। "हल्लो राय, तुम भी हो। गुड, गुड, लेकिन और सब कहां हैं?" उन्होंने अपने चारों ओर नज़र घुमाई। सजा हुआ टेबल, चमचमाती रोशनी। उन्होंने कहा, "मामला क्या है? मामला..." वे एक कुर्सी पर बैठ गए।

मैं जड़ बनी खड़ी रही। दिलीपकुमार उनके पास बैठ गए। वे उनके साथ अस्तव्यस्त बात करने लगे। ग्लानि और खीज से मेरा मन कैसा तो हो गया। मैंने दिलीपकुमार से संकेत से कहा, "इन्हें ले जाकर सुला दो।" और तब दिलीपकुमार ने भी अभिप्राय समझ उन्हें सोने की सलाह दी। वस्त्र उतारते-उतारते भी वे बड़बड़ा रहे थे। अंततः वे सो गए। दिलीपकुमार एकदम मेरे निकट आ गए। उनका गर्म श्वास मेरे कपोलों पर टकराने लगा, उनका वक्ष मुझे छू गया। उन्होंने भर्राए कंठ से कहा, "जाता हूं।"

और वे चले गए।

दिलीपकुमार राय

पहली बार जिस दिन मैंने रेखा को देखा-उसी क्षण मैंने समझ लिया वह मेरी है, मेरे लिए है। विवाह ज़रूर उसका दत्त के साथ हुआ है। दत्त उसका पति है-पर मर्द उसका मैं हूं। आप जिस चरित्र की बात कहते हैं, मैं उसका कतई कायल नहीं हूं। इस संबंध

में मेरे अपने अलग विचार हैं। मुझे इस बात की परवाह नहीं है कि मेरे विचारों का ताल-मेल दूसरों के विचारों से बैठता है या नहीं। मैं अपने ही विचारों को ठीक समझता हूं। मैं जिस विभाग में नौकर हूं उसका ठीक-ठीक काम परिश्रम से करता हूं। मेरे ऊपर काम की ज़िम्मेदारी भी है और परिश्रम भी मुझे करना पड़ता है। दोनों ही बातों को मैं ठीक-ठीक समझता हूं, ठीक-ठीक उन्हें अंजाम देता हूं। बिला शक गर्जमंदों से मैं रिश्वत लेता हूं, उनके काम भी कर देता हूं। ऐसे काम आगे-पीछे होते ही हैं। मैं गर्ज़मंद लोगों की इच्छा और आवश्यकता के अनुसार कुछ पहले कर देता हूं, कुछ बातें जान लेने में उन्हें सुविधाएं दे देता हूं-इससे मेरे आफिस की कोई हानि नहीं होती। इसका नज़राना मैं गर्ज़मंद लोगों से लेता हूं। नियम-कायदों की अपेक्षा मैं आदमी को महत्त्व देता हूं। नियम-कायदों को तोड़कर मैं आदमियों की सहायता करता हूं। मेरी नज़र में यह आदमी की सेवा है। बस, बात इतनी ही है कि इस सेवा के बदले मैं उनसे नज़राना लेता हूं, मुफ्त उनका काम नहीं करता। इसे लोग 'रिश्वत' कहते हैं। मैं ऐसा नहीं समझता। वे खुशी से देते हैं। मैं खुशी से लेता हूं। मूर्ख लोग कहते हैं : मनुष्य को त्याग करना चाहिए। मैं भी त्याग के महत्त्व को समझता हूं, परन्तु त्यागने की वस्तु को ही त्यागता हूं, ग्रहण करने की वस्तु को ग्रहण करता हूं। धन-दौलत, रुपया-पैसा त्यागने की नहीं, ग्रहण करने की वस्तु है। सो मैं उसे ग्रहण करता हूं। वह मेरे काम आता है। उससे मैं अपनी खुशियां खरीदता हूं। मैं जानता हूं, दुनिया बड़ी टेढ़ी है। इसमें जलेबी जैसे बड़े दांव-पेंच हैं। उनमें फंसकर आदमी की खुशी हवा हो जाती है; वह परेशानियों में, मुश्किलों में फंस जाता है। पर मैं यह भी जानता हूं कि आदमी की सबसे बड़ी दौलत उसके दिल की खुशी है। वह आदमी को अकस्मात् ही भाग्य से मिल सकती है, यह मैं नहीं मानता। मैं तो हर वक्त उसकी ताक में रहता हूं, जहां और जैसे मिले मैं उसे प्राप्त कर लेता हूं। पर बहुधा मुझे वह खरीदनी पड़ती है। खरीदने के लिए रुपया बहुत आवश्यक और कीमती चीज़ है, इसलिए मैं रुपए को बहुत प्यार करता हूं और उसकी प्राप्ति का कोई अवसर नहीं चूकता हूं। हां, यह ज़रूर देख लेता हूं कि कोई खतरा या उलझन न सामने आ जाए। अपनी खुशियां खरीदने के लिए मैं रुपया लेता हूं। यदि उसमें खुशी ही खतरे में पड़ जाए तो मैं उस

रुपए को छूता नहीं हूं। इस प्रकार रुपए-पैसे का लेन-देन मैं पूरी सावधानी और समझदारी से करता हूं।

अभी मैं जवान हूं और मर्द हूं। तंदुरुस्त हूं। तबीयत भी रखता हूं और उदि खर्च करनी पड़ती है। उसमें मुझे कुछ भी लुत्फ हासिल नहीं होता। पर वह नौकरी है। उससे रुपया भी मिलता है, इज़्ज़त भी है। उसी से समाज में मेरा एक स्थान है, मैं सुप्रतिष्ठित हूं। इसी से वहां हाड़ तोड़कर परिश्रम भी करता हूं, बुद्धि भी खर्च करता हूं। पर सबकी सब नहीं। बुद्धि का एक भाग अपने लिए बचाकर रखता हूं, उसे मैं अपनी खुशी खरीदने में खर्च करता हूं।

औरत मर्द की सबसे बड़ी खुशी का माध्यम है। एक तंदुरुस्त जवान मर्द के लिए औरत एक पुष्टिकर आहार है-शारीरिक भी, मानसिक भी। मर्द यदि औरत को ठीक-ठीक अपने में हज़म कर लेता है तो फिर उसका जीवन आनंद और सौंदर्य से भर जाता है; उसका जीवन हरा-भरा रहता है। उसके मन के हौसले बढ़ जाते हैं और शरीर में शक्ति का ज्वार आ जाता है। इसी से औरत की मेरी नज़र में बहुत कीमत है। मैं उसे मर्द की सबसे बढ़कर दौलत समझता हूं, और अपनी पसंद की औरत को खरीद लेने का कोई मौका चूकता नहीं हूं। कीमत चुकाने में कंजूसी करता नहीं हूं। पर मुश्किल यह है कि अच्छी औरत का मिलना मुश्किल है। विवाह के बोझ ने औरत को चकनाचूर कर दिया है। मेरा संबंध विवाहिता औरतों से भी है, अविवाहिताओं से भी है। जो विवाहिता हैं वे विवाह से पेरशान हैं। जो अविवाहिता हैं वे विवाह के लिए परेशान हैं। विवाह जैसे औरत के लिए एक मजबूरी बन गई है। विवाह होने में औरत की सार्थकता है-ऐसा सब मानते हैं। पर मैं तो यह देखता हूं कि विवाह होते ही औरत खत्म हो जाती है। आप लोग, खासकर महिलाएं नाराज़ हो जाएंगी मेरी बात सुनकर-पर मेरी खुली राय है कि विवाह होने पर औरत गधी हो जाती है। विवाह होते ही पहले उसे पति का, फिर उसकी गृहस्थी का और उसके बाद उसके बच्चों का बोझ ढोने में ही अपनी सब जिंदगी खत्म कर देनी पड़ती है। इसी काम में उसकी समूची शारीरिक और मानसिक शक्ति खर्च हो जाती है। वह किसी

काम की चीज़ नहीं रह जाती। उसका सब जादू खत्म हो जाता है। और वह एक दयनीय जानवर की भांति अपना शेष जीवन व्यतीत करती है, जहां उसका अपना कहीं कुछ नहीं होता। वह पति नामधारी एक स्वेच्छाचारी व्यक्ति की दुम बन जाती है। राई-रत्ती अपना समूचा रस, शृंगार-आकर्षण और जादू वह उसी के चारों ओर बखेरते-बखेरते खोखली हो जाती है। और तब आप देखिए, वह दुनिया की सबसे ज्यादा भद्दी और निकम्मी चीज रह जाती है कि जिसके मर जाने का अफसोस एक पालतू जानवर से अधिक नहीं होता। बड़ी कड़वी और अटपटी लग रही होंगी मेरी ये बातें आपको। पर यह मेरी निजी राय है। मेरे अपने विचार हैं। क्या ज़रूरी है कि आप इनसे सहमत हों, इन्हें पसंद करें? अच्छा तो यही है कि आप इन्हें पढ़ें ही नहीं।

रेखा की बात कहता हूं। वह एक औरत है, लाखों में एक। छरहरा बदन, उछलता यौवन, प्यासी आंखें, और दान को उतावले होंठ। चम्पा की कली के समान कमनीय उंगलियां, एड़ी तक लटकती घुघराली लटें, चांदी-सा उज्ज्वल माथा। अनार की पंक्ति के समान दांत और चांदनी-सा हास्य। वाह, इसे कहते हैं, औरत, जिसे देखते ही आंखों में नशा छा जाता है! अभी तक मैंने उसे छुआ नहीं, पर फूलों के ढेर के समान वह कोमल है। जब वह बोलती है, रुनक झुनक धुंघरू बज उठते हैं। बात-बात में उसका चेहरा रंगीन हो जाता है। आंखें चमकने लगती हैं। प्यार का एक झरना है जो उसकी हर अदा से झर रहा है, उसे देखे बिना कैसे रहा जा सकता है भला? और उसे देखकर फिर और किसे देखने को मन हो सकता है!

दत्त मेरा दोस्त है, पुराना दोस्त। भला आदमी है, पर इससे क्या? क्या इसी से वह रेखा जैसी औरत का पति होने योग्य माना जा सकता है? रेखा से उसका व्याह हुआ है। दूसरे शब्दों में, रेखा को उसके मां-बाप ने दत्त की पतलून की जेब में डाल दिया है। वह एक रूमाल की भांति उसका इस्तेमाल करता है; जब-तब मुंह का पसीना, धूल-गर्द पोंछ लेता है। उसे पाकर रेखा को क्या मिल सकता है भला!

दत्त सांड की भांति तंदुरुस्त है, प्रतिष्ठित और विचारशील है। शायद रेखा को प्यार भी करता है। सबसे ऊपर वह उसका विवाहित पति है। पर इसी से क्या वह रेखा

का सब कुछ हो गया? अच्छा मान लिया कि वह रेखा को प्यार करता है, पर क्या यह भी माना जा सकता है कि रेखा के प्यार का आनंद भी लेने की योग्यता रखता है? मैंने ऐसे कुछ पति देखे हैं जो अपनी पत्नियों को थोड़ा-बहुत प्यार करते हैं, पर आज तक ऐसा एक भी पति नहीं देखा जो अपनी पत्नी के प्यार का पूरा आनंद ले सकता हो। इन मूढ़ पतियों को, जो अपनी पत्नियों को अपनी जिंदा दौलत समझते हैं और हिफाज़त से घरों में दबोच रखते हैं, भला औरत का प्यार कैसे मिल सकता है? उन्हें तो औरत की खीज और विरक्ति ही पल्ले पड़ेगी। सभी जगह मैंने यही देखा है।

रेखा के प्यार का आदि-अंत नहीं है। पर वह उसे संजोए किसी को अर्पण करने के लिए उत्सुक खड़ी है। वह समझती है कि दत्त-उसका पति ही उसका हकदार है। यह उसकी अपनी समझ नहीं है, उस समाज की परम्परागत समझ है जिसमें वह पली है; वह चाहती है कि एक बार उसका वह पति उसके प्यार पर नज़र डाले और वह उसे उस पर न्योछावर करके अपना नारी-जीवन धन्य करे। पर दत्त को उस ओर देखने की अभी फुर्सत ही नहीं मिली है। यह मैं आज पांच साल से देखता चला आ रहा हूं। शायद प्यार की परख ही उसे नहीं है। वह एक बैल है जो अपने आफिस में जुटा रहता है। रेखा उसकी पत्नी है, उसके घर की चारदीवारी में सुरक्षित है-उसका शरीर उसके लिए रिज़र्व है, बस, उसके लिए यही काफी है। वह गधा यह नहीं जानता कि रेखा पत्नी ही नहीं एक औरत भी है। पत्नी और औरत में क्या अंतर है, इसे शायद समझने का शऊर भी दत्त को नहीं है। औरत की भूख भी उस गधे में नहीं है। मैंने तो नहीं सुना, कभी कहीं उसने किसी औरत को पसंद किया हो, आंख उठाकर देखा हो , औरत में आनंद की अनुभूति की हो। अपने आफिस में वह एक परिश्रमी सांड है, और घर में एक मूर्ख असावधान पति। फिर रेखा उससे खुश कैसे रह सकती है! कब तक वह अपने छकड़ा-भरे पाप को लिए बैठी रहेगी, इस प्रतीक्षा में कि वह उसकी ओर देखे और वह उसे उसको समर्पित करे। पर वह कर भी क्या सकती है? मैंने उसे

रोते देखा है। कैसे अफसोस की बात है! वे प्यार से लबालब आंखें आंसुओं से तर हों, चुंबन के अभिलाषी होंठ घृणा से सिकुड़ जाएं। उमंगों से भरा हुआ दिल बैठ जाए! और इसी उम्र में। भई, मैं तो हमेशा से यही कहता रहा हूं कि यह विवाह जैसी नामुराद चीज़ दिलों को मसोस डालने के लिए ही है। इससे किस दिल ने कुछ पाया!

पांच साल हो गए, पर आज तक रेखा ने मेरी ओर आंख नहीं उठाई थी, जिसका मैं इंतज़ार सदैव करता रहा हूं। बहुत औरतों के प्यार का आनंद मैंने प्राप्त किया, पर इतनी प्रतीक्षा किसी की न करनी पड़ी। मैं जब उसे भाभी कहता-तो उसके जवाब में जो कुछ उसकी आंखों में पाना चाहता, नहीं पाता था। आज पांच साल बार मेरी वह अभिलाषा पूरी हुई। आज उसकी आंखों में मैंने वह चीज़ देखी जिसकी मुझे प्रतीक्षा थी। अब तो रेखा मेरी ही है। ओफ, कितने आनंद की बात है! खुशी से मेरे खून की एक-एक बूंद नाच रही है!

मैं भी पीता हूं, पर दत्त की भांति गधा बनकर नहीं। रेखा के लिए वह मूर्ख शराब नहीं छोड़ सका। अब रेखा गई उसके हाथ से। लोग समझते हैं, विवाह करते ही औरत आ गई हमारे हाथ में। पर मैं जानता हूं-सौ में एक भी पति औरत को अपना नहीं सका। सामाजिक बंधन बहुत पुराने हैं, बहुत मज़बूत हैं। उन्होंने औरत को पत्नी बनाकर, पति के साथ खूब कसकर बांध दिया है। छूट नहीं सकती वह उससे। पर इससे कुछ लाभ थोड़े ही हुआ! वह गले का हार न होकर सिल हो गई, जो गले में बंधी है, और जिसका असह्य भार पति को जिंदगी-भर उठाना ही होगा। इसी से लोग गृहस्थी को एक जंजाल कहते हैं। उसमें फंसकर छटपटाते हैं, या मूंड मुड़ाकर भाग खड़े होते हैं। काश, ये औरत को पहचान पाते, औरत का प्यार पा सकते, और जिंदगी का लुत्फ उठाते!

समाज ने औरत के तन को ही विवाह-बंधन में बांधा, मन को नहीं। पर ऐसा बांधा कि कसाइयों को भी मात कर दिया। धर्म कहकर अधर्म की हद कर दी। मुर्दे के साथ ज़िंदा औरत को फूंक दिया। शताब्दियों तक फूंकते रहे, और उसे सती कहकर

सराहते रहे। पर इससे क्या औरत का मन जीता गया? औरत, जो दुनिया की एक नियामत है, जिसकी हस्ती से दुनिया रंगीन बन जाती है-एक जाने बबाल बन गई। कितने महात्माओं ने औरत को विष की बेल कहा, उसे त्याग देने की सलाह दी, कितने संतों ने स्त्री-सम्पर्क को एक पाप बताया; परंतु अफसोस, उस सचाई को कोई न परख सका जो प्रकृति ने हमारे सामने रख दी थी। हमने औरत को अपने समाज की छाती का पत्थर बनाकर रखा, उसे आदमी के गले का हार न बना सके।

कहते हैं, श्रीकृष्ण की सोलह हज़ार रानियां थीं। पर वे सब अकेली राधा को न पा सकीं। राधा सबसे ऊपर सबसे आगे रही-कृष्ण से भी ऊपर। कौन थी वह राधा? कृष्ण की पत्नी नहीं थी। कृष्ण उसके पति न थे, सखा थे; और राधा थी सखी। यह सख्यभाव कितना पनपा! कृष्ण ने राधा का प्यार पाने के लिए अपनी आंखें राधा के तलुओं में बिछा दीं; देहि मे शिरसि पदपल्लवमुदारम्। कौन पति अपनी पत्नी के तलुओं में आंखें बिछाता है! कौन उसके चरणों में नतमस्तक हो उसके महावररंजित चरण अपने मस्तक पर रख देने की उससे प्रार्थना करता है? यह पतियों की जमात गधों की जमात है। वे पत्नियों को अपनी दाल-रोटी की भांति खाते रहते हैं-जब तक कि वह मर-मिट नहीं जाती। औरत का प्यार तो शायद ही किसी पति को मिलता होगा।

मैं भी माया का पति हूं। अब से नहीं-बाईस बरस से। पर मैंने उसका प्यार पाया, यह मैं ठीक-ठीक नहीं कह सकता। शायद नहीं पाया। मेरा पति होना ही इसमें सबसे अधिक बाधक हुआ। अपने पतिपने की ऐंठ में मैंने कभी उसे आत्मसमर्पण नहीं किया और मन की गांठ न खुलने से वह भी मुझे आत्मसमर्पण न कर सकी। अब वह मेरे बस की ही नहीं रही। कितना झगड़ा-टंटा हुआ, कलह हुई, पर बात बनी कुछ नहीं-बिगड़ती चली गई। हफ्तों अब मेरी उससे बोलचाल बंद रहती है। दूसरों को देखकर उसकी वाणी में जो मृदुता और होंठों पर हंसी आती है वह मुझे देखते ही वर्षा की धूप की भांति गायब हो जाती है। मैं जानता हूं, प्यार उसके पास बहुत है।

वह एक दिलदार औरत है। काश कि वह मेरी पत्नी न होकर सखा होती, तो जीवन का लुत्फ वह भी उठाती और मैं भी। पर अभिमान और संदेह की एक दीवार, जो हम दोनों के बीच बन गई है उससे वह अपना प्यार सड़क पर तो बहाती है पर मुझे नहीं देती।

मैं जानता हूं-प्यार का भी मूल्य चुकाया जाता है। वह समझती है कि मैं उसके प्यार का मूल्य नहीं चुका सकता। उसका ऐसा समझना गलत भी नहीं है। इसके बीच में बहुत-सी बातें हैं। कुछ कहने के योग्य नहीं हैं, पर एक बात तो है सब पतियों की भांति मैं समझता हूं कि एक बार पत्नी के रूप में उसे ग्रहण करने पर मैंने उसके समूचे प्यार का मूल्य एडवांस में ही चुका दिया है। अब तो वह प्यार मेरी ही संपत्ति है। इसी पर उसका विद्रोह है। मैं समझता हूं, विद्रोह ठीक ही है-सभी पति तो यही समझते हैं। औरत भी समझ जाती है-मेरा यह प्यार तो बिक चुका; अब इसपर मेरा अधिकार ही नहीं रहा। परंतु बिक्री का दाम तो नकद कुछ मिला नहीं, इसी पर विद्रोह करती है-उसमें से प्यार चुरा-चुराकर औरों को बेचती है, और उसका जो दाम मिलता है, कम या ज्यादा, उसी से अपना काम चला लेती है।

एक बात मैं और कहूं, जिसे मैंने बड़े ही परिश्रम से जाना है। औरत को अपने-आपसे बहुत कम प्यार होता है। वह अपने को प्यार करती ही नहीं, यह उसका दुर्भाग्य है। इसी से वह बात-बात पर जान देने पर उतारू हो जाती है। बहुत-सी तो जान दे ही देती हैं। अपने को प्यार करने वाली औरतें विरल ही मिलती हैं। उनकी शिक्षा-दीक्षा, सामाजिक स्थिति अब ऐसी है जो उन्हें अति क्षुद्रदृष्टि बनाए रखती है। वे न जीवन के ठीक-ठीक महत्त्व को समझ पाती हैं, न जीवन के सच्चे आनंद का उन्हें भोग प्राप्त होता है। काश! औरत को विवाह-बंधन में जकड़कर उसे परकैच न कर दिया होता। वह कसकर पति की दुम के साथ न बांधी गई होती। रंगीन तितली की भांति वह मधु-लोलुप भौंरों के साथ केवल रसपान करती, जीवन का आनंद लेती और देती। देवी नाम सार्थक करती।

रेखा

मेरे विवाह से पहले ही से राय की दत्त से मित्रता है। दत्त उनसे सदा खुश रहे हैं। जहां तक मैं जानती हूं, वे दत्त के सबसे निकट के अंतरंग मित्र हैं। इसी से आरंभ से ही मैंने उनका एक आत्मीय की भांति सत्कार किया। वे भी मुझे 'भाभी' कहते रहे। यह भाभी अजब रिश्ता है। ऐसा प्रतीत होता है कि भाभी में देवरों का कुछ हिस्सा रहता है। पत्नियां पति से भीत-शंकित रहती हैं, पर देवर से नहीं। वे निस्संकोच देवरों पर अपनी फरमाइशें जड़ती रहती हैं और वे खुशी से उनकी पूर्ति करते हैं। पति वह गड़रिया है, जो डंडा मारकर भेड़ की भांति पत्नी को हांकता है। वह केवल शासन करता है-प्रेम-भावना प्रकट नहीं करता। पत्नी पर शासन करना उसका जन्मसिद्ध अधिकार है। उसकी कामचेष्टा भी मुर्गे के समान है जो एक प्रकार का बलात्कार ही है। वह कबूतर की भांति कबूतरी की खुशामद नहीं करता। स्त्री प्रेम की भूखी है और उसकी यह भूख कितनी तीव्र है, इस पर पति कभी विचार नहीं करता। पति पत्नी पर नाराज़ भी होता है, जवाब भी तलब करता है, अनुशासन भी रखता है। पर देवर न अनुशासन रखता है, न नाराज़ होता है, केवल हंसकर भाभी की सब अभिलाषाएं पूर्ण करता है। यह भाभी संबोधन भी कितना मधुर है! फिर वह कितनी सुंदर, सभ्य और भावुक तरुण के मुख से सुन पड़े तो और भी मीठा हो जाता है।

राय तरुण नहीं है। मेरे पति से उनकी उम्र कुछ अधिक है। कायदे के अनुसार वे मुझे भाभी कहने का अधिकार नहीं रखते। पर सुभीते के लिए भाभी ही का रिश्ता उन्होंने जोडा है-और इस भाभी के रिश्ते को निभाने के लिए उन्होंने दत्त को बड़ा भाई मान लिया है। यद्यपि दत्त उनसे उम्र में छोटे हैं। दत्त को इस नए रिश्ते से कुछ भी आपत्ति नहीं हुई। जब उन्होंने ब्याह के बाद मुझे देखकर भाभी कहा था तो दत्त ने हंसकर कहा था, 'अच्छा रिश्ता जोड़ा तुमने राय, इसमें अच्छा सुभीता रहेगा। रेखा तुमसे अच्छी तरह बात कर सकेगी। लेकिन अब मुझे भी तुम्हारे कान मलने का अधिकार प्राप्त हो गया है।'

दोनों मित्र इस पर खूब हंसे थे। पांच साल तक वे बराबर हमारे घर आते रहे। इस बीच उन्होंने कोई अमर्यादित चेष्टा मेरे समक्ष नहीं की। पर उनकी आंखों में कभी-कभी एक ऐसी चमक अवश्य दीखती थी कि उसे देखकर मेरी आंखें झेंप जाती थीं। मेरे हृदय पर एक धक्का-सा लगता था और मैं वहां खड़ी नहीं रह सकती थी। पर वह चमक, वह दृष्टि बड़ी आकर्षक थी, बड़ी प्रभावशाली थी। मैं उससे डरती थी। पर जब वे आते, मैं उसी चमक को एक बार फिर उनकी आंखों में देखने की अभिलाषा रखती रही थी। और फिर मुझमें उसे आंख-भर देखते रहने की हिम्मत भी हो गई।

कभी-कभी वे माया के साथ आते थे, परंतु बहुधा अकेले। ऐसा भी हुआ कि वे रात को आए, दत्त उस समय घर पर न थे। वे बड़ी देर तक बैठे रहे। गपशप करते रहे। बातचीत उनकी बड़ी दिलचस्प होती थी। उनकी बातें सुनकर तबीयत ऊबती नहीं थी। कभी-कभी तो दिल में गुदगुदी होती थी। खासकर तब, जब बीच-बीच में वही चमक उनकी आंखों में दीख पड़ती थी। अब ज्यों-ज्यों दिन बीतते जाते थे और हमारा परिचय पुराना होता जाता था, उस चमक के साथ एक हास्य उनके होंठों पर और एक याचना उनकी दृष्टि में प्रकट होने लगी. थी। मैं नहीं कह सकती कि उस हास्य और याचना को देखकर मन में जो सिहरन उत्पन्न होती थी, वह कैसी थी-पर उसका इतना प्रभाव तो स्पष्ट ही था कि उसे बारम्बार देखने को मन होता था। अब अज्ञात ही मैं उनके आने पर अपने शरीर और कपड़ों की व्यवस्था का ध्यान करने लगी। न जाने किस अज्ञात शक्ति से मुझे उनके आने का पता लग जाता था और मैं अपने बाल बनाने और साड़ियों का चुनाव करने लगती थी। और उस दिन उनके पांचवें बर्थडे पर, जब दत्त की गैरहाज़िरी के कारण मैं मन-मलिन बैठी थी और मैंने दिन-भर के परिश्रम के बाद कपड़े तक नहीं बदले थे, तब उन्होंने मुझसे बाल बनाने और साड़ी बदलने का अनुरोध किया। यह अनुरोध कोरा अनुरोध ही न था, उसके साथ वही चमक उनकी आंखों में थी, परंतु उस चमक के साथ उनके होंठों पर वह

अनुगामी हास्य न था-न दृष्टि में वह याचना थी। अपितु, उसके स्थान पर एक तीव्र पिपासा थी, जिसे देखने पर मैं संयत न रह सकी। एक आसुरी तीव्र वासना का ज्वार जैसे मेरे खून में उमड़ आया। और मैंने उस क्षण ऐसे चाव से शृंगार किया कि जैसा आज तक अपने जीवन में नहीं किया था।

दत्त से विवाह हुए अब मुझे पांच साल बीत चुके थे, उनके लिए न जाने मैंने कितने शृंगार किए, और उन्होंने काव्यमयी भाषा में उन्हें न जाने कितनी बार सराहा; परंतु उन सब शृंगारों में और इसमें अंतर था। उन सबमें संकोच थी, लज्जा थी, यत्किंचित् निरानंद भी था, पर यह शृंगार मेरी उद्दाम वासना का श्रृंगार था। यह उद्दाम वासना उस एक ही क्षण में न जाने कहां से मेरे मन में आ बसी थी। मुझे ऐसा प्रतीत हो रहा था कि जैसे मुझे बुखार चढ़ा है; और जब नया शृंगार करके मैं उनके बिलकुल निकट, इतनी कि जितनी आज तक कभी नहीं गई थी, जा खड़ी हुई तो मैंने देखा-उनकी आंखों की वह प्यास और चमक एक हिंस्र पशु की चमक में बदल चुकी थी। उसने क्षण-भर में मुझमें एक नशे का आलम पैदा कर दिया। मुझे ऐसा प्रतीत होने लगा कि जैसे यह आदमी अभी-अभी मुझे निगल जाएगा। और मैं भी न जाने किस भाव में अभिभूत होकर मन ही मन कह उठी-लो निगल जाओ, खा जाओ, जो जी चाहे सो करो। उस समय उनका वक्ष मेरे वक्ष से सट रहा था और उनके दिल की धड़कन मुझे ऐसी लग रही थी जैसे हज़ारों तो दनदना रही हों। और मैं अनुभव कर रही थी कि उन्होंने मुझे अपने में समेट लिया है।

इतने ही में दत्त आ गए। वे नशे में थे, पर आज अपेक्षाकृत होश-हवास में थे। राय के सामने भी और उनके जाने के बाद भी उन्होंने मुझसे प्रेमालाप किया; पर उससे मुझे ज़रा भी खुशी न हुई, ज़रा भी मेरे मन में उत्साह न जगा। काश, वे बेहोशी की हालत में आते। और राय? ओफ मैं क्या कहने जा रही हूं! मेरी ज़बान टूट क्यों नहीं जाती!!...मैं मिट्टी के लोथड़े की भांति उनके अंक में पड़ी रही, रात-भर। उनका

अंकपाश मुझे ऐसा लग रहा था जैसे किसी ने मुझे ज़ंजीरों में कस लिया है, और जैसे मेरा दम घुट रहा है। शराब में यदि दत्त धुत न होते तो मेरी उस विरक्ति को वे अवश्य ही भांप जाते। परंतु उस दिन तो वे कुछ प्रायश्चित-सा कर रहे थे, अनुताप-सा कर रहे थे। प्रेम भी जता रहे थे, पर वे सब बातें, उनकी वे सब चेष्टाएं मुझे असह्य-सी लग रही थीं। और मैं झूठमूठ सोने का बहाना बनाकर राय की उन आंखों की प्यास का नज़ारा देख रही थी, उसका लुत्फ उठा रही थी।

सुबह जब उन्हें ज्ञात हुआ कि मैंने इस बार किसी को निमंत्रित ही नहीं किया तो वे बहुत बिगड़े। मैंने भी मुंहतोड़ जवाब दिया : लौंडी नहीं हूं। मोल खरीदकर नहीं लाई गई हूं। अत्याचार कब तक सहूं? अन्याय भी हो और डांट-फटकार भी! चोरी भी और सीनाजोरी भी! नहीं, मैं बर्दाश्त नहीं करूंगी, मैंने यह ठान ली।

कबूल करती हूं, दत्त का प्यार थोथा प्यार नहीं, सच्चा प्यार है। मैं स्वीकार करती हूं-वे सचमुच मुझे प्यार करते हैं। मैं यह भी कह सकती हूं कि इधर-उधर दूसरी औरतों की ताक-झांक करने की उनकी आदत नहीं है। उनमें यदि कोई दोष है तो यही कि वे शराब पीते हैं, मात्रा से अधिक, और रात को देर तक घर से गैरहाज़िर रहते हैं; मुझे अकेली उनकी प्रतीक्षा में आंखें बिछाए बैठा रहना पड़ता है। बहुधा मुझे रोना भी पड़ा था, और उससे मेरा मन उनके विरुद्ध वितृष्णा से भर गया था। और उनके लिए मेरे मन में प्यार भी खत्म हो गया, एक बूंद भी न रहा, यह मैंने उसी दिन जाना।

उसके दूसरे ही दिन राय आए। अभी चिराग नहीं जले थे और दत्त के आने का अभी समय नहीं हुआ था। मैं सोफे पर पड़ी तड़प रही थी। मेरे रक्त की प्रत्येक बूंद में राय ऊधम मचा रहे थे। राय और दत्त दोनों की मानस-मूर्तियां जैसे मुझे पाने को द्वंद्व कर रही थीं-मैं दत्त को पीछे धकेल रही थी और राय में समाती जा रही थी। कमरे में अंधेरा था, कोई नौकर-चाकर वहां न था। राय आए, झपटते हुए-जैसा चीता आता है निश्शब्द, और उन्होंने झपटकर मुझे अपने अंकपाश में जकड़ लिया और तड़ातड़ चुंबन पर चुंबन मेरे होंठों पर, मस्तक पर, कपोलों और कंधों पर जड़ने आरंभ कर

दिए। मुझे ऐसा लगा कि न जाने कब से-युग-युग से, जन्म-जन्मान्तरों से मैं इस आक्रमण की प्रतीक्षा कर रही थी। मैं एक ऐसे सुख में खो गई कि जिसका अपने जीवन में मैंने आज तक अनुभव नहीं किया था। मेरे नेत्र बंद हो गए और मैंने अपना आपा खो दिया।

दत्त

यह हो क्या गया है रेखा को! फूल के समान कोमल उसका आलिंगन लकड़ी के समान सख्त हो गया है। वह कुछ खोई-खोई-सी रहती है। उसके नेत्रों में भी एक विचित्रता देखता हूं। अब वह मुझसे आंखें मिलाकर बात नहीं कर सकती; जैसे उसे मेरी ओर देखने का चाव ही नहीं रहा हो। सिर्फ नपे-तुले शब्द बोलती है और कुछ कहते-कहते जैसे कुछ भूल जाती है, घबरा जाती है, चौंक पड़ती है। कभी-कभी अकस्मात् ही भय की आर्त चितवन मैं उसके नेत्रों में देखता हूं, जैसे अचानक किसी भयानक घटना को देखकर उत्पन्न हो जाया करती है। मैं तो अब कभी उसके साथ सख्त बात भी नहीं करता, यत्नपूर्वक उसे प्रसन्न रखने की चेष्टा करता हूं। फिर भी वह मुझे देखकर डर क्यों जाती है? पहले तो ऐसा नहीं होता था-मुझे देखते ही उसकी आंखें कमल के समान खिल जाती थीं'; अंग में फुर्ती-चुस्ती आ जाती थी, होंठ अधिक लाल हो उठते थे, कभी-कभी तो फड़कने-से लगते थे। ऐसा प्रतीत होता था, चुंबन का निमंत्रण दे रहे हैं। तब तो मैं उसकी ओर से सावधान ही था-इस प्रकार मानो मेरी कीमती धरोहर, भारी रकम हिफाज़त से मेरे घर में रखी है, उसकी चिंता करने की आवश्यकता नहीं है। इसके बाद ही मैंने अपने अन्यायाचरण पर भी विचार किया। कबूल करता हूं, यह शराब ही मेरे-उसके बीच बाधा बनी। मैं समय पर घर नहीं आता था। मैंने कभी इस औचित्य पर ध्यान नहीं दिया। पर अब तो मैं बहुत ध्यान रखता हूं। उसे प्रसन्न रखने के सब संभव उपाय करता हूं; पर ऐसा प्रतीत होता है जैसे-जैसे मैं उसे बटोरता हूं, वह बिखरती है, बेकाबू हो जाती है।

क्या उसे कोई दुःख है? बहुत बार मैंने पूछा है, पर सदैव उसने कहा-'नहीं'। पर उसका यह 'नहीं' कितना ठंडा है कि एक शब्द के सुनते ही मेरा हृदय ठंडा हो जाता है। बहुधा तो वह जवाब देती ही नहीं। उसकी चेष्टा से मुझे ऐसा प्रतीत होता है कि मेरी उपस्थिति अब उसे उतनी प्रिय नहीं प्रतीत होती। कभी-कभी तो असह्य-सी लगती है। क्या बात है यह? उसकी जड़ भी कुछ अवश्य है। क्या उसका मन प्रद्युम्न में लगा है? पति से अधिक क्या पुत्र पर उसका प्रेम केंद्रित हुआ है? यह तो मेरी ईर्ष्या का विषय नहीं होना चाहिए। पर नहीं, नहीं, ऐसी बात भी नहीं है। प्रद्युम्न को लेकर पहले वह जिस उमंग से मेरे निकट आती थी, अब कहां जाती है! वह तो जैसे अब मुझे देखकर छुईमुई-सी सिकुड़ जाती है, जैसे वह मेरी पत्नी नहीं, कोई गैर-औरत है। देर से घर में आने पर पहले वह गुस्सा करती थी, कभी मौन और कभी कहती-सुनती भी थी। उसका गुस्सा मुझे अच्छा लगता था, उसमें उसके अटपटे प्रेम का पुट था। पर अब तो वह कुछ भी नहीं कहती; जैसे मेरे घर में आने-जाने से उसका कोई वास्ता ही नहीं रहा। उस दिन मैंने उससे पूछा कि क्या वह बीमार है, तो उसका भी उसने वही ठंडा जवाब दे दिया, 'नहीं। देख रहा हूं कि मुझमें उसकी दिलचस्पी कम हो रही है।

राय के नाम से वह चौंकती है, स्थिर नहीं रह सकती। प्रसंग छिड़ते ही चल देती है। क्या बात है, उसे? राय से क्या उसे चिढ़ है? बेचारा भला आदमी है, खुशमिज़ाज है, मेरा पुराना दोस्त है। वह सदैव मुझे और उसे भी प्रसन्न करने की चेष्टा करता रहता है। उसने क्या रेखा को नाराज़ कर दिया है? ऐसा आदमी तो वह है नहीं। इधर वह आता भी कम है, और जब आता है, प्रद्युम्न के साथ खेलता रहता है। खूब घुटती है प्रद्युम्न से उसकी। परंतु इसमें तो रेखा के नाराज़ होने की कोई बात ही नहीं है।

कई दिन से मैं मन ही मन घुट रहा था। मैंने आज ठान लिया था, आज खुलकर बात करूंगा। आखिर मैं उसका पति हूं, उसके सुख-दुःख की मुझे ही तो खबर लेनी चाहिए। और मैंने उससे कहा, "रेखा, क्या बात है कैसी हो गई हो तुम?"

'क्यों? क्या मैं रेखा नहीं रही?' एक फीकी हंसी हंसकर उसने कहा और आंखें नीची कर ली।

मैंने कहा, "सचमुच तुम वह रेखा नहीं हो, बहुत बदल गई हो। बताओ क्या बात है, क्या तुम मुझसे नाराज़ हो?"

"नहीं।" इतना कहकर वह जाने लगी। मैंने रोककर कहा, "ठहरो!" तो वह मुंह फेरकर चुपचाप खड़ी हो गई, जैसे सचमुच कोई पर-स्त्री हो। क्या यह वही रेखा है जो बात-बात में हंसती थी, हंसते-हंसते जिसके गाल में गढ़े पड़ जाते थे, जो बात में बात निकालती थी! जब किसी बात पर ज़िद करती थी, गले में दोनों हाथ डालकर झूल जाती थी और ज़रा-से अनुग्रह पर तड़ातड़ चुंबन करने लगती थी। 'तुम बहुत ही अच्छे हो', उसका यह वाक्य कितने गहरे विश्वास से निकलता था। पर अब क्या? अब तो वे सब बातें हवा हो गईं। तब उसकी याद-मात्र करके रगों में लहू गर्म हो जाता था। दफ्तर के काम में थकावट ही प्रतीत नहीं होती थी। जब घर लौटने का समय होता था तो खून की एक-एक बूंद नाचने लगती थी...किंतु अब तो अवसाद ही अवसाद है-ठंडा और बासी।

मैंने उठकर उसे निकट बुलाया, गोद में बिठाकर प्यार किया। बहुत कहा, बहुत कहा, "दिल की बात कहो, दिल की धुंडी खोलो, क्या हुआ है तुम्हें? क्या तकलीफ है तुम्हें? क्या चाहती हो तुम?" किंतु सबका जवाब वही-'कुछ नहीं', उसी प्रकार मुंह फेरकर। ओफ, कितनी ठंडी थी 'वह कुछ नहीं'! जैसे छुरी की नोक हो। गुस्सा आ गया मुझे। मन हुआ कि फेंक दूं उठाकर। शायद वह भी मेरे मन की बात जान गई और आहिस्ता से मेरे अंकपाश से निकलकर चुपचाप बैठ गई, उसी भांति मुंह फेरकर।

मैं बिना खाए-पिए ही आफिस चला गया। मैं कैसे बर्दाश्त करूं यह सब? आखिर मेरा दोष भी तो हो। मैं तो रेखा को दिल से प्यार करता हूं। मैं इस बात पर गर्व भी कर सकता हूं कि मेरे जैसा प्यार अपनी पत्नी को सब कोई नहीं कर सकते। बेशक मैं कुछ लापरवाह अवश्य हूं। पर हम पति-पत्नी हैं। दिखावे की हम लोगों को क्या ज़रूरत है? क्या हम अब अपने प्यार को भी नाप-तोलकर देते-लेते रहें? मानता हूं-मैं ड्रिंक करता हूं। पर यह मेरी पुरानी आदत है। वह इसे पसंद नहीं करती, इसी से

मैं घर में न पीकर क्लब में पीता था। वहां दोस्त लोगों में तफरीह करते देर हो जाती थी। पर यह कोई इतना बड़ा कुसूर नहीं कि औरत मुंह फेरकर हर बात का जवाब ठंडी 'नहीं' में दे। इस 'नहीं' के बाद तो फिर मन में कुछ नहीं रह जाता। मैं कमाता किसके लिए हूं भला? रेखा ही के लिए न? मैं तो तन-मन से उस पर न्योछावर हूं। मैंने दूसरी किसी औरत की ओर आंख उठाकर भी तो नहीं देखा। मैं यह सब गंदी बातें पसंद नहीं करता। फिर कौन औरत है जो रेखा के चरण की बराबरी भी कर सकती है! मुझे रेखा पर गर्व है।

मेरे ड्रिंक पर वह इतना खीज जाएगी, यह मैंने नहीं सोचा था। असल बात यह है कि मैं प्रतिबंध सह नहीं सकता। उसने तो मेरे साथ डिक्टेटरशिप शुरू कर दी।

मैं ड्रिंक करूं ही नहीं? मित्रों के साथ आनंद-वार्ता न करूं? खाना-पीना न करूं? सबको छोड़ दूं? अकेला उसकी गुलामी करूं? यह तो प्यार से बाहर की बात है। गुस्सा आ गया मुझे। मेरे आत्मसम्मान पर चोट लगी। और मैंने ज़रा-सी सज़ा दे दी। उसने घर में मेरा बर्थडे मनाया, मैंने बाहर! बहरहाल मैं अपने दोस्तों को, उनके शौक को कैसे नज़रअंदाज़ कर सकता हूं! वे ड्रिंक की फर्माइश करें-मेरे बर्थडे पर, तो मैं कैसे इनकार कर दूं! माना शराब बुरी चीज़ है, पर वह ऊंची सोसाइटी की एक अनिवार्य वस्तु हो गई है-विदेश में मैंने यह देखा है; और समझता हूं कि इसमें तफरीह भी होती है, बहुत-से काम भी निकलते हैं। बड़े लोगों की कृपा और मित्रता प्राप्त होती है। ड्रिंक के समय ही सब छोटे-बड़े का भेद मिट जाता है, और कभी-कभी बड़ी-बड़ी उलझनें सुलझ जाती हैं। ड्रिंक करते-करते एक क्षण आता है जब हृदय हलका और स्वच्छ प्रतीत होता है; मन उदार और भावूक होता है। उस वक्त बुद्धिमान लोग शत्रु से भी अपना काम बना ले जाते हैं। मैंने स्वयं देखा है और लाभ उठाया है। मेरे वे उच्चपदस्थ जो आफिस में मुझे अपने सामने कुर्सी पर बैठने को भी कभी नहीं कहते-यद्यपि मैं स्वयं भी एक पदस्थ पुरुष हूं-ड्रिंक के समय ऐसा दोस्ताना बर्ताव करते हैं कि उस वक्त मैं चाहूं तो उनका सिर भी मांग सकता हूं और वे खुशी से दे सकते हैं।

फिर भी उमसें नुक्स है, मैं स्वीकार करता हूं। कभी-कभी ज़्यादती हो ही जाती है और मैं 'ओवर डोज़' हो जाता हूं। पर इससे मैंने आज तक किसी का कोई नुकसान नहीं किया। विदेश में मैंने देखा है, रात को पीकर एकदम बदहवास पति को लेकर जब उसके दोस्त उसके घर पहुंचते हैं, तो उसकी पत्नी उसे महज़ एक विनोद ही समझती है। वह पति के मित्रों का हंसकर स्वागत करती है। और अधिक से अधिक एकाध उलाहना देकर पति को छुट्टी दे देती है। दूसरे दिन उनके नए प्यार का, नए आनंद का दिन होता है। मैंने तो नहीं देखा, कहीं कोई पत्नी केवल ड्रिंक को लेकर ही महाभारत खड़ा कर दे। रेखा को मैं प्यार अवश्य करता हूं, पर मैं उसकी गुलामी तो बर्दाश्त नहीं कर सकता। यह रेखा की ज़्यादती है, फिर भी अब तो मैं उससे डरने ही लगा। उसी दिन की बात लो, दोस्तों का भी बुरा बना, सोसाइटी में गंवार कहलाया और सबको छोड़कर भाग आया। सो यह बेरुखी उसी का नतीजा है।

उस दिन मेरा बर्थडे था। दोस्तों ने घेर लिया। मुझे उन्हें एक काकटेल-पार्टी देनी पड़ी। सदैव से देता रहा हूं, पर इस बार मैंने निश्चय कर लिया था कि जल्द घर लौटूंगा, और दोस्तों के मना करने पर भी मैं सबको छोड़-छाड़कर खिसक आया। बड़ी भद्दी बात थी। मैं मेज़बान था, मेर बर्थडे था और मैं ही उन्हें छोड़कर भाग आया। निमंत्रितों में केवल दोस्त ही न थे, मुझसे ऊंचे ओहदे के व्यक्ति भी थे। मुझे उनसे तबीयत खराब होने का बहाना करना पड़ा। मन को बहुत बुरा लग रहा था, पर रेखा का ख्याल था। इस बार घर पर भी मेहमानों की आवभगत करना मैं चाहता था; पर घर जाकर देखा-सब सामग्री जैसी की तैसी रखी है, घर पर मेहमान कोई नहीं है। अकेले राय थे। लेकिन कुछ परेशान-से, घबराए-से। और दूसरे दिन सुबह जब मुझे ज्ञात हुआ कि रेखा ने इस बार किसी को निमंत्रित ही नहीं किया था, तो मैं अपने को काबू में न रख सका-बरस पड़ा। किंतु भली-बुरी जो बात थी खत्म हुई; पर रेखा उसी दिन से बदल गई है। उसके सब रंग-ढंग कुछ के कुछ हो गए हैं। मैंने ही मनाया है उसे। मगर अब वह एक निर्जीव गुड़िया-सी हो गई है जिसमें चाबी भरने से उसके हाथ-पैर तो चलते हैं पर प्राण उसमें नहीं हैं।

माया

राय से मैंने लवमैरिज की थी-अपने माता-पिता की स्वीकृति और रज़ामंदी के विरुद्ध। पिताजी चाहते थे, किसी अच्छे-भले घर में मुझे घुसेड़कर अपनी ज़िम्मेदारी से मुक्त हो जाएं। भले घर से मतलब उनकी नज़र में था जहां परिवार में मधुमक्खी के छत्ते के समान बेशुमार औरत-मर्द और बच्चे भरे हुए हों, खूब रुपया हो और शानदार मकान-कोठी हो, मोटर हो। जहां शहद भी टपकता हो और मक्खियां भी डंक मारती हों, एक हंस रहा हो, एक रो रहा हो; एक गुमसुम हो, एक बमकार हो; एक मर रहा हो, एक जन्म ले रहा हो। इसे वे कहते थे भरा-पूरा परिवार। पर मुझे इस मधुमक्खी के छत्ते की एक मक्खी बनना स्वीकार न था। दुनिया मैंने देखी तो न थी, पर कुछ-कुछ समझी थी। जब मैं एम. ए. में पढ़ रही थी, तभी मेरी एक सहेली का ब्याह ऐसे ही भरे-पूरे घर में हो गया था। वह बड़ी अच्छी लड़की थी, निहायत खुशमिज़ाज। विनोदी स्वभाव और बालसुलभ सरलता की मूर्ति थी-सुंदर भी थी और प्रतिभा सम्पन्न भी थी। बी. ए. में वह प्रथम और मैं द्वितीय आई थी। ब्याह के समय वह बहुत खुश थी। दूल्हा उसे पसंद था। अभी हाल में विलायत से डाक्टरेट लेकर आया था। सांवला-सलोना, कटीला जवान था। हाज़िरजवाब और सभ्य-शिष्ट, शीन-काफ से दुरुस्त। दूल्हा मुझे भी पसंद आ गया था और मैंने ऐसा दूल्हा मिलने के लिए सखी को बधाई भी दी थी। पर ब्याह के छः महीने बाद जब वह ससुराल से लौटकर आई तो उसके रंग-ढंग सब बदले हुए थे। वह सुस्त, उदास और जीवन से उकताई हुई सी, कुछ खोई हुई-सी हो रही थी। उसका वह उन्मुक्त हास्य, दिल खोलकर उत्साह से बातचीत का ढंग, सब गायब हो चुका था। मैंने कहा, "यह क्या हुआ? अभी जवानी तो चढ़ी ही नहीं और बुढ़िया हो गई।" उसने बहुत रोका अपने मन को, पर फूट पड़ी। उसने उस भरे-पूरे घर का बखान किया जो कलह, ईर्ष्या, द्वेष और अशांति का अड्डा बना हुआ था। जहां व्यक्ति की कोई मर्यादा न थी। जहां प्रत्येक स्वामी था, प्रत्येक असंतुष्ट था, प्रत्येक खड्गहस्त था। उसने अपनी जिठानियों की करतूतें बताईं, जो उसके रूप

को ईर्ष्या से और सभ्य-शिष्ट रहन-सहन को क्रोध से देखती थीं। उसके बनाव-सिंगार यहां तक कि साफ-सुथरे कपड़े पहनने तक को वे वेश्यावृत्ति कहती थीं। वे उसकी एकांतप्रियता का मज़ाक उड़ातीं। उसे घमंडी और छोटे घर की कहकर तिरस्कार करती थीं। सास थीं, जिनके सामने सब बहुएं या तो पालतू बिल्लियां थीं, या कबूतरी। उन्हें सिर्फ दरबे में बैठकर गुरगू करने की स्वतंत्रता थी। सास के सिर से पके बाल उखाड़ना और उसकी मुसाहिबगीरी करना उनका प्रधान कार्यक्रम था। नौकर-चाकर चोरी करते। बहुएं फूहड़ ढंग से चीज़ों की बर्बादी करतीं। बच्चे अव्वल दर्जे के ज़िद्दी। बच्चों को लेकर दिन में दस बार तू-तू मैं-मैं होती। पति घर में न रहते थे। दूर नौकरी पर थे। सास ने बहू को उनके साथ भेजने से इनकार कर दिया था। बड़ी कठिनाई से वह पिता के साथ आ पाई थी। उसके ससुर ने सौ हुज्जतें की थीं-'आप क्यों ले जाते हैं? आपने ब्याह कर दिया, छुट्टी हुई। सयानी लड़की अपने घर ही भली है।' तीर-तमंचे भी चला दिए ससुर ने-दान-दहेज कम दिया है। कंगलों जैसे व्यवहार था।' और भी बहुत-सी बातें। बेचारी मेरी सखी का पिता बहुत अपमानित होकर किसी तरह पंद्रह दिन के लिए बेटी को घर लाया था।

मेरा हृदय न जाने कैसी वितृष्णा से भर गया उसकी बातों को सुनकर। परंतु दूसरी बार डेढ़ बरस बाद जब वह अपने छः मास के बालक को गोद में लेकर आई तब तो उसका रहा-सहा पानी भी उतर गया था। उसकी आंखों के चारों ओर स्याही फैल गई थी। आंखों में अब तेज तो था ही नहीं। जिसके एक हास्य में सौ बिजलियां तड़पती थीं, वह हास्य मर चुका था। चेहरा राख के समान हो गया था। उसे न अब अपने वस्त्रों को संभालने की रुचि थी, न किसी बात में चाव था, जैसे वह इसी उम्र में जीवन से बेज़ार हो चुकी थी। उस बार तो वह अधिक बात भी नहीं करती थी, चुप रहती थी। बहुत पूछने पर फीकी हंसी हंसती थी, और जब उसका मन बहुत व्याकुल होता था तो अपने छः मास के बालक को दुलारकर दिल बहलाती थी। यही तो था ब्याह का मूल्य, जो उसे मिला-अपनी देह देकर अवसाद, बंधन और निराशा। मैं जितना

सोचती उतना ही मेरा मन विद्रोह कर उठता। मैंने ठान लिया कि विवाह करूंगी ही नहीं। किसी को मैं अपना अलभ्य प्यार भी दूं और दासी भी बनूं! भला क्या तुक है इसमें? अपने प्यार की कीमत मैं जान गई थी। कितने तरुण उसके एक कश के लिए लालायित हो मेरी भृकुटी की ओर देखते थे उन दिनों! मैं सबको समझती थी और गर्वित होती थी। कोरा प्यार ही नहीं, शरीर भी तो था मेरा, जिसका कोई मूल्य आंका ही नहीं जा सकता था। मैं न तो अपने प्यार को सस्ता बेचना चाहती थी, न उसे अपात्र को किसी भी मूल्य पर देना चाहती थी। सो मेरा प्यार मेरे ही अंचल में एकत्रित होता गया, और उसके बोझ से मैं कराहने लगी। प्यार तो अब किसी को देना ही होगा-देने ही से उसकी सार्थकता होगी-इस बात पर मैं जितना ही विचार करती, व्याकुलता होती जाती थी। नृत्य-संगीत का मुझे बचपन से शौक है। बचपन में मेरे इसी शौक के कारण मेरा नाम सबने रखा था 'राधा'। तब उस नाम का माहात्म्य मैंने जाना नहीं था। अब जाना तो राधा नाम चरितार्थ करने को मर मिटी। कैसे कहूं मैं अपने मन की पीर, और तभी मेरी नज़र के नीचे आए राय। जिंदगी की एक सजीव मूर्ति, रस-भरा कलश। आंखों में क्या मद था कि क्या कहूं! उन बातों को आज बाईस वर्ष हो गए पर भूली नहीं हूं, भूल सकती भी नहीं हूं। और तभी मेरे मन में एक नई अनुभूति भी हुई। मैंने देखा, जैसे प्यार किसी को दे डालने को मैं मरी जा रही हूं-वैसे ही प्यार की एक भूख भी मुझे मारे डाल रही है। उसकी पीड़ा तो मैं बहुत दिन से अंतरात्मा में अनुभव करती रही थी, परंतु असल कारण जान न पाई थी। वह जाना तब जब राय ने अकस्मात् ही अपने प्यार से मुझे सराबोर कर दिया। देन-लेन के हिसाब-किताब रखने का मुझे होश नहीं रहा। देन-लेन हुआ तो बहुत, पर क्या दिया, क्या लिया-यह मैं नहीं जानती। और जब होश आया तो मैं उनकी हो चुकी थी, अथवा वे मेरे हो चुके थे। फिर तो देन-लेन की होड़ मच गई। वे जितना देते उससे बहुत-बहुत गुना मैं देती। बदले में वे भी इतना देते थे कि क्या कहूं! उनका प्यार मुझे अपने रंग में सराबोर करता और मेरे प्यार में वे डुबकियां लगाते। उन दिनों विश्व के

सब फूल खिल रहे थे, सब तार जगमगा रहे थे, सारी दुनिया हंस रही थी, सब पर्वत हरे ही हरे थे, सब सरिताएं कलकल निनाद करती जा रही थीं। दुनिया का सौंदर्य दुनिया में बिखरा पड़ रहा था और हम दोनों-मैं और राय एकमात्र उसके दर्शक और साक्षी थे।

अकस्मात् ही कुछ अनहोनी-सी प्रतीत हुई। मैंने भयभीत होकर देखा-मैं भद्दी होती जा रही हूं। फिर मैंने अनुभव किया, कोई मेरे पेट के भीतर लातें चला रहा है। मेरा मन उदास रहने लगा। आलस्य और अवसाद मेरे मन में भर गया। मुझे न खाना अच्छा लगता न नाच-रंग भाता था। मैं अब नाच नहीं सकती थी। मेरा पेट बढ़ रहा था। जिससे कहती वह मुंह फेरकर हंस देता। राय से कहा तो उन्होंने उसे शुभ समाचार बताया। मैं बर्बाद हो रही थी और दुनिया आनंद मना रही थी। और वह भयानक रात आई-जब हज़ार-हज़ार बर्छियां मेरी अकेली जान पर चलीं। यह प्यार का मूल्य था। परंतु मैं मूच्छित हो गई। और जब होश में आई तो देखा-चंद्रक्रिरण-सी एक सजीव गुड़िया मेरा स्तन चूस रही थी। वाह री प्रकृति! वाह री विडम्बना! वाह रे प्यार! वाह री औरत! वाह रे मर्द! तेरे ये रंग-ढंग! ये जादू के खेल!

और मेरी बच्ची बड़ी होने लगी। इसके बाद जब प्यार की जमापूंजी को मैंने संभाला तो कलेजा धक् हो गया। मेरा प्यार तो अब मेरे ही आंचल में पड़ा-पड़ा बासी हो रहा था और मुझे जो मिल रहा था वह प्यार न था-प्यार की तलछट थी, कड़वी और अप्रिय। अपने प्यार का मूल्य तो मैंने ब्याह से पहले ही जान लिया था। अब मैंने उसे यत्न से अपने कलेजे में छिपा लिया। राय को यदि उसकी भूख नहीं है तो क्या ज़रूरी है कि ज़बर्दस्ती उन्हें ही दिया जाए? परन्तु अब मेरी भूख मुझे बेचैन कर रही थी-वह बहुत भड़क उठी थी। मुझे ढेर-सा प्यार चाहिए था। राय की तलछट मेरे काम की न थी। मुझे उससे नफरत हो गई। मुझे चाहिए गर्मागर्म प्यार-एकदम ताज़ा, एकदम अछूता।

और वह मुझे मिल गया। इसे मैं अपना सौभाग्य नहीं कहूंगी! उसका सौभाग्य न कहूंगी! मुझ जैसी सत्पात्र को वह प्यार मिला। वह निहाल हो गया। और मैंने बहुत दिन बाद तृप्त होकर प्रेम का अमर रसपान किया।

लीलावती

बड़ी खराब बात है? ये वर्मा साहब तभी घर में आते हैं, जब डैडी घर पर नहीं होते, और घंटों जमे रहते हैं, जैसे इन्हें और कोई काम ही नहीं हो। ममी और वे, दोनों, कमरा बंद करके न जाने कौन-सी गुत्थियां सुलझाते हैं। मुझे यह सब पसंद नहीं है। मैं आज ज़रूर डैडी से कहूंगी। कल वे दोनों कोई पिक्चर देखने गए-मैंने साथ चलने को कहा तो टाल गए और इतनी रात बीते आए। मैं जग रही थी। मैंने देखा-ममी की क्या हालत थी। उनके पैर सीधे नहीं पड़ रहे थे। ज़रूर-ज़रूर उन्होंने ड्रिंक किया था। सुबह आज जब मैंने पूछा तो बिगड़ उठीं। इसके क्या मानी? माना कि बच्ची हूं पर सब समझती हूं। बड़ी खराब बात है, वे वर्मा साहब अच्छे आदमी नहीं हैं।

ममी अब वह ममी नहीं रहीं। न उन्हें अब मेरा ही कुछ ख्याल है, न प्रेम है। वे चाहती हैं कि मैं मर जाऊं। मगर मैं क्यों मर जाऊं भला? जब देखो भरी बैठी रहती हैं। कभी मीठे बोल नहीं बोलतीं। नौकर-चाकर सभी तंग हैं। अभी वह हमारा पुराना बूढ़ा नौकर नौकरी छोड़ गया, डैडी से उसने कहा, "मालिक, अब इस घर में रहने के योग्य मैं नहीं रहा, मैं जाता हूं।" जब मैंने समझाया तो कहने लगा, "बिटिया, बस, इस घर में रहने का धर्म नहीं रहा।" ममी की ओर उसका इशारा था। उसे भी ये वर्मा साहब एक आंख नहीं सुहाते। लेकिन ममी हैं कि उन्हें देखते ही खिल उठती हैं। जब डैडी घर में आते हैं तो उनकी तबीयत खराब हो जाती है-कमरा बंद कर पड़ जाती हैं, बोलती तक नहीं। पर वर्मा साहब की मोटर का हार्न सुनते ही उनका दर्द काफूर हो जाता है। उनमें फुर्ती और चुस्ती आ जाती है। वे समझती हैं-मैं नादान हूं, कुछ समझती ही नहीं; पर मैं सब समझती हूं। जब मैंने कहा, "ममी, ये वर्मा साहब मुझे

अच्छे नहीं लगते-इनसे कह दो, यहां न आया करें," तो कहने लगीं, "तू कौन है, जो मुझपर हुक्म चलाती है! वे तेरे पास तो नहीं आते, मेरे पास आते हैं; हमेशा आएंगे। मैं उनके विरुद्ध एक लफ़्ज़ नहीं सुनना चाहती।" मैं भी लड़ बैठी। मैंने कहा, "सुनना क्यों नहीं चाहतीं? मैं ही उनसे कह दूंगी कि न आया करें," तो हाथ छोड़ बैठीं। उनका मिज़ाज ही बिगड़ गया है। वे चाहती हैं कि मैं होस्टल में जा रहूं, और फिर घर पर उन्हीं का राज हो जाए। क्यों रहूं भला मैं होस्टल में? उन्होंने डैडी को पट्टी पढ़ाई थी। डैडी राजी हो गए मुझे होस्टल में भेजने के लिए। मगर मैंने इनकार कर दिया। मैं नहीं जाऊंगी-मैंने भी ठान ली।

डैडी अब बड़ी देर करके घर आते हैं, पता नहीं कहां रहते हैं। ममी से वे खिंचे-खिंचे रहते हैं। पहले की तरह दिल खोलकर हंसते-बोलते नहीं हैं। और कैसे बोलें? ममी का तो उन्हें देखते ही मूड खराब हो जाता है, तबीयत खराब हो जाती है। डैडी रात को देर तक ड्रिंक करते रहते हैं और फिर सो जाते हैं। पहले तो ऐसा नहीं होता था।

घर में कितना सूनापन आ गया। मैं न मन की बात ममी से कह सकती हूं, न डैडी से। जब कहना चाहती हूं तो ऐसा लगता है जैसे कोई पत्थर छाती पर अड़ गया है। आखिर बात क्या है? किस बात पर लड़ाई है'? वह कभी खत्म भी होगी? मुद्दत हुई, डैडी ने मुझे पिक्चर नहीं दिखाई। उस दिन मैंने कहा तो उदासी से बोले, "ममी के साथ चली जाना।" ममी भला मुझे साथ क्यों ले जाने लगीं? वे तो जाएंगी वर्मा साहब के साथ।

डैडी मुझे प्यार करते हैं। वे अच्छे आदमी हैं। बहुत अच्छे हैं। मन की बात मैं उनसे कह सकती हूं, मेरी किसी बात को वे नहीं टालते। वे सदा प्रसन्न रहते हैं पर पहले जैसे देर-देर तक मेरे साथ हंसते थे, अब नहीं हंसते हैं। बस ज़रा-सा मुसकराकर रह जाते हैं। आफिस का काम बहुत बढ़ गया है; बहुत देर में आते हैं, पर फिर चले जाते हैं। पूछती हूं-'डैडी, अब आप मेरे साथ ताश नहीं खेलते, बातें नहीं करते।'-तो

ज़रा-सा हंसकर कुछ बहाना कर देते हैं। बहाने की बातें मैं समझती हूं, अच्छी तरह समझती हूं। कुछ बात है उनके दिल में, जो छिपाते हैं। शायद वे ममी से दुःखी हैं।

एक दिन मैंने उनसे कहा था, "डैडी, आप ममी से बोलते क्यों नहीं हैं? उनके पास बैठते क्यों नहीं हैं? पहले तो ऐसा नहीं था। जब आपका आफिस से आने का वक्त होता था, तो ममी परेशान हो जाती थीं। स्वयं नाश्ता लगाती थीं। मुझसे तकाज़ा करके कपड़े बदलवाती थीं, आप भी नई साड़ी पहनतीं, बाल बनातीं और गुनगुनाती हुई बार-बार घड़ी की ओर देखती रहती थीं। हर मिनट पर कहती थीं-'तेरे डैडी ने आज इतनी देर कर दी। अभी तक नहीं आए।' पर अब तो ऐसा नहीं होता। सब कुछ नौकरों पर छोड़ दिया है उन्होंने। जैसे आपमें उनकी कोई दिलचस्पी ही नहीं रही है। आप आते हैं तो किसी बहाने से कहीं खिसक जाती हैं।"

हंसकर मेरी बात सुनकर डैडी ने मेरे सिर पर हाथ फेरते हुए कहा, "तेरी बात ठीक है लीला। उनको अब मुझमें दिलचस्पी नहीं रही। मैं पुराना हो गया। लेकिन तू तो मेरा बहुत ख्याल रखती है, तू बड़ी अच्छी बेटी है।"

बस, बात कहते-कहते उनकी हंसी गायब हो गई, और मैं देखती रह गई। मगर अब तो कुछ-कुछ मैं समझ रही हूं। इन वर्मा साहब की बात, डैडी उनका आना पसंद नहीं करते। फिर उन्हें आने को मना क्यों नहीं कर देते? न करें वे, मैं मना कर दूंगी। हम तीन आदमी घर में हैं। मैं हूं, डैडी हैं, ममी हैं। बस, चौथे की क्या ज़रूरत है! नहीं, नहीं, बिल्कुल ज़रूरत नहीं है, मैं आज डैडी से कहूंगी। सब बात कहूंगी।

वर्मा

मुझे ऐसा प्रतीत हो रहा है, जैसे मैं किसी चट्टान से टकरा गया हूं। माया औरत है मगर चट्टान की तरह सख्त और अविचल। मैं मर्द हूं, मगर छुई-मुई के पेड़ की भांति संकोच और झिझक से भरा हुआ। राय मेरे अफसर हैं, और मैं उन्हीं के आफिस का एक कर्मचारी हूं। अब यदि मैं खुल्लमखुल्ला माया से अपना संबंध स्थापित कर

लेता हूं, तो संभवतः मेरी नौकरी नहीं रहेगी। राय मुझे कभी नहीं बख्शेंगे। यों वे एक खुश-अखलाक अफसर हैं। पर कोई कितना ही खुश-अखलाक हो, अपनी पत्नी के जार को सहन नहीं कर सकता। मैं जानता हूं, राय का चरित्र दृढ़ नहीं है। अनेक लड़कियों से उनके संपर्क हैं। उनके संबंध में मैं बहुत-सी कहानियां सुन चुका हूं। आफिस के चपरासी से हैड तक उनकी रंगीन कहानियां कहते-सुनते हैं पर उनसे किसी को कोई शिकायत नहीं, सब उनसे खुश हैं। वे जैसे खुश-अखलाक हैं वैसे ही उदार भी हैं। कितनी बार वे अपने मातहत लोगों का पक्ष लेकर ऊपर के अफसरों से भिड़ गए हैं। बेशक वे सीधे-सादे आदमी नहीं हैं। पर सीधा होना कोई अच्छी बात थोड़े ही है! बेचारी गाएं, जिनके सिरों पर लंबे और पैने सींग होते हैं, केवल अपनी सिधाई के कारण ही कसाई की छुरी का शिकार बनती हैं। उन पर वे सींगों का प्रहार नहीं करतीं। राय न स्वयं सीधेपन को पसंद करते हैं न किसी की सिधाई की तारीफ करते हैं।

माया से मेरी मुलाकात छः महीने से है। राय की मुझपर खास कृपा रहती है। उन्होंने मुझे कठिनाइयों से उबारा है। मैं तो यहां तक कह सकता हूं कि वे मुझसे प्रेम भी करते हैं। इसी से उनके घर मेरा आना-जाना आरंभ हुआ। माया से परिचय हुआ। मैं नहीं जानता क्यों, पहली ही नज़र में मैंने माया को पसंद कर लिया। उसकी उम्र मुझसे ज़्यादा है। वह बाईस बरसों से राय की पत्नी है, जबकि मैं अभी तक कुंआरा हूं। वह चालीस से ऊपर की आयु को पहुंच चुकी है, और अभी मैं केवल छत्तीस का ही हूं। फिर भी मेरा मन उसे देखकर उस पर आकर्षित हो गया। और मैंने देखा, माया ने इसे जान लिया, और वह नाराज़ नहीं हुई, सदय हुई। राय को मेरे ऊपर संदेह तक नहीं हुआ। और हम दोनों-मैं और माया-भी संभवतः अज्ञात ही एक-दूसरे की ओर आकर्षित होते चले गए। परंतु प्रेम की भाषा मैं नहीं जानता, प्रेम के तत्त्व और प्रेम के फल को भी शायद नहीं जानता। आपको आश्चर्य हो सकता है-मेरी उम्र के आदमी को आजकल अधेड़ कहा जाता है। सो मेरा यह प्रेम संबंधी अज्ञान सर्वथा हास्यास्पद है। परंतु मैं एक दरिद्र परिवार का सदस्य हूं। जिसे लोग गदहपचीसी कहते हैं, वह उम्र

तो मेरे जीवन-संघर्ष में पिस गई। पिता स्वर्गवासी हो गए। माता, दो भाई और दो कुंआरी बहनों का सिर पर बोझ लेकर मैं अपनी कच्ची आयु में ही बिना ही गृहस्थ बने गृहस्थ बन गया। मेरी सारी भावुकता पेट की चिंता में खर्च हो गई, और उभरता हुआ यौवन भोजन के बोझ से चकनाचूर हो गया। जीवन की रंगीनियों से मैं वंचित ही रहा। विलास और ऐश्वर्य से दूर, जीवन में संतोष और तृप्ति के दर्शन भी नहीं हुए-केवल भूख ही को मैंने जाना-पहचाना और अपनी 'जवानी अर्पित कर दी।

बेशक मैं कहता हूं-मैंने अपनी भूख को अपनी जवानी अर्पित कर दी, और अब यद्यपि मैं केवल छत्तीस ही बरस का हूं, उस जवानी की उमंग मैं अपने भीतर नहीं देख रहा। आज भी तो मैं भूख से लड़ रहा हूं। बहनों की शादी हो गई। एकमात्र पैतृक मकान रहन हो गया। एक भाई भी पढ़ रहा है, दूसरे को नौकरी मिली है, पर अभी वह किसी को सहायता देने के योग्य नहीं है। जितना कमाता हूं, सब खर्च हो जाता है। और भूख वैसी ही कायम है।

आखिर यह भूख क्या बला है! इस पर मैंने बहुत बार विचार किया है। तन की भूख पर भी और मन की भूख पर भी। कम्युनिस्ट लोग कहते हैं, दुनिया के सब लड़ाई-झगड़े तन की भूख के कारण हैं। रोटी ही सब बीमारियों का इलाज है। रोटी ही सब मुश्किलों को आसान करने का गुर है। लेकिन फ्रायड कहता है-सब झगड़ों की जड़ तन की नहीं, मन की भूख है, काम की भूख, यौन-क्षुधा। और सब सामाजिक, आर्थिक और व्यक्तिगत रोगों की दवा है-औरत, यौन-तृप्ति।

मन की इस भूख ने मुझे बहुत सताया। आखिर मैं एक तंदुरुस्त स्वस्थ तरुण रहा हूं। मेरी रंगों में लहू है, पानी नहीं। कामवासना-स्त्री की भूख से मैंने तड़प-तड़पकर लंबी रातें बिताई हैं। स्त्री की अनेक कल्पित मानस-मूर्तियों से मैंने संगम किया है। पर उससे मेरे मन की भूख मिटी नहीं, दबी नहीं, और भी भड़की है।

स्वास्थ्य से काम-वासना का अटूट संबंध है। मैं जानता हूं, काम-वासना शुद्ध शारीरिक उद्वेग है, मानसिक नहीं। इसलिए संयम या ब्रह्मचर्य का यह अभिप्राय

समझा जाए कि स्त्री-सहवास तथा कामपूर्ति के अस्वाभाविक तरीके और सर्व-काम-संबंधी विचार-भावनाएं तक बलात् रोकना ही संयम या ब्रह्मचर्य है, तो वह केवल संपूर्ण नपुंसक लोगों के ही लिए संभव है। मैंने अपनी उठती हुई आयु स्त्री-विहीन ही व्यतीत की है। मैंने इस दुर्जय काम पर विजय पाने के बड़े-बड़े प्रयत्न किए। व्यायाम से शरीर को थका डाला। थकावट से जहां थोड़ी वासना कम हो जाती थी वहां शारीरिक और मानसिक शक्ति कम होती थी। पर, व्यायाम से ज्योंही शरीर सबल हुआ, काम-वासना प्रचण्ड हो गई। ओह, इस प्रचंड काम-वासना को दबाने में मैंने अपने जीवन के कितने सुनहरे दिन बर्बाद किए, कितने आनंद के क्षणों को निरानंद बनाया! उसकी बात क्या कहूं! क्या आप विश्वास करेंगे कि उन दिनों की स्त्री प्राप्ति न होने से मैं अर्ध-विक्षिप्त हो गया था।

एक बात मैंने और देखी, उत्तम पाचन-शक्ति का काम-वेग पर भारी प्रभाव पड़ता है। सदैव से मेरी पाचन-शक्ति तीव्र रही है। इससे मेरे शरीर में प्रचंड काम-शक्ति का उदय होता रहा। कहना चाहिए-ज्वार-भाटा आता रहा। मैं अनुभव करता था कि मेरा शरीर तप रहा है, पर कामाग्नि के इस ताप को थर्मामीटर पर नहीं नापा जा सकता था।

मैंने विज्ञान की शिक्षा पाई है। मैं जानता हूं कि हमारे शरीर का निर्माण करने की शक्ति हमारे रक्त-सेलों में है। जैसी छोटी-छोटी ईंटों से मकान बनाए जाते हैं, उसी प्रकार सेलों से शरीर बना है। और रक्त-प्रवाह के साथ जीवन-शक्ति हमारे शरीर को मिलती है। परंतु यह प्रवाह काम-वासना पर निर्भर है। काम-वासना हमारे शरीर में एक आग जलाती है, उससे तपे हुए गुलाबी गालों को देखकर हमें प्रसन्नता और उत्तेजना होती है; क्योंकि इससे रक्त की उत्तमता का संबंध है। जितना ही हमारा रक्त उत्तेजित होगा, उतना ही हमारा स्वास्थ्य उत्तम होगा; और रक्त की उत्तेजना का उत्तम प्रकार कामोत्तेजना ही है।

मानवीय विकास का इतिहास काम-विकास से आरंभ होता है। बच्चे काम-वासना के विकास से रहित होते हैं। यह उनका सौभाग्य ही है। उनके कोमल नन्हें शरीर और सुकोमल हृदय भला काम के प्रचंड वेग को कैसे सह सकते थे!

प्राणी-शास्त्र विशारदों ने कहा है कि प्रेम का उदय विचार से होता है। परंतु प्रेम पर संयम रखने की आवश्यकता पर भी उन्होंने विचार किया है। शरीर एक महत्त्वपूर्ण यंत्र है, उससे उतना ही काम लिया जाना ठीक है जितने की शक्ति उसमें है। प्रेमोत्तेजना में यदि शरीर की शक्ति से बाहर काम किया जाएगा तो निश्चय ही उसका परिणाम अनिष्टकारक होगा। जब प्रेम के साथ कामोदय होता है तो रक्त में और नाड़ियों में एक तीव्र उत्तेजना का अनुभव होता है और आनंद की अनुभूति से प्रेम मिलकर एक मानसिक काम बन जाता है जो अत्यंत आह्लादजनक होता है। वह जब युवा पुरुष में, जो स्वस्थ भी है, पूर्ण आवेग में होता है तो प्रेम के पर उग आते हैं और उसे जीवन में कहीं का कहीं ले उड़ते हैं।

ऐसा ही मैंने अपने जीवन में देखा। मैंने कहा आपसे कि मैं पूर्ण स्वस्थ युवा था। और जब-जब मेरे अंग में कामोत्तेजना होती थी, मेरे श्वास तथा रक्त के प्रवाह में अंतर पड़ जाता था, यह मैं अनुभव करता था। भोर के तड़के जब मैं उठता था तो ऐसा प्रतीत होता था कि शरीर के साथ सारी ही इंद्रियां जाग उठी हैं। मैं देखता था कि तनिक सोचने से मस्तिष्क में रक्ताभिसरण भर जाता था। रक्ताभिसरण जीवन में कितना बहुमूल्य है, उसे सब लोग नहीं जानते। और भी एक बात है जिसे सब लोग नहीं जानते। जितनी अधिक मस्तिष्क की बड़ी शक्ति होगी, उतनी ही उत्तेजना अधिक होगी। इसलिए कामोत्तेजना जीवन के सब कामों से अधिक महत्त्वपूर्ण है। वह जितनी ही अधिक होगी, उतना ही मस्तिष्क विकसित होगा। मनुष्य अपने अस्तित्व को कायम रखने के लिए, जो न केवल उसके व्यक्तित्व में सीमित है अपितु ब्रह्माण्ड-भर में विस्तृत है, मस्तिष्क से बहुत काम लेता है। इसी से मनुष्य का मस्तिष्क संसार के सब प्राणियों से बड़ा होता है। परंतु यह एक गंभीर तथ्य है कि मस्तिष्क को आराम की ज़रूरत है, पेशियों को परिश्रम की। कामोत्तेजना, जो पुरुषत्व की प्रतीक शक्ति है, जीवन की सर्वाधिक महत्त्वपूर्ण और आनंदवर्धक वस्तु है।

आप चाहे जो भी समझें, पर मैं जब अपने जीवन के सबसे नाज़ुक और महत्त्वपूर्ण लक्ष्यबिंदु पर आ पहुंचा हूं तो मन की सब गुप्त-प्रकट बात प्रकट करूंगा। एक ही शब्द में मैं कहना चाहता हूं कि जब मैं अपरिसीम काम-वासना को शरीर में भड़का देखता था तो ऐसा अनुभव करता था कि जैसे संसार की बहुमूल्य मणि मैंने प्राप्त कर ली है।

कोई कमज़ोर दिल वाला व्यक्ति उस वेग के धक्के को सह नहीं सकता था। मैं उसका निवारण नहीं कर सकता था। इतना ज्ञान मुझमें था कि मैं अस्वाभाविक आवेश से बचता गया। मुझे अपनी काम-वासना से प्रबल युद्ध करना पड़ा। मैं अपना ध्यान दूसरे कामों में बंटाता और रात-दिन काम में व्यस्त रहता, परन्तु काम-वासना उतने ही वेग से मेरे सम्मुख आ खड़ी होती।

शारीरिक आवश्यकताएं अनिवार्य हैं। यह वह संघर्ष है जिसमें बार-बार हमें पड़ना है। दिन-भर के काम से चकनाचूर शरीर लेकर जब रात को शय्या पर जाता तो, यद्यपि वह आराम का समय होता था, परंतु मुझे उस एकांत रात्रि में अपनी सारी शक्ति काम-वेग से युद्ध करने में जुटानी पड़ती थी; यद्यपि यह युद्ध मुझे चुपचाप करना पड़ता था और कभी-कभी विषम कठिनाई का साम्मुख्य भी होता था। कोई भी अस्वाभाविक चेष्टा नितांत मूर्खतापूर्ण थी। और वेश्यागमन स्वास्थ्य और प्रतिष्ठा के लिए खतरे की चीज़ थी। तब इस काम-शत्रु को दमन करने का क्या मार्ग हो सकता था? इस निर्दय शत्रु का इलाज स्त्री थी, जो मुझे प्राप्त न थी। कभी-कभी प्रकृति सहायता करती थी, पर वह यथेष्ट न थी। इस दुर्दम्य काम-पीड़ा को शांत करने के लिए एक आदर्श साथी की आवश्यकता थी, जो इस आनंद के आदान-प्रदान में बराबरी की प्रतिस्पर्धा करे और जिसे मैं अपने-आपको सौंप दूं, जो न केवल आनंद की अपितु सौभाग्य की बात थी।

परंतु मुझे ऐसा साथी नहीं मिला। और मेरे जीवन की दुपहरी इस कठिन काम-संग्राम में लड़ते-लड़ाते ही कटी। मेरी इस जीवन की कठिनाई और दयनीयता का कोई कहां तक अनुमान लगा सकता है भला!

मैंने ब्रह्मचर्य और संयम की चर्चा की है। दोनों का ही मैंने सहारा लिया पर लाभ कुछ न हुआ। यह कहना कि ब्रह्मचर्य से किसी हालत में कोई हानि नहीं है, सरासर अवैज्ञानिक है। मैंने तो देखा कि ब्रह्मचर्य के पालन में बेहद शारीरिक शक्ति खर्च हुई और उससे तारुण्य के उल्लास का वेग ही रुक गया, और मैं सदा के लिए म्लान और निस्तेज हो गया।

यह एक बड़ा ही पेचीदा सवाल है, जो मेरे जैसे लाखों-करोड़ों तरुणों के सामने आता है कि अविवाहित व्यक्ति को कामेच्छा होने पर उसकी पूर्ति किस प्रकार करनी चाहिए! यह सवाल आरोग्य-विधान की दृष्टि से मैं कर रहा हूं। क्या वह स्वसंभोग करे जो हानिकारक है, या वेश्यागमन करे जो खतरनाक है, या परस्त्रीगमन करे जो अनीति है? वह यदि समाज-बंधन और नीति-बंधन में बंधने की परवाह नहीं करता तब तो कोई दिक्कत ही नहीं है। मैंने इस संबंध में चिकित्सकों से राय ली और उन्होंने स्पष्ट कहा कि वह किसी भी स्त्री से सहवास करे। मैंने जब नीति की बात कही, तो उन्होंने कहा-चिकित्सक नीति का रक्षक नहीं है, स्वास्थ्य का रक्षक है। मैंने चाहा कि वे कोई ऐसी शामक औषध दें कि जिससे मेरी भड़की हुई वासना शमित हो जाए- परंतु उन्होंने निश्चित रूप से मुझे सचेत कर दिया कि यदि मैं ऐसी कोई औषध लेने की मूर्खता करूंगा तो न केवल काम-वासना, प्रत्युत शरीर की समस्त क्रियाएं भी मंद पड़ जाएंगी और शीघ्रातिशीघ्र वृद्धावस्था मुझे धर दबाएगी। यह शरीर के लिए एक जोखिम की बात है, और इन चीज़ों को लगातार लेने से शरीर की और मन की स्फूर्ति नष्ट हो जाती है। निस्संदेह कुछ परिस्थितियां हैं जबकि साल-छः महीने के लिए अथवा जन्म-भर तक के लिए ब्रह्मचर्य रखना लाभदायक हो सकता है, पर वह खास-खास हालतों में, खास-खास रोगियों के लिए, न कि पूर्ण स्वस्थ और बलवान लोगों के लिए आम नियम बन जाना चाहिए। और इसके निर्णय का अधिकार नीति के उपदेशक एवं धर्मगुरुओं को नहीं है, प्रत्युत चिकित्सकों को है। स्वर्ग-प्राप्ति, मुक्ति

के लिए या धर्म-लाभ के लिए ब्रह्मचर्य की आवश्यकता नहीं है, ब्रह्मचर्य की आवश्यकता स्वास्थ्य-लाभ के लिए है। भूख और काम-वासना दोनों का शरीर पर समान अधिकार है। कुछ लोग कुछ समय तक उपवास कर सकते हैं। इससे यह कहना कि मनुष्य के लिए भोजन की आवश्यकता ही नहीं हैं, मूर्खता है। सहवास में शक्ति खर्च होती है यह ठीक है, पर काम-धंधा करने में, चलने-फिरने और परिश्रम करने-सभी में तो शक्ति खर्च होती है। पर उसकी पूर्ति शरीर स्वाभाविक रीति से कर लेता है। वीर्य का शरीर में एकत्रित करना संभव नहीं है, वह खारिज होता है। तभी उसके बनने की क्रिया ठीक-ठीक होती रहती है। बेशक काम-वासना की शक्ति का कुछ अंश दूसरे कामों में भी खर्च किया जा सकता है, पर वह पूरे तौर पर दूसरे काम में नहीं लाई जा सकती है। न काम-वासना संतानोत्पत्ति के लिए है-वह तो एक विशेष सुख और जीवन की स्फूर्ति के लिए है।

चिकित्सकों के इस निर्णय ने मेरे मन को झकझोर डाला और मैं एक जीवन-साथी की प्राप्ति के लिए छटपटाने लगा। पर साथी को कैसे प्राप्त करूं, यही मेरे लिए समस्या बन गई। मैंने फ्रायड के मनोविज्ञान का मनन किया। उनका अचेतन-सिद्धांत बड़ा अद्भुत है। उनका कथन है कि मन के सब व्यापार हमें मालूम नहीं होते, और मन का एक निर्ज्ञान-प्रदेश होता है। यही निर्ज्ञान-प्रदेश हमारी कामनाओं की समष्टि है। निरुद्ध होने पर भी हमारी कामनाएं मन से सर्वथा दूर नहीं होती, प्रत्युत मन में आत्म-प्रकाश करने की चेष्टा करती हैं। जीवन में जो छोटी-छोटी भूलें होती हैं-उनके मूल में भी यही निरुद्ध कामना काम करती है। हमारे मन में ऐसी अनेक कामनाएं होती हैं जो सामाजिक बंधन तथा अनुशासन के कारण अमल में नहीं आ पातीं। जब हमारी बुद्धि जागरित होती है, तब हम उन्हें बलपूर्वक टालते जाते हैं; पर स्वप्नावस्था में जब बुद्धि अकर्मण्य बन जाती है, तो हमारी ये निरुद्ध कामनाएं स्वप्न में नाना प्रकार के रूप धारण करके आत्मप्रकाशन करती हैं।

उन निरुद्ध कामनाओं में अनेक ऐसी हैं जिनका संबंध काम-वासना से है। मनुष्य को सामाजिक बंधनों के कारण उन्हें निरुद्ध करना पड़ता है और वे रुद्ध कामनाएं अनेक उपायों से तृप्ति-लाभ करने की चेष्टा करती हैं, जिनके रूपांतर नाना मानसिक रोग हैं।

मेरे मस्तिष्क में जब ये जटिल काम-समस्याएं उलझ रही थीं और मैं निश्चय ही मानस रोग की ओर धकेला जा रहा था, तभी माया मेरे संपर्क में आई। परंतु मैंने माया को नहीं-माया ने मुझे अपनी ओर खींचा। मैं कह चुका हूं, उसकी आयु मुझसे अधिक है। उसकी सामाजिक स्थिति भी मुझसे ऊपर है। मेरे मन की शंकाएं, झिझक, निरोध बहुत थे। पर प्रकृत भूख भी एक स्त्री के लिए अत्यंत भयानक रूप से मुझे पीड़ित कर रही थी। इस कारण माया की प्राप्ति मेरे जीवन की एक पूर्ति हो गई। मैंने अपने को माया के अर्पण कर दिया है-तन से भी और मन से भी। और अब मैं उसका बड़े से बड़ा मूल्य चुकाने पर आमादा हूं। अब तो मेरा मुझाया हुआ यौवन फिर से हरा-भरा हो गया है।

माया ने मुझसे विवाह का प्रस्ताव किया है। उस संबंध की सब प्रतिकूल-अनुकूल बातों पर हमने विचार कर लिया है और मैंने सब कुछ उसी पर छोड़ दिया है। वह एक हौसलेमंद औरत है। और मैं आशा करता हूं कि उसे पत्नी के रूप में प्राप्त कर मैं अपने अब तक के अपूर्ण जीवन की पूर्णता को प्राप्त कर लूंगा।

दिलीपकुमार राय

आखिर यह बात भी होकर रही। माया चली गई। आज नहीं तो कल, यह काम तो होना ही था। छः महीने से मैं इस बात की आशंका कर रहा था। लेकिन यह एक ज़बर्दस्त घटना रही। मेरी बात छोड़िए, पर दूसरा कोई व्यक्ति इसकी आशा नहीं कर

सकता था। माया कोई नई नवेली नहीं है। उसकी उम्र चालीस को पार कर रही है। बाईस बरस वह मेरे साथ रही। एक जवां मर्द औरत की तरह उसने मेरे साथ सब भले-बुरे दिन देखे। सबमें उसने हिम्मत और दृढ़ता से मेरा साथ दिया। मैं उसे बेवफा कहने की जुर्रत नहीं कर सकता। इस एक घटना के अतिरिक्त, जिसका संबंध वर्मा से है, वह अंततः मेरे प्रति वफादार बनी रही। एक बार भी मैंने उसकी दृष्टि में अंतर नहीं देखा। कभी भी मैंने बांधकर नहीं रखा। बंधकर रहने वाली औरत वह है भी नहीं। मैं औरत को भैंस-गाय नहीं समझता हूं कि गले में जंजीर बांधकर रखू। फिर माया तो एक सुशिक्षिता, समझदार औरत है। वह अपना भला-बुरा, इज़्ज़त-आबरू सब समझती है। वह बड़ी गैरतमंद भी है, तेजस्विनी भी है। अपनी शान और मर्यादा का उसे पूरा ख्याल है। वह जब तक रही अपनी निष्ठा के साथ, और अब गई तो भी निष्ठा के साथ। उसकी आंखों में झिझक न तब थी न अब।

बेबी अब बच्ची नहीं रही। उन्नीस बरस की हो चुकी। सब बातों को समझती है। फिर भी अभी उम्र तो उसकी कच्ची ही है। जिंदगी के उन गंभीर और पेचीदे मामलों को वह कैसे समझ सकती है जो हमेशा उलझन से पैदा होते हैं! उसने तो अभी जिंदगी की सुबह ही देखी है। ज़िदगी में कभी दुपहरी भी आती है, उसमें आंधी-तूफान, बरसात, भूचाल बरबादी भी आती है, यह वह क्या जाने? अपनी ममी को वह प्यार करती थी-शायद अब भी करती है। आज तीन दिन हो गए, जब से माया गई है, वह बराबर रो रही है। खाना उसने नहीं खाया है। एक शब्द भी उसने अपनी ज़बान से नहीं कहा है। चुपचाप रो रही है, बस रो रही है। जैसे वह एक दूध पीती हुई बच्ची हो और उसे अकेला छोड़कर उसकी मां मर गई हो। मुझे भी वह प्यार करती है। इसी से वह मुझे देखते ही फूट पड़ती है। शायद वह समझती है कि उसी की वजह से माया चली गई है।

जब उसने यह हकीकत मुझसे कही-मेरी गैरहाज़िरी में वर्मा का आना और घंटों घर में एकांत में रहना, माया का उसके साथ घर से बाहर सिनेमा के बहाने जाना और

बड़ी रात बीते शराब के नशे में धुत लौटना, बेबी के रोक-टोक करने पर डांटना-डपटना, हाथ तक छोड़ बैठना-तो मैं चुप न रह सका। कुछ तो सब बातें सुनकर मैं अपने दिमाग का संतुलन खो बैठा और कुछ यह भी खयाल किया कि चुपचाप बर्दाश्त कर लूं तो बेबी क्या कहेगी। मैं माया से उलझ बैठा। कुछ यह बात नहीं कि मैं अपना मामला जानता नहीं। कई महीने पहले ही मैं वर्मा और उसके अवैध संबंध को जान-भांप गया था, पर मुझे उस हालत में क्या करना चाहिए था, यही तय न कर पाया था। बहुत बार मैंने माया को समझाना भी चाहा। पर मैं उसे नसीहत कैसे दे सकता था, जबकि वह जानती है कि मैं खुद उसके प्रति वफादार नहीं हूं! सिर्फ एक रेखा ही की तो बात नहीं. और भी स्त्रियों से मेरे संबंध हैं। इस बात को छिपाने से क्या लाभ है? खासकर माया से तो कुछ छिपा नहीं है। रेखा की बात भी वह जान गई है। रेखा एक वफादार औरत थी। परंतु उसके ब्याह को तो अभी पांच ही बरस हुए थे। पांच बरस की वफादारी भला बाईस बरस की वफादारी का क्या मुकाबला कर सकती है!

मैंने आपसे अभी नहीं कहा था कि माया मेरे प्रति बाईस बरस वफादार रही। और वफादार ही क्यों? कहना चाहिए एक सच्ची जीवन-संगिनी, जिसमें प्रथम श्रेणी की समझदारी, विश्वासपात्रता, आत्मत्याग, साहस, हिम्मत और निष्ठा थी। इन सब बहुमूल्य सद्गुणों की कितनी बार परीक्षा हुई। कितने ऐसे क्षण आए कि जब पहाड़ भी डिग जाते हैं। पर वह न डिगी।

बाईस साल थोड़े नहीं होते। जब वह ब्याहकर आई थी तब बीस बरस की थी। बस जैसी हमारी बेबी है। शक्ल और सूरत दोनों ही में बेबी माया की एक सही प्रतिलिपि है। ऐसा ही चमकदार गुलाबी उसका रंग था. ऐसी ही बड़ी-बड़ी आंखें, होंठों पर ऐसी आग्रही हंसी। और प्यार का ऐसा ही अल्हड़ उन्माद-जुनून और आवेग। बेबी ही की भांति वह आग्रही स्वभाव की थी। ज़रा-सी बात पर ही वह गुस्सा हो उठती थी और वह तब तक ज़मीन-आसमान सिर पर उठा लेती थी जब

तक मैं उसके तलुए अपनी गोद में लेकर बैठकर उन्हें न चूमूं। और तब वह एकबारगी ही खिलखिलाकर हंस पड़ती, गले से लटक जाती और उस एक बार के चरण-चुंबन के बदले हज़ार गर्म-गर्म चुंबन देकर भी नहीं अघाती थी।

ओह, क्या कहते-कहते क्या कह गया! बेवक्त ये बातें याद आ गईं, बीती बातें, जो अब कभी नहीं लौटेंगी। और इनके साथ वे चांदी की अनगिनत रातें, और सोने के दिन जो माया के साथ मेरे बीते। पर अब उन्हें याद करने से क्या फायदा? जो बीत गया-सो बीत गया। पर मैं कह तो यही रहा था कि जीवन के बाईस बरस कम नहीं होते। मैंने कहा न कि उस वक्त माया की उम्र बीस बरस की थी, और मेरी छब्बीस बरस की। हम दोनों ही गदहपचीसी के फेर में थे। सो अब माया बयालीस को पार कर रही है और मैं अड़तालीस के पेटे में हूं। हम दोनों ही की जवानी खत्म हो चुकी, जिंदगी का उभार बीत चुका, दिल की दुपहरी ढल चुकी। जिंदगी की रंगीनी अब बीती हुई कहानी हो गई।

इसी से मुझे ज़रा हिम्मत भी हुई। न जाने क्यों? मेरे मन में माया पर एक दावेदार होने की भावना छा गई। और जब मैंने बेबी की शिकायत के बाद उससे बात की, तो मैं स्वीकार करता हूं मैं गधा बन गया, मैंने अपने मस्तिष्क का संतुलन खो दिया। बहुत देर तक वह चुपचाप पत्थर की मूर्ति की भांति बैठी रही। एक शब्द भी उसने मुझसे नहीं कहा। पर उसकी इस चुप्पी से मैं और चिढ़ गया। मुझे आश्चर्य है कि मैंने उस पर हाथ नहीं छोड़ा। मैं स्वीकार करता हूं, मैं मानसिक उत्तेजना के उस धरातल पर पहुंच गया था कि यदि मेरे पास उस समय रिवाल्वर होता तो मैं बिला शक उसे गोली मार देता।

आप मेरी बात पर हंसेंगे। औरतों के संबंध में मेरे विचार आप जान चुके हैं। और अब मेरी ये बातें तथा मेरे मन की यह स्थिति आपको सर्वथा असंगत प्रतीत हो रही होगी। पर संस्कारों की दासता से मैं भी मुक्त नहीं हूं। विवाहिता पत्नी पर पति के

अधिकारों को अभी मेरे मन ने त्यागा नहीं है। सब युक्तियां एक ओर हैं, मानसिक दासता दूसरी ओर।

मुझे याद आता है, मैंने बड़ी सख्त बातें भी माया से कही। लानत-मलामत भी की। फिर भी वह चुप रही। मैं समझता हूं, उस पर मैं उस वक्त हाथ भी उठा बैठता, या गोली चला देता-तब भी वह वैसी ही निश्चल, अकंपित रहती, कुछ भी प्रतिकार न करती। उसके नेत्रों में न भय था, न लज्जा थी, न संकोच था, न क्रोध था। मैंने उस क्षण उसके नेत्रों में एक अविचल दृढ़ता को देखा। और उससे मेरा हृदय कांप उठा। एक भावी भय की आशंका से मैं अभिभूत हो उठा और अपनी मानसिक चंचलता और गुस्से को काबू में रख सकने के कारण तेज़ी से उठकर घर से बाहर चला गया।

बड़ी रात बीतने तक मैं इधर-उधर घूमता-भटकता रहा। कहीं भी मेरा मन नहीं लग रहा था। मैं नहीं जानता कि उस वक्त मेरे मन में गुस्सा भरा था, या दुःख। एक-दो बार मन हुआ, किसी दौड़ती हुई मोटर के आगे गिरकर जान दे दूं। वह मैं, जो अपनी जिंदगी को प्यार करने का सबसे बड़ा हिमायती हूं-इस वक्त ऐसा अनुभव कर रहा था कि जैसे जिंदगी के बोझ से मैं चकनाचूर हो रहा हूं और अब एक सेकंड भी इस बोझे को मैं नहीं ढो सकता हूं।

बहुत रात बीते, हारा-थका, भूखा-प्यासा जब मैं घर आया तो देखा, बेबी बरांडे में मेरी प्रतीक्षा में खड़ी है। उसे सब्र न हुआ। दौड़कर वह मुझसे लिपट गई और सिसकियां भर-भरकर रोने लगी। उसने टूटते कंठ से कहा, "डैडी, वे चली गईं, ममी चली गईं।"

इन बातों की संभावनाएं मेरे मन में नहीं थीं, यह बात नहीं; पर इस वक्त बेबी के मुंह से इन शब्दों को सुनकर मुझे ऐसा प्रतीत हुआ कि किसी बधिक ने निर्दयता से मेरी एक पसली मेरे सीने से ज़बर्दस्ती निकाल ली है। उस दर्द को मैं एकाएक सहन न कर सका। जिस दर्द-भरे लहजे में बेबी ने यह बात कही थी, उसने मेरे कलेजे को

चाक कर दिया। मुझे ऐसा प्रतीत हुआ कि मैं अभी बेहोश हो जाऊंगा, या मेरा हार्ट ही फेल हो जाएगा। मैं एक बार ज़मीन में झुक गया। बेबी चीख उठी। नौकर-चाकर दौड़े। सबने जाकर मुझे बिस्तर पर लिटाया। बेबी ने चाहा कि डाक्टर को फोन करे, पर मैंने रोक दिया। मैंने कहा, "मैं अच्छा हूं, मैं अच्छा हूं।"

इस वक्त मैं उसी तरह कराह रहा था जैसे ज़िबह होते वक्त गाय कराहती है। फिर भी मैं अपनी हिम्मत को बटोर रहा था। सब नौकरों को चले जाने को मैंने कहा। और फिर बेबी को ढाढ़स देने लगा। मैंने कहा, "बेटी, फिक्र न कर, मेरी ममी आ जाएंगी। उन्हें गुस्सा आ गया होगा। जाएंगी कहां! न होगा तो मैं सुबह उन्हें बुला लाऊंगा।"

लेकिन बेबी ने मुझसे कहा, "ममी गुस्सा करके नहीं गई हैं। न वे अब लौटकर आएंगी। बस चली गई हैं, हमेशा के लिए। मैं कितनी बुरी हूं! मैंने आपको ममी से लड़वा दिया।" बेबी मेरे सीने पर गिरकर फफक-फफककर रोने लगी। उस वक्त जिंदगी में पहली बार मुझे मालूम हुआ कि मेरे पास एक बाप का भी दिल है। पहली बार मैंने देखा कि बाप का दिल कैसा होता है। पर फौरन ही मन में सोचने लगा-मां का भी तो दिल होता है। माया क्या मां का दिल यहीं छोड़ गई? मैंने पूछा, "बेबी, क्या तेरी ममी ने जाते वक्त तुझसे कुछ कहा था?"

"वे जाने को बिलकुल तैयार होकर आई थीं। उनके पास सिर्फ उनका पर्स उनके हाथ में था। उन्होंने आकर मुझे चूमा, अपनी गोद में बिठाकर शायद चुपचाप रोईं। लेकिन मुझसे उन्होंने आंसू छिपा लिए। फिर मेरे हाथों में घर की चाभियों का गुच्छा देकर कहा, 'बेटी, तू समझदार है, सयानी है, जब तक तू इस घर में है, घर को संभालना। मैंने जिस तरह घर को रखा है, उसी तरह तू भी रखना। और ममी को भूल जाना। मैं सिर्फ थोड़े-से रुपए ही लिए जा रही हूं, और कुछ नहीं। उन्होंने अपने हाथ का पर्स खोलकर वे थोड़े-से रुपए मुझे दिखा दिए। मैंने देखा-उनका चेहरा राख के समान मैला और धुंधला हो रहा है। वे एक मामूली साड़ी पहने थीं। और अपने सब

ज़ेवर, हाथ की चूड़ियां उतार दी थीं।...मैं ममी से लिपट गई। बहुत कहा-'ममी, मेरे कुसूर को माफ कर दीजिए, मैं डैडी से अब कोई बात नहीं कहूंगी।'-लेकिन उन्होंने कुछ जवाब नहीं दिया। एक बार मेरे सिर पर प्यार से हाथ फेरकर, मुझे सीने से लगाकर वे चली गईं। वे चली गईं डैडी!"

इतना कहकर बेबी फिर दोनों हाथों से मुंह ढांपकर रोने लगी। मैंने अपने मन में कहा-तब तो मां का दिल साथ ले गई है। एक हल्की-सी आशा की झलक मुझे दिखाई दी। मैंने सोचा-मेरे लिए न सही, बेबी के लिए वह लौट आएगी।

लेकिन तीन दिन बीत गए, वह नहीं आई। बेबी तीन दिन से रोती रही है। उसने कुछ भी नहीं खाया है। मेरा ख़याल था वह वर्मा के घर गई होगी, पर पीछे पता लगा कि वह अपनी एक सहेली के घर पर हैं। मैंने एक पुर्जा लिखा, केवल दो शब्द-'माया, बेबी पर इस कदर बेरहमी न करो। जब से तुम गई हो, वह न खाती है न पीती है, रो रही है।

पुर्जा पढ़कर माया आई। सीधी बेबी के कमरे में गई। बेबी को गोद में लिया, बहलाया, उसे खिलाया-पिलाया। मैंने सब कुछ जाना-सुना। तबीयत को तसल्ली दी-आखिर वह आ गई। मुझे ऐसा प्रतीत हुआ जैसे मैं फिर से जी उठा। वह दिन-भर बेबी के पास रही। मुझे आशा थी कि रात को वह मेरे पास आएगी और तब किस तरह सुलह की जाएगी-मैं मन ही मन इन बातों पर विचार करने लगा। पर वह शाम को मुझसे बिना मिले ही चली गई। बेबी ने कहा-वह सुबह फिर आएंगी। सुबह आई और दिनभर बेबी के साथ रही। बेबी बहुत खुश थी। मैं भी खुश था, शाम को मैंने आफिस से लौटकर उसके साथ चाय पी। इसके बाद उसने मुझसे बात की।

बात छेड़ते ही मैंने सुलह के मूड में कहा :

"मुझे बहुत अफसोस है माया, उस दिन मैं गधा बन गया, मैंने तुमसे बहुत सख्त-कलामी की। मुझे तुम माफ कर दो।"

उसने कहा, "यानी तुम उन बातों को वापस लेने को तैयार हो?"

"ज़रूर, ज़रूर। मैं वापस लेता हूं, मुझे अफसोस है।"

"अफसोस हो सकता है तुम्हें, क्योंकि तुम एक कोमल, भावुक हृदय के आदमी हो, पर तुम उन बातों को वापस कैसे ले सकते हो?"

'क्यों नहीं ले सकता, बिलकुल वाहियात थीं वे बातें!"

"वाहियात तो थीं, मगर सच भी तो थीं।"

मैंने घबराकर माया के मुंह की ओर देखा। वह शांत और गंभीर थी। उसने कहा:

"इज़्ज़त तो तुम्हारी भी है। और मैं जानती हूं, तुम उसके लिए बड़ी से बड़ी कुर्बानी कर सकते हो।

'लेकिन तुम्हारा मतलब क्या है?"

"यही कि तुम्हारी ही भांति मैं भी अपनी इज़्ज़त का बहुत खयाल रखती हूं। तुम मुझे और मैं तुम्हें अच्छी तरह जानती हूं। हमने अपनी पूरी जवानी मिल-जुलकर एक साथ एक होकर काटी है। अब न मैं तुम्हें और न तुम मुझे धोखा दे सकते हो। यह ठीक भी न होगा।"

'तो तुम..."

"हां, मैं यह कह रही हूं कि अब हम पति-पत्नी की भांति एक साथ नहीं रह सकते। हमें अलग होना होगा।"

'लेकिन माया, हम पति-पत्नी की भांति रह सकते हैं। तुम जानती हो, मैं तुम्हें कितना प्यार करता हूं।"

'प्यार की बात तो मैं भी कुछ कह सकती हूं, पर उसका अब यह मौका नहीं है। फिर यदि प्यार का कुछ उपयोग ही आज करना है तो इस तरह करें कि हमारी मित्रता

अटूट बनी रहे। एक-दूसरे को याद करके हम दिल में एक टीस का अनुभव करते रहें।"

'लेकिन हम पति-पत्नी की भांति क्यों नहीं रह सकते?"

"उस दिन तुमने गुस्सा किया तो मैं तुम्हारे लिए कितनी दुःखी हुई। काश कि हमारे-तुम्हारे बीच कोई न आता! पर अब तो जैसे मैं तुम्हें जानती हूं, तुम मुझे जानते हो। हम दोनों ही अब एक दूसरे के वफादार नहीं रहे। मुझे संतोष सिर्फ इतना ही है कि बेवफाई की पहल तुमने की। बहुत दिन से मैं जानती थी कि तुम्हारे संबंध अनेक लड़कियों से रहते रहे हैं। मैंने मन को बहुत समझाया कि आखिर तुम मर्द हो, मैं औरत हूं। मर्द ऐसा प्रायः करते ही हैं। पर अंत में मेरा आत्मसम्मान और निष्ठा जाग उठी, और मैंने तुमसे मांग की कि तुम्हें मेरे प्रति वफादार होकर रहना होगा। पर तुमने उसे हंसी में टाल दिया। तुम्हारा खयाल था कि पत्नी यदि पति से वफादारी की मांग करे तो यह बहुत हल्की-सी, बल्कि सब प्रकार से हास्यास्पद-सी बात है। पर मैं ऐसा नहीं मानती। मैं तो चाहती हूं कि जैसे पत्नी पति के प्रति वफादार है, वैसे ही पति भी पत्नी के प्रति वफादार हो।"

'लेकिन माया, मैंने तुम्हें प्यार करने में कोई कमी नहीं की।"

'तुम शायद उस युग की बातें सोचते हो, जब एक पति की अनेक स्त्रियां होती थीं। वे सब उसके प्रति वफादार ही नहीं होती थीं, पतिव्रता भी होती थीं। उनके लिए पतिव्रत-धर्म की बड़ी-बड़ी कहानियां बनाई गईं। प्रतिव्रत-धर्म के बड़े-बड़े माहात्म्य गढ़े गए। बड़े-बड़े धर्माचार्यों ने, समाज के निर्माताओं ने पतिव्रत-धर्म के एक से एक बढ़कर क्रूर नियम बनाए, जिनमें एक पति के मर जाने पर उसकी अनेक स्त्रियों को जिंदा उसकी चिताओं पर फूंक दिया गया; और उन्हें सती कहकर लोकोत्तर पतिव्रता की डिग्री दी गई।...

"यह पतिव्रत-धर्म केवल स्त्रियों ही के लिए था, मर्दों के लिए नहीं। मर्दों के लिए चाहे जितनी पत्नियां ब्याहने, बिना ब्याह किए चाहे जितनी दासियों, लौंडियों,

रखेलियों से सहवास करने की छूट थी। तिस पर भी उसके लिए वेश्याओं के बाज़ार थे, जहां खुले-खज़ाने भोग-विलास का सौदा होता है।...

"तब औरत मर्द की दासी थी, मर्द उसका स्वामी था-इस लोक में भी, परलोक में भी। समाज मर्दों का था, धन-सम्पत्ति, घर-बार का वही स्वामी था, वह ज्ञानवान था, सामर्थ्यवान था। उसके लिए खुली दुनिया थी। स्त्री तब उसके लिए उसके भोग की एक सामग्री थी। उस समय स्त्रियां यह बर्दाश्त करती थीं कि उनका पति दूसरी स्त्रियों से सहवास करे और वे उससे ईर्ष्या न करें। ऐसे शास्त्र-वचन भी मैंने देखे हैं, जहां सौतों से ईर्ष्या न करना भी पतिव्रत-धर्म का एक अंग माना गया है। जहां कोढ़ी पति को कंधों पर लादकर वेश्या के यहां ले जाकर उसके सहवास की सुविधा करना पतिव्रता का धर्म माना गया है। तुम क्या मुझसे भी आज वही आशा करते हो? कोई भी पुरुष आज की स्त्री से यह आशा कर सकता है?"

"किंतु माया, सुनो तो..."

"ठहरो ज़रा, पहले मुझे ही अपनी बात कह लेने दो। एक और युग था-सामंती युग, जब पति पत्नी के माता-पिता-परिजनों को मौत के घाट उतारकर हरण करते थे और उन्हें उन पतियों की एकनिष्ठ पत्नी रहना पड़ता था। कैसे वे रहती थीं, उन्हें प्रेम करती थीं, हम आजकल की स्त्रियां इन बातों की कल्पना भी नहीं कर सकतीं। अब तो पत्नी पति की सहचारिणी है, उसकी जीवन-साथी है। सुख-दुःख में, हानि-लाभ में वे दोनों बराबर के भागीदार हैं। अब वे यह नहीं देख सकतीं कि पति तो दूसरी स्त्रियों से सहवास करता रहे, और पत्नी उसके प्रति एकनिष्ठ रहे। यदि पति चाहता है कि उसकी पत्नी उसके लिए एकनिष्ठ रहे, वफादार रहे, तो उसे भी उसके प्रति वफादार और एकनिष्ठ रहना होगा, अवश्य रहना होगा। स्त्रियां अब न पुरुषों की सम्पत्ति हैं, न भोग-सामग्री, न दासी, न पतिव्रता। वे उनकी जीवन-साथी हैं, मित्र और उनके व्यक्तित्व की पूरक हैं।"

"खैर, तो अब तुमने क्या करना विचारा है, माया?"

'जो कुछ कि मुझे करना चाहिए था। तुम मर्द हो, तुमने प्यार को गौण बना दिया और विलास-भावना को प्रमुखता दी-इसी से तुम भ्रमर की भांति नई-नई कली का रसपान करना पसंद करते हो। मैं औरत हूं, प्यार को बड़ी चीज़ समझती हूं। प्यार का मूल्य मुझे ज्ञात है। मैंने अपना प्यार उस पुरुष को दिया है जो मेरे प्रति एकनिष्ठ है, वफादार है। ऐसी हालत में हम पति-पत्नी की भांति नहीं रह सकते। यदि ऐसा करने का हम ढोंग रचें तो हम अपनी ही नज़रों में गिर जाएंगे, अपने-आप ही तुच्छ हो जाएंगे।"

"माया, क्या तुम पीछे अपनी पुरानी जिंदगी में नहीं लौट सकती?"

'इसका उत्तर तो तुम्हीं ज्यादा ठीक-ठीक दे सकते हो। क्या तम ऐसा कर सकते हो? अपनी मैं कहती हूं कि मैं नहीं लौट सकती। मैं प्यार से खिलवाड़ नहीं कर सकती, एक बार जिसे दिया-उसे दिया। जब तक वह वफादार है, उससे प्यार लौटा नहीं सकती।"

'और यदि वह वफादार न निकले?"

"तो प्यार का वह अधिकारी ही नहीं रहेगा।"

"माया, मैं तुमसे एक गंभीर बात कहना चाहता हूं।"

"कहो!"

"मर्द औरत से कोरा प्यार ही नहीं चाहता। वह चाहता है प्यार के साथ उसका यौवन-सौंदर्य, उसका जवानी से भरपूर शरीर। मर्द की वासना स्त्री के शरीर में है, पर स्त्री की वासना पुरुष की शक्ति में है। पुरुष बड़ी उम्र तक अपनी शक्ति कायम रख सकता है, पर स्त्री बड़ी उम्र तक अपने शरीर का यौवन और रूप का जादू कायम नहीं रख सकती। इससे स्त्री यदि प्यार के मामले में पुरुष से स्पर्धा करे तो निश्चय ही

उसे घाटे में रहना होगा। उसमें सामर्थ्य है, उसके पास साधन है, वह नित नए यौवन खरीदेगा और उनका उपभोग करेगा; परंतु यौवन बीत जाने पर स्त्रियां असहाय और निरीह रह जाएंगी। उनका आश्रय छिन जाएगा, उनका घर लुट जाएगा।"

"यही भय दिखाकर मर्द चाहते हैं कि स्त्रियां उनके व्यभिचार को सहन करती रहें, और उनकी एकनिष्ठ बनी रहें। परंतु तुम समाज के बदलते हुए संगठन को नहीं देख रहे। स्त्रियां अब जीवन-संग्राम में भी पुरुषों के साथ बराबरी की स्पर्धा करती हैं। स्त्रियां अब अपने प्यार की दुकान खोलकर ही बैठी नहीं रहेंगी-वे जीवन के प्रत्येक क्षेत्र में पुरुषों के साथ रहेंगी। रही आयु और यौवन की बात, तो आयु के साथ ही साथ प्रेम का स्वरूप भी बदलता रहता है। स्त्रियां पत्नी ही नहीं हैं, माताएं भी हैं, और तुम्हें जानना चाहिए कि पत्नी के प्यार की अपेक्षा माता का प्यार बहुत बड़ा है।"

"माया, मैं अनुभव करता हूं कि मैंने तुम्हें क्षति पहुंचाई है। तुम कहो, मैं तुम्हारे लिए क्या कर सकता हूं?"

"तुम मुझ पर बेवफाई का इलज़ाम लगाकर मुझे तलाक दे दो। मुझे उज्र न होगा।"

"न, न, ऐसा मैं नहीं कर सकता। यदि यही करना है तो तुम्हीं मुझे लम्पट करार देकर तलाक का दावा कर दो, मुझे उज्र न होगा।"

'ऐसा मैं नहीं कर सकूँगी।"

"तब असद् व्यवहार का दावा करो!"

"असद् व्यवहार तो तुमने मेरे साथ कभी किया नहीं।"

'तब जो कुछ भी तुम ठीक समझो। मैं तुम्हारी किसी भी इच्छा में बाधक न होऊंगा। पर यह तुम याद रखना-मैं तुम्हें कभी नहीं भूल सकता।"

मैं और अधिक कुछ न कह सका। वहां से उठकर बाहर चला आया। मैंने आते-आते देखा, माया रो रही थी।

माया

तलाक मंजूर हो गया और राय से मेरा संबंध-विच्छेद हो गया। परंतु पत्नी अपने परिवार में किस तरह धंसी हुई है, इस बात पर मैंने कभी विचार ही नहीं किया था। हकीकत तो यह है कि किसी स्त्री को पत्नी बनाना एक ऐसी मानसिक दासता है जिसका न आदि है न अंत। लोग उसे सामाजिक दासता कहते हैं। पर मैं पहले मानसिक दासता की ही बात करूंगी। अपने पति को-श्री राय को-मैंने तलाक दे दिया। बड़ी आसानी से उनसे मेरी छोड़-छुट्टी हो गई। अब न वे मेरे पति रहे, न मैं उनकी पत्नी। उन्होंने न मेरे काम में बाधा दी न मेरे विचारों में। काश कि वे मृत्यु तक मेरे पति रहते, मैं उनकी गोदी में सिर रखकर मरती! वे एक प्रेमी, उदार और खुले मस्तिष्क के पति हैं। उनकी सोहबत में आनंद और स्वतंत्रता दोनों ही हैं। बाईस वर्ष हम लोग दूध में मिश्री की भांति मिल-जुलकर एक होकर रहे। हम दो हैं, या कभी दो हो सकते हैं, यह कभी मैंने न विचारा था। परंतु जैसे भूचाल आते हैं, उल्का टूटती है, प्रलय होती है, मृत्यु आती है, वैसे ही यह बिछोह भी हो गया। यह अनिवार्य था-मेरी और उनकी, दोनों की प्रतिष्ठा और मर्यादा के लिए। कानून ने, समाज ने, बदले हुए दृष्टिकोण ने मेरी सहायता की। बाईस वर्षों के संस्कारों पर भी मैंने काबू पा लिया। मैंने छाती पत्थर की बनाकर ही यह काम किया था। और अब हम प्रत्येक अर्थ में पति-पत्नी नहीं रहे। परंतु क्या बेबी भी अब मेरी बेटी न रही? यह बात तो न वह मानती है न मेरा मन मानता है। राय भी यह बात नहीं मानते। अब भी मैं बेबी की मां हूं, सच्ची मां हूं। कानून की कोई धारा, समाज का कोई नियम उससे मेरा विच्छेद नहीं करा सकता।

तब यह बात मैं नहीं जानती थी, अब जान पाई हं कि विवाह व्यक्तिगत संबंध नहीं है, सामाजिक संबंध है। नर-नारी का संबंध बेशक व्यक्तिगत है, पर पति-पत्नी का संबंध व्यक्तिगत नहीं, सामाजिक है। नर-नारी से पृथक्। हम दोनों-राय और मैं-

नर-नारी के रूप में असंतुष्ट न थे, संतुष्ट थे। एक मर्द की हैसियत से राय श्रेष्ठ व्यक्ति हैं, और मेरे नारीत्व पर भी उन्हें कभी कोई असंतोष नहीं हुआ। संतोष हुआ पत्नी-पति के बीच। परंतु अब मैं सोचती हूं नर-नारी जहां स्वेच्छा से मिल और विच्छिन्न हो सकते हैं, वहां पति-पत्नी नहीं, क्योंकि वह अपने परिवार में धंसी हुई है, समाज में गुंथी हुई है। वह अपने स्थान पर स्थिर है, जैसे एक ईंट मसाले में जमकर एक स्थान पर अचल हो जाती है।

मैं बेबी की बात कह रही थी। बेबी अब उन्नीस बरस की है, बच्ची नहीं है। और घर में वही सबसे अधिक मेरे विरुद्ध थी। राय को वर्मा के प्रति मेरी आसक्ति का पता बहुत पहले से लग गया था। पर वे आंखें चुरा जाते थे, अपनी कमज़ोरी वे जानते थे। परंतु बेबी इन बातों का मर्म क्या जाने! उसका मन तो कच्चे दूध के समान स्वच्छ था। उसे अपनी मां की यह अनीति कैसे बर्दाश्त हो सकती थी, और उसने मेरा सात्त्विक विरोध किया। और उसका यह विरोधभाव तो एक प्रकार से मेरे प्रति प्रगाढ़ प्रेम और भक्ति का द्योतक था। यह नहीं कि मैं यह बात नहीं जानती थी। पर किया क्या जा सकता था! मेरे लिए दूसरा चारा न था। मैं यह भी जानती थी कि राय जैसे पति और लीला जैसी पुत्री को त्यागना, उनसे विच्छेद करना बहुत कठिन है और एक दिन वह कठिन दुस्सह काम मुझे करना ही पड़ेगा। मैं धीरे-धीरे अपने मन को इसके लिए तैयार कर रही थी और शायद समय से कुछ प्रथम ही वह समय आ उपस्थित हुआ।

सिर्फ बेबी की बात नहीं, और भी रिश्तेदार हैं। वे मुझसे प्यार करते हैं मेरी इज्जत करते हैं। कोई मुझे चाची कहता है, कोई भाभी, कोई ताई। और आज से नहीं बाईस बरस से ये रिश्तेदार मेरे ऐसे प्रिय हो गए हैं कि उनके सुख-दुःख में मुझे बहुत बार हंसना-रोना पड़ा है। उनमें से बहुतों को देखते ही मैं आनंद से गद्गद हो जाती हूं। बहुतों को बेबी के समान प्रिय समझती हूं। वे सब अब छूट गए। वे सब अब पराए हो गए।

अब उन्हें देखकर मैं गर्व से मुस्करा नहीं सकती, उन पर अपनी ममता जता नहीं सकती। कहना चाहिए कि उन्हें देखकर अब शर्म से मुझे मुंह छिपा लेना पड़ेगा। सब नातेदारियां अब खत्म हो गईं। क्यों भला? किस कसूर पर? उन्होंने मेरा क्या बिगाड़ा था? तलाक तो मैंने राय को ही दिया। इसी एक बात से ये सब संबंध-बंधन भी टूट गए। मेरी युग की दुनिया उजड़ गई। परिवार की एक सदस्या थी मैं, सबके बीच जगमगा रही थी, अब उखड़कर अकेली रह गई। ओफ, कितनी निराशाजनक, कितनी भयानक बात है।

लेकिन किया भी क्या जा सकता है। वर्मा बहत भले आदमी हैं। मुझे उन्हें देखते ही अपने जीवन के वे दिन याद आने लगते हैं जब मैं नई ब्याहकर राय के घर में आई थी। वर्मा जब मेरी वैसी ही लल्लो-चप्पो से आवभगत करते हैं, बात-बात पर प्यार जताते हैं जैसे कभी राय जताते थे, तो अब मन में वैसी गुदगुदी नहीं होती। वह तो उठती हुई जवानी थी, प्यार का पहला दौर था। नया शरीर था, नई उमंग थी, नया संसार था। जीवन की दुपहरी चढ़ रही थी। अब तो वह बात नहीं है। दुपहरी अब ढल रही है। प्रेम का तूफान तो कब का शान्त हो चुका। अब तो यह सब चोंचलेबाज़ी मुझे हास्यास्पद-सी लगती है। अब तो मैं सोच रही थी कि एक प्रगाढ़ विश्वास, आत्मीयता, गंभीर एकता और शांत दृढ़ता-यह सब क्या एक दिन में मुझे मिल जाएगा? कितना तप, कितना त्याग, कितना प्रेम और विश्वास मुझे खर्च करना पड़ा था लगातार बाईस वर्षों तक, तब कहीं ये दिव्य वस्तुएं मुझे प्राप्त हुई थीं! राय से-राय के व्यक्तित्व से उन सब बातों का सीधा संबंध न था। उनका संबंध तो उस संबंध से था जो पति-पत्नी संबंध जुड़ने पर अपने-आप ही जुट जाता है। यह था परिवार-संबंध, जहां मेरा एक गौरवपूर्ण स्थान था, जहां मैं केंद्र में बैठी थी।

किंतु अब? वर्मा से अभी मेरा विवाह-संबंध नहीं हुआ। अभी इस काम में छः मास लग जाएंगे। लोक-मर्यादा ही कुछ ऐसी है। परंतु इस समय का मेरा जीवन तो

देखो, कैसा विचित्र बन गया है! कहने को अब न राय मेरे पति रहे, न वर्मा पति हैं। दोनों दुनिया की नज़र में मेरे मित्र हैं। पर दो भिन्न प्रकार के मित्र। एक वर्मा हैं, जिनसे मैं दुनिया की नज़र छिपाकर मिलती हूं, मित्रता के संबंध को अतिक्रांत करके आगे होने वाले संबंध की आशा और भरोसे पर। दूसरे हैं राय, जो जीवन-भर अब तक मेरे प्रगाढ़ साथी रहे-और अब बिछुड़ गए, जिनसे फिर मिलने को जी भटकता है, हृदय हुलकता है। पुरानी बातें याद आती हैं, रह-रहकर मन में हूक उठती है। पर यह मैं ही जानती हूं कि इन दोनों मित्रों से दो भिन्न व्यवहार-राय से मुंह फेर लेना, जिनके साथ एक होकर जीवन बीता और दूसरे के निकट जाना, जो अभी मेरे लिए नए हैं ठीक-ठीक जाने-पहचाने नहीं हैं-कितना कठिन है, कितना दुस्सह है!

अच्छा, प्यार ही की बात लो। मुझसे ज़्यादा प्यार के वास्तविक रूप को कौन जान सकता है! मैं औरत ह. पत्नी रह चकी हं परे बाईस बरस. और मां हूं उन्नीस बरस से-प्यार की यह त्रिवेणी मेरे कोरे हृदय में ही नहीं, आत्मा में, चेतना में व्याप्त है।

अब तक मैं एक सच्ची औरत, सच्ची मां और सच्ची पत्नी थी-केवल प्रेम के माध्यम से। प्रेम ही मेरी इन तीनों सचाइयों पर मध्य बिंदु था और लगातार बाईस वर्षों तक अनेक कसौटियों पर कसा जाकर मेरा यह प्रेम एक प्रगाढ़ आस्था बन गया था-एक ऐसा भारी और ज़बर्दस्त माध्यम कि जिस पर मैं समझती हूं, पूरी मानवता कायम रह सकती है।

परंतु अब मैं एक नई बात सोच रही हूं, जो अब तक मेरे दिमाग में नहीं आई थी, जिसके इस पहलू को सोचने का मुझे अभी तक अवसर ही नहीं आया था। वह यह कि जीवन में क्या केवल प्यार ही ऐसी महान वस्तु है कि जिसके लिए जीवन बदल दिए जाएं, और ऐसा दुःसाहस किया जाए जैसा मैं कर चुकी हूं? अब मैं कुछ-कुछ समझ रही हूं कि ज्यों-ज्यों प्यार की प्रगाढ़ता बढ़ती जाती थी, और वह निखरता जाता था, तथा शरीर से हटकर आत्मा में, चेतना में प्रविष्ट होता जाता था-त्यों-त्यों

वह अपना एक नया रूप बदलता जाता था। वह रूप था कर्तव्य। सचमुच मेरा प्यार समूचा ही औरत का भी, पत्नी का भी और मां का भी प्यार न रहकर कर्तव्य बन चुका था; कर्तव्य का रूप धारण कर चुका था। और उसी ने मेरे इस जीवन में उत्तरोत्तर गरिमा, पवित्रता, आत्मविश्वास और दृढ़ता दी थी। उसने मुझे प्रेरणा दी थी कि प्यार केवल इंद्रिय-वासनाओं को ही तृप्त करने वाली वस्तु नहीं है, वह जीवन को संसार के साथ दृढ़ आत्मीयता के सूत्र में बांधने वाली वस्तु भी है, जिससे समाज बनता है, जिसमें समाज की निष्ठा बनी है, और जो समाज को मर्यादा में बांधकर सभ्यता के सच्चे रूप में प्रकट करता है। यह काम एक स्त्री या एक पुरुष का नहीं, सबका है। करोड़ों स्त्री-पुरुष युग-युग से प्रेम को प्रगाढ़-प्रगाढ़तर बनाते हुए इसी भांति समाज के चिरंतन निष्ठा के रूप को, सभ्यता के निखार को प्रकट करते रहे हैं।

अब उस प्यार का शायद मैंने दुरुपयोग किया है, उसे फिर से इंद्रियों के भोगों की ओर लगाने की राह पर निकल आई हूं। परंतु क्या अब फिर से नया यौवन भी मुझे प्राप्त हो सकता है? फिर से उन अल्हड़ उमंगों के तूफानों का मन में ज्वार उठ सकता है? मैं तो बाईस बरस तक प्रेम की वासना का स्वाद तृप्त होकर चख चुकी। अब उसकी भूख कहां है? मैं तो उससे अगली पीढ़ी में जाकर मां भी हो चुकी। प्रेम का वह वात्सल्य रूप भी अब चुक-चुकाकर खत्म हो गया। तब यह बासी कढ़ी में उबाल कैसा! छः महीने बाद मैं नई-नवेली बनने जा रही हूं। नए वस्त्रों में सज-धजकर , जैसा अब से बाईस वर्ष पूर्व सजी थी। शहनाइयां बजेंगी, मिठाइयां खाई जाएंगी, जश्न होंगे। पर मैं अपने चेहरे की झुर्रियां कहां छिपाऊंगी? अपने ठंडे, शांत, तृप्त वातावरण में उत्तेजना और गुदगुदी कहां से लाऊंगी? बाईस बरस तक, कहना चाहिए पूरी जवानी-भर जिस भोग के जीवन को छककर, तृप्त होकर भोग चुकी, उसके लिए अब नए सिरे से आकांक्षा, उत्सुकता और उमंग कहां से लाऊंगी? इन सब बातों के लिए तो अब मेरी बेबी का काल था। अभी-अभी उस दिन तक हम दोनों-राय और

मैं-उसके ब्याह की बातचीत करते रहे हैं। उन बातों में एक आनंद उछाह और आकांक्षा तो थी, पर अब भी क्या हम-राय और मैं-इस सुखद विषय पर फिर बात करेंगे? छिः-छिः, अब तो मेरा ही ब्याह होगा। और शायद बेबी उसे अपनी आंखों से देखेगी! ओफ!! शर्म के मारे मैं मर न जाऊंगी?

किंतु अब तो मैं घर से बेघर होकर चौराहे पर आ खड़ी हुई हूं। सारे सभ्य संसार से बाहर-बहिष्कृत, अकेली। न मैं किसी की कुछ हूं न कोई कहीं है। क्या कहकर अब मैं समाज में अपना परिचय दूं? नगर में हज़ारों गृहस्थ मुझे जानते हैं। हज़ारों मेरी प्रतिष्ठा करते थे। श्री राय एक प्रतिष्ठित नागरिक और आफीसर हैं। उनकी प्रतिष्ठा में मेरा भी हिस्सा था। संभ्रांत महिलाएं उत्सवों में, समारोहों में चाव से आकर मुझसे मिलती थीं। हंस-हंसकर पूछती थीं-बेबी कैसी है? राय कैसे हैं-और मेरी आंखें गर्व और आनंद से फूल उठती थीं। पर अब उन बातों से क्या? अब तो मैं किसी को मुंह दिखाना भी नहीं चाहती। घर-घर मेरी चर्चा है, बदनामी है। वे ही महिलाएं, जो मेरे सम्मान में आंखें बिछाती थीं, मुझे हरजाई कहकर मुंह बिचकाती हैं, घृणा करती हैं। भूले-भटके कोई मुझे देख लेती है तो उंगली उठाकर कहती है-यही है वह आवारा औरत! वे मुझे आवारा कहती हैं, हरजाई कहती हैं, मेरे चरित्र पर कलंक लगाती हैं, परंतु मैं जानती हूं-यह एक झूठ है। बेशक, मैंने दुःसाहस किया है दूसरी स्त्रियां नहीं करतीं-नहीं कर सकतीं। चुपचाप पति के व्यभिचार को सहती हुई घर में बैठी आंसू बहाती रहती हैं। काश, मैं भी वही भेड़-सी स्त्री होती तो समझती। औरत का जन्म ही घुट-घुटकर मरने और सहन करने के लिए होता है। सभी मर्द अपनी-अपनी औरतों की छाती पर मूंग दलते हैं। इसमें नई बात क्या है! पर मैं तो इन औरतों से भिन्न प्रकार की हूं। मैं यह कैसे बर्दाश्त कर सकती हूं? मैं औरत की जात को न केवल यही कि वह पुरुष के बराबर है मानती हूं, मैं यह भी मानती हूं कि वह पुरुष से बढ़कर है। मैं यह भी जानती हूं कि समाज का बाहरी बंधन चाहे जैसा हो, परंतु जीवन में औरत मर्द के अधीन नहीं है मर्द ही औरत के अधीन है।

एक बात यह कही जा सकती है कि आत्मसम्मान के नाम पर राय को त्याग देना-उनसे संबंध विच्छेद कर लेना मेरे लिए उचित ही था, मैंने ठीक किया; परंतु अब मुझे दूसरे किसी पुरुष से विवाह नहीं करना चाहिए, एकाकी जीवन व्यतीत करना चाहिए। इससे लोगों की नज़र में मैं ऊंची उठ जाऊंगी। परंतु इस पोच और लचर दलील को मैं क्रोधपूर्वक ठोकर मारती हूं। इसका तो साफ-साफ यही अर्थ है कि राय के अपराध का दंड मैं भोगू। राय के मार्ग से सब विघ्न-बाधा हटाकर मैंने उन्हें खुलकर मौज-मज़ा करने के लिए छुट्टी दे दी, सुविधाओं की राह प्रशस्त कर दी, और अब मैं स्वयं सूली पर टंगी रहकर, समाज के अंग से काटी जाकर अपना 'शेष जीवन व्यतीत कर दूं!

ऐसा मैं नहीं कर सकती, क्योंकि मैं सबसे अधिक अपने ही को प्यार करती हूं। अपने को दुनिया में सबसे अधिक प्रिय मानती हूं। कर्तव्य और निष्ठा के नाम पर मैं आत्मपीड़ा से भी विमुख नहीं होना चाहती, पर मैं अकारण ही निराशावाद, आत्मपीड़ा और निरीह जीवन को भी नहीं पसंद करती। मैं औरत हूं, और मुझे एक मर्द चाहिए। यह बात मैं अपनी आवश्यकता और रुचि के अनुरूप नहीं कहती हूं, न यह नारी-स्वभाव की मांग ही है। असभ्य युग में जब सभ्य समाज न बना था-नर-नारी यौन संबंध में उसी प्रकार स्वतंत्र थे जिस प्रकार पशु-पक्षी। प्रत्येक स्त्री मनचाहे पुरुष से यौन संबंध कर सकती थी, उसे छोड़ सकती थी। वह किसी एक पुरुष से अनुबंधित नहीं थी। परंतु सभ्यता की मर्यादा ने एक पुरुष के लिए एक स्त्री, और एक स्त्री के लिए एक पुरुष का बंधन लगा दिया। स्त्री में सभ्यता और समाज के इस बंधन को मान्य करके मैं सभ्यता ही की सीमा में अपने लिए एक अनुगत, प्रिय और अपनी पसंद का पुरुष मांगती हूं। यह मेरा अधिकार है। इसे मैं नहीं त्याग सकती-किसी भी प्रकार से नहीं त्याग सकती।

आप कह सकते हैं कि अब जवानी बीत गई। गदहपचीसी खत्म हो गई। उतरती उम्र है। अब ये सब बातें शोभनीय नहीं हैं। ठीक है। आप मेरी उम्र की सब स्त्रियों ये

यही बात कहिए। उन्हें उनके पतियों से, परिवार से, परिजनों से बहिष्कृत कर दीजिए तो मैं इस अभिलाषा को एक समाज का नियम मानकर स्वीकार करूंगी। यदि सभी स्त्रियों को उनके सामाजिक जीवन का आनंद भोग करने का अधिकार है, तो मुझे क्यों नहीं है? मैंने कौन-सा अपराध किया है?

इसके अतिरिक्त विरक्ति से मुझे घृणा है। मैं त्याग के महत्त्व को जानती हूं-पर इतना ज्ञान भी रखती हूं कि त्यागने की वस्तुओं को ही त्यागा जाए और ग्रहण करने योग्य वस्तुओं को ग्रहण किया जाए। प्रातःकाल उठते ही मैं मल-मूत्र त्याग करती हूं, और पीछे फिरकर उस ओर नहीं देखती। अब आप कहे कि मैं संसार को त्याग दूं, संन्यासिनी बन जाऊं, आपके भोगों को देखती रहूं, अपने भाग्य को दुर्भाग्य में परिवर्तित कर दूं-तो यह किसी कमज़ोर मूर्ख स्त्री से ही संभव हो सकता है, मुझसे नहीं।

मैं समाज के सर्वोच्च शिखर पर रहूंगी, प्रतिष्ठा और आनंद के सर्वोच्च आसन पर बैठेगी, और जीवन के सब प्राप्तव्यों को प्राप्त करूंगी। जिस आत्मसम्मान और आत्मनिष्ठा के नाम पर मैंने अपना घर, पति, पुत्री, प्रतिष्ठा और समाज त्यागा है, उसे मैं खाऊंगी नहीं-प्राप्त करूंगी, और उसकी प्राप्ति के लिए प्राणों की बाजी लगा दूंगी।

वर्मा एक निरीह पुरुष हैं, यह मैंने देखा है। एक प्रतिष्ठित नागरिक भी हैं। उनका प्रेम गंभीर है और वे एक ज़रूरतमंद आदमी हैं। वे उस उम्र को पहुंच चके हैं जिसमें मर्द के लिए औरत खिलवाड़ की नहीं, काम की वस्त रह जाती है। ज्यों-ज्यों वे मेरे निकट आते गए हैं, मैं उनके प्रेम की गहराई और सच्चाई भी परखती गई हूं। आरंभ में मैं उनसे डरती थी, फिर उनके लिए मन में प्रेमभाव उत्पन्न हुआ और अब तो दयाभाव भी है। वे मेरे लिए सब कुछ कर गुज़रने पर आमादा हैं। फिर भी मेरा मन अब इस स्थान पर पहुंचने के बाद कांप रहा है। इसलिए नहीं कि वर्मा मुझसे विश्वासघात करेंगे। ऐसा करके वे मेरा कुछ भी नहीं बिगाड़ सकते है। अपना ही आश्रय

खो देंगे। मैं जानती हूं-उन्हें मेरी आवश्यकता है, भारी आवश्यकता है। उनके जीवन में मेरी कमी है। वे समझते हैं कि मेरे द्वारा उनका जीवन पूर्ण होगा; और मैं जैसे राय के प्रति एकनिष्ठ रही, उनके प्रति भी रहूंगी-जब तक कि वे मेरे प्रति एकनिष्ठ हैं।

बहुत पुरुष लम्पट वृत्ति के होते हैं। जैसे कि राय हैं। उनकी तृप्ति एक औरत से नहीं होती। वे प्रेम में और वासना में अंतर नहीं समझते। उनका प्रेम वासना के संकेत पर नाचता है। पर वासना शारीरिक उद्वेग है और प्रेम मानसिक। वासना-पूर्ति के बाद ग्लानि उत्पन्न होती है, पर प्रेम की न कभी पूर्ति होती है न इति, और न ग्लानि का समय आता है। राय पति की हैसियत से भी और पुरुष की हैसियत से भी एक अच्छे व्यक्ति हैं। दोनों ही उपयुक्त गुण उनमें हैं, परंतु वे आदर्श नहीं हैं। उनके साथ एक रूढ़िवादी पत्नी का निर्वाह हो सकता था जिसका अपना कोई व्यक्तित्व न हो, पर मुझ जैसी औरत का नहीं जो अपने व्यक्तित्व और उसके मूल्य को जानती है। फिर भी मैं बाईस बरस उनके साथ रही। वर्मा शायद आदर्श पति प्रमाणित हों। उनका स्वास्थ्य अलबत्ता राय की अपेक्षा अच्छा नहीं है, परंतु मैंने उनके विलास में भी न आग्रह देखा है. न लम्पटता। उनके इसी गण ने मझे उनकी ओर आकर्षित किया है, और मैं अब पति रूप में उनका वरण करने पर आमादा हूं।

रेखा

माया ने आखिर वर्मा से सिविलमैरिज कर ली। राय ने उसके संबंध में बहुत-बहुत बातें की है। ऐसा प्रतीत होता है, राय का दिल टूट गया है। वे ज़रूर ही माया को प्यार करते थे। वह सब प्यार अब उन्होंने मुझे ही समर्पित कर दिया है, वचन से भी और चेष्टा से भी राय यही प्रमाणित करते हैं। मैं उनसे प्यार करती हूं या नहीं-यह मैं नहीं कह सकती। मैंने बहुत बार मन से इस बात का उत्तर मांगा है-पर हर बार दिल धड़कने लगता है, उत्तर नहीं मिलता। फिर भी इतनी बात तो है कि जब उनके आने का समय

होता है तो एक विचित्र गुदगुदी मन में होने लगती है, और यदि आने में ज़रा भी देर हो जाती है तो बेचैनी होने लगती है। ऐसा प्रतीत होता है जैसे जूड़ी चढ़ने वाली है। उनके आने पर प्रसन्नता होती है, यह बात मैं नहीं कह सकती। शायद प्रसन्नता नहीं होती, भय होता है। किंतु भय किससे? दत्त से? नहीं, इस बात में वे पूरे सावधान हैं कि वे उसी समय आते हैं जब राय के घर में होने की संभावना नहीं रहती। फिर भी भय है। यह भय न मुझे दत्त से है, न राय से-अपने ही से है। मुझे ऐसा प्रतीत होता है कि मैं अपने ही से चोरी कर रही हूं; अपने ही को ठग रही हूं। परंतु उस भय के साथ एक अवश उत्तेजना भी, एक आत्मकंपन भी मैं अनुभव करती हूं। उनके अंकपाश में अवश्य मुझे एक आनंद मिलता है। उस आनंद की बात कही नहीं जा सकती है। उस आनंद में हर्ष नहीं होता-नाश होता है। वह न त्यागा जा सकता है, न ग्रहण किया जा सकता है। बहुधा, मैं राय के जाने के बाद रोई हूं, मन में प्रतिज्ञा की है कि कह दूंगी-नहीं, अब न आया करें। पर मैं ऐसा नहीं कर सकी, शायद कर सकती भी नहीं। मैं बेबस हो जाती हूं। जैसे बीन की स्वर-लहरी पर मस्त होकर नागिन लहराती है-उसी भांति मैं भी लहरा उठती हूं।

दत्त के अंकपाश में मैंने हर्षातिरेक प्राप्त किया है। वे सब बातें मुझे अब भी याद हैं। उन्हें याद करके मुझे अब भी रोमांच हो जाता है। मैं चाहती हूं, दत्त के अंकपाश में फिर से वही अनिर्वचनीय आनंद, वही हर्षातिरेक, वही पूर्ण तृप्ति, वही निश्चित सुख प्राप्त करूं; पर नहीं कर पाती। दत्त का अंक तो अब भी मुझे उपलब्ध है। वे पहले की अपेक्षा अब मेरा ज़्यादा खयाल करते हैं। शराब भी कम कर दी है। प्रेमालाप भी करते हैं। सुख भी देते हैं। स्वीकार करती हूं, शरीर-सुख देने की सामर्थ्य उनमें राय से बहुत अधिक है। राय की अपेक्षा वे सुंदर भी अधिक हैं, बलवान भी अधिक और शायद प्रेमी भी अधिक हैं। वे मेरे हैं, मैं उनकी हूं। उनके और मेरे मिलन में न कोई बाधा है, न भय, न रोकथाम है। जब वे निकट नहीं होते हैं, मैं उनका ध्यान करती हूं। पर उनके निकट रहने पर राय की स्मृति मेरी चेतना को आक्रान्त कर जाती है, आहत कर जाती

है। उनके अंकपाश में मैं कटी पतंग के समान ढेर होकर पड़ जाती हूं। उनकी किसी अभिलाषा में मैं बाधा नहीं देती, पर यह मैं देखती हूं कि राय इससे संतुष्ट नहीं होते। उन्हें चाहिए मेरा आग्रह, प्रवृत्ति, प्रबल भोग की भूख। यह सब अब कहां है? कहां से दूं मैं उन्हें ये सब अलभ्य पदार्थ, जिन्हें पाकर मर्द की मर्दानगी कृतकृत्य हो जाती है, तृप्त हो जाती है!

मैं जानती हूं, पुरुष का स्त्री से यह प्राप्तव्य है। पुरुष दाता होने का कोरा दंभ भी नहीं करता। यह प्रकृत दाता है भी। वह आरंभ से स्त्री को लेना सिखाता है और जब स्त्री लेना सीख जाती है-सीखकर वह अधिकाधिक लेने को पागल हो जाती है, तो वह उसे देते अघाता नहीं है। ज्यों-ज्यों देता है, उसकी मर्दानगी निखरती है। जो आनंद स्त्री को लेने में आता है उससे सहस्र गुना आनंद पुरुष को देने में आता है, और ऐसे भी क्षण आते हैं जब स्त्री इतना भोगती है कि पुरुष का सर्वस्व चुक जाता है, दे नहीं सकता है, तब भी वह राई-रत्ती सब कुछ दे डालने ही में चरम सुख की अनुभूति करता है।

इस दासत्व से ही वह स्त्री के स्त्रीत्व को खरीदता है। वह अखिल संसार में विचरण करता है, और स्त्री उसकी प्रतीक्षा में आंखें बिछाए बैठी रहती है, आतुर-व्याकुल। दत्त अभी देने में समर्थ है। बहुत समर्थ है। देय पदार्थ उनके पास बहुत है। वे अंधाधुंध देते हैं पर जो कुछ देते हैं वह मेरे इधर-उधर चारों ओर बिखर जाता है, मैं उसे समेट नहीं पाती हूं; जैसे पहले समेटती थी, पाकर हर्षित होती थी-अब नहीं होती हूं। दत्त्त जैसे यह सब देखते हैं। औरत यदि मर्द की मर्दानगी को सिर पर उठाकर उन्मत्त होकर हर्षनृत्य न करे, तो मर्द के दान का माहात्म्य भी क्या रहा! मर्द दे और औरत उसे ग्रहण न करे, बिखेर दे, बिखरा पड़ा रहने दे, तो मर्द यह सहन नहीं कर सकते। देने की यथार्थता लेने में ही है। बिना लिए देना व्यर्थ है। लेने का सुख जहां नहीं है-वहां देने का सुख भी नहीं है। वही मैं देखती हूं। दत्त बड़े उत्साह से मुझे देय

देते हैं। बड़ा दुर्लभ है। जिसे मिलता है वह कृतकृत्य हो जाती है, उसका नारीत्व धन्य हो जाता है। पर जब वे मुझे लेने में एकदम उदासीन देखते हैं तो वे भी उदास हो जाते हैं। और उनका यह अवसाद भी कितना दयनीय है कि कभी-कभी मैं देखकर रो देती हूं! अब गुसलखाने से उनके गुनगुनाने की आवाज़ नहीं आती। अब बिजलियों की कड़क और बादलों की गर्जना उनके हास्य में नहीं दीख पड़ती। अब तो उनकी हंसी बरसाती धूप की भांति क्षणिक होती है। ऐसा प्रतीत होता है कि जैसे वे जीवन से थक गए हैं अभी से-इसी उम्र में। यद्यपि अभी उन्होंने जीवन का भोग भोगा ही क्या है!

बहुधा वे प्रद्युम्न के साथ बातें करते-करते रात को सो जाते हैं, और सुबह उसे जगाकर उसकी मीठी-मीठी बातें सुनते हैं। वे अब पति कम और पिता अधिक बन गए हैं। पर मैं शायद न पत्नी रही हूं न माता। अब क्या अंजाम होगा मेरा?

राय अपने काम में बहुत सावधान हैं। वे सदा अनुकूल समय पर आते हैं। जब वे आफिस चले जाते हैं, प्रद्युम्न स्कूल चला जाता है। नौकरों को मैं दो घंटे की छुट्टी दे देती हूं, और स्वयं ड्राइंग रूम में चली जाती हूं। तभी वे आते हैं, चुपचाप, और मैं उनमें खो जाती हूं। बहुधा वे एक घंटा मेरे पास रहते हैं, पर इस एक घंटे में कभी-कभी एकाध बात होती है। बातचीत प्यार-मुहब्बत की नहीं, आगामी मिलन-संकेत की। और कभी वह भी नहीं। वे जिस तेज़ी से चुपचाप आते हैं, उसी तेज़ी से चले जाते हैं। और उनके जाने के बाद उन्होंने जो कुछ दिया उसे बटोरने, सहेजकर रखने की चेष्टा करती हूं। पर न बटोर सकती हूं, और न सहेजकर रख सकती हूं। वे प्यार देते हैं, सुख देते हैं, तृप्ति देते हैं, पर उनके जाते ही प्यार भय बन जाता है, सुख डंक मारने लगता है और तृप्ति प्यास को भड़का देती है। मन होता है-बस, अब नहीं चाहिए। पर उनके आने की प्रतीक्षा में मैं अधमरी हो जाती हूं। ऐसी प्रतीक्षा मैंने दत्त की कभी नहीं की। झूठ मैं नहीं बोलूंगी, दत्त को मैंने प्यार किया-बहुत-बहुत-बहुत। पर राय को न तब न अब। बहुत सोचा, पर भीतर से द्वार बंद मिला; प्यार की आवाज़ सुनाई न दी। प्यार

नहीं करती हूं तो क्या करती हूं?-यह मैं नहीं जानती। इतनी उत्कट प्रतीक्षा कैसे करती हूं, यह भी नहीं बता सकती। अपने को कैसे उनके अंक में सौंप देती हूं, यह भी नहीं जानती। केवल इतना जानती हूं कि यह सब करके सुखी नहीं होती, निश्चित नहीं होती, तृप्त नहीं होती। मुझे लगता है, मैं चोर हूं, मैंने अपने को ठग लिया है, और मैं अखाद्य भक्षण कर रहो हूं। फिर भी उससे मैं अपने को विरल नहीं कर पाती हूं।

उस दिन मैंने कहा, "यह सब हो क्या रहा है? इसका अंत कहां होगा?" तो उन्होंने जवाब नहीं दिया। बड़ी देर तक आलिंगन में जकड़े बैठे रहे और फिर चल दिए। मैं माया की बात कहती हूं तो लंबी-लंबी सांस लेते हैं। कहां गई उनकी वह वाचालता? पहले तो बहुत हंसते थे, बातें बनाते थे, बड़े दिलचस्प आदमी थे। पर अब तो पत्थर के बुत हैं। बस, आकर टकराते हैं, घाव कर जाते हैं और चले जाते हैं।

मैं नहीं जानती कि दत्त को उन पर संदेह है या नहीं-शायद नहीं है, शायद है। छुट्टी के दिन वे दत्त के सामने आते हैं। तब पहले जैसी चुहल करने की चेष्टा करते हैं, पर वह बन नहीं पाती। अपनी घबराहट को वे प्रद्युम्न से मन बहलाकर छिपा लेते हैं। मैं भी तो अब उनसे बात नहीं करती। दूर ही रहती हूं। क्या बात करूं भला? अपने को कैसे ठगूं? इतनी प्रवंचना कहां से लाऊं? 'मैं जानती हूं-दत्त बड़े असावधान पुरुष हैं। वे सरलचित्त हैं और उदार हैं बहुत बार ऐसी चेष्टाएं हम लोगों से उनके सामने हुईं। मैं डर गई कि कहीं उन्होंने देख तो नहीं लिया। पर नहीं। मैंने उनके मन में विकार नहीं देखा। फिर भी वे अब राय से उस प्रकार घुल-मिलकर बात नहीं करते। उनकी बातचीत का सिलसिला जल्द टूट जाता है, जैसे उनकी हंसी तुरंत गायब हो जाती है। देखती हूं, इस बीच वे अधिक गंभीर हो गए हैं। कभी-कभी मैं उनकी गंभीरता देखकर ही भयभीत हो उठती हूं। पर जैसे वे मेरे प्रेम की जांच-पड़ताल नहीं करते उसी भांति मेरे भय की भी नहीं। मैं यही सोचती हूं, जिस दिन भंडाफोड़ होगा उस दिन क्या होगा? गुस्सा उनका बड़ा भयानक है। वे बहुत कम गुस्सा करते हैं, पर जब करते हैं तो प्रलय उपस्थित हो जाती है।

हाय, यह मैंने कहां का रोग बसा लिया! मैंने आग पल्ले बांध ली जिससे ज़रा-सी असावधानी से भी भस्म हुआ जा सकता है। मेरी सीधी गृहस्थी थी, हम पति-पत्नी दो थे-दोनों को प्यार करते थे। फिर आ गया चांद-सा बेटा, प्यार का सुफल फल। पर इसी बीच यह पातक मेरे जीवन में घुस गया। अब मैं करूं भी क्या? जितना इसे दूर धकेलती हूं। उतना ही यह मुझे आक्रांत करता है। किसी दिन यह मेरा सर्वनाश कर डालेगा। अब तो मैं अपनी ही नज़र में अपराधिनी बन गई हूं। कालेज में जब मैं पढ़ती थी तब हम लोग वाद-विवाद करते थे-स्त्री-पुरुषों के समान अधिकारों पर बहस करते थे। सबसे बढ़कर मैं ही इस समान अधिकार की वक्ता और समर्थक थी। पर अब तो मैंने जान लिया-स्त्री-पुरुष समान नहीं हैं। सर्वतंत्र स्वतंत्र खुले संसार में विचारण करने वाला धन और साहस का अधिष्ठाता, संसार का नेता पुरुष! और शरीर तथा हृदय की दुर्बल, जन्म-जन्मांतर से दासता और सृष्टि के बंधनों में फंसी असहाय अबला नारी-भला कैसे पुरुष की बराबरी कर सकती है! मैं तो देखती हूं, नारी कोई प्राणी नहीं है, पुरुष का भोजन है। वह उसे खा भी सकता है, बखेर भी सकता है। वह परस्त्री को आसानी से चुरा सकता है। उसकी सामाजिक स्थिति में कोई अंतर नहीं आता। किंत स्त्री परपुरुष को चराकर कहां रखे भला? उसे तो प्रकृति ने ऐसे बंधन में बांधा है कि चोरी का माल छिपा नहीं सकती? वह जगजाहिर हो जाता है। नहीं, नहीं स्त्री पुरुष की समानता का दावा नहीं कर सकती। मैं अपने ही को देख रही हूं न। मैं अभी से अपने को दया की भिखारिन समझ रही हूं-दत्त की दया की भी और राय की दया की भी। प्रकृत अधिकारिणी तो मैं प्यार की थी। प्यार क्या मुझे मिला नहीं? खूब मिला-दत्त का भी और राय का भी। पर अब, अब, वह प्यार ही मुझे नाग बनकर डस रहा है। अब तो वह दया करके मुझे छोड़ दे डसे नहीं यही मेरे लिए बहुत है।

अब तो मुझे संसार में भय ही भय नज़र आ रहा है। भय की काली छाया हर समय मुझे घेरे रहती है। चाहती हूं, राय से खुलकर बात करूं। नहीं तो उन्हें यहां न आने को कहूं, सब संबंध तोड़ दूं। उन्हें दिल से निकाल फेंकू। अभी हुआ ही क्या है!

अभी तो सब कुछ पर्दे में ही है। तब भी मैं सच्चे मन से दत्त को प्यार करूं तो निहाल हो सकती हूं। परंतु पता नहीं यह कौन शैतान मुझपर सवारी गांठ रहा है, कैसा नशा मुझ पर व्यापा है कि मुझे प्रकाश का सीधा रास्ता नहीं दीखता है। देखती हूं कि ज़हर है, पर खाए जा रही हूं। सच है-पतन की राह फिसलनी होती है। एक बार फिसलने पर फिर संभलना मुश्किल है। अब तो दिल में घाव खा बैठे। मन में चोर घुस बैठा। शरीर मैं कलंक का दाग लग चुका। मेरा नारी जीवन मलिन हो गया, पत्नी की पवित्रता में खो चुकी। और जीवन की सीधी-सरल राह-सहस्राब्दियों से समाज के नियंता मनीषियों ने जिनका निर्माण किया था-छोड़कर मैं कंटीली झाड़ियों में भटक गई। कौन अब मुझे राह दिखाएगा? कौन मुझे सीधी राह पर लाएगा? कौन मेरा हितैषी है? कौन मेरा सहायक है? अरे, मैं तो खुद ही अपनी दुश्मन बन गई! मैंने अपने ही हाथ से अपनी राह में कुएं खोद लिए। भोजन में रेत मिला लिया, अंधकार जीवन को अपने में समेटता-सा आ रहा है, भगवान ही जानता है कि अंजाम क्या होगा!

लीलावती

आज अकस्मात् ही मिसेज़ दत्त मेरे यहां आईं। इससे पहले? मैंने एक बार उन्हें देखा था, जब ममी के साथ मैं उनके घर गई थी। उन्होंने मुझे बहुत प्यार किया था-ममी से भी ज़्यादा। बहुत हंसी थीं वे उस समय। बडी भली लग रही थी उनकी हंसी। बड़ी प्यारी हैं मिसेज़ दत्त। मैं उन्हें तब से भूली नहीं हूं। भूल सकती भी नहीं हूं। उसके बाद आज अकस्मात् मेरे यहां आईं। पापा तो आफिस गए थे। नौकर-चाकर सब काम से फारिग होकर छुट्टी पर गए थे। सिर्फ मैं अकेली बैठी, किसी मैगज़ीन के पन्ने पलट रही थी। जब से ममी गई हैं, मेरा मन घर में नहीं लगता। उन्होंने वर्मा साहब से शादी कर ली। कितनी शर्म आई मुझे! पता नहीं, ममी को शर्म क्यों नहीं आई? पापा ने बहुत समझाया, मैंने भी बहुत ज़िद की, पर ममी ने एक न सुनी। ऐसा ज़िद का भूत उनपर सवार हुआ। शादी के बाद वे नहीं आईं? कैसे आती? अब वे मेरी ममी नहीं

रहीं? मैंने जब पापा से कहा, "पापा, अब क्या वे मेरी ममी नहीं रहीं?" तो उन्होंने जैसे एक फीकी हंसी हंसकर कहा, "क्यों नहीं बेटी, वह तुम्हारी ममी हैं। कहीं भी रहें, इससे क्या?"-सचमुच, सब बातें मेरी समझ में आज भी नहीं आ रही हैं। कैसे उनसे यह सब करते बना! कितना प्यार करती थीं वे मुझे! सच कहती हूं, अब भी करती हैं। मैं उन्हें जानती हूं। पर फिर भी वे मुझे छोड़ गईं। मैं अकेली रह गई। पापा अकेले रह गए। पर यह उन्होंने कुछ भी तो नहीं सोचा। उनके बिना भला पापा रह सकते हैं? देखो-कैसी हालत हो गई है उनकी! न कपड़े का ध्यान, न खाने-पीने का। सभी बंदोबस्त तो ममी करती थीं। जब उनके आफिस जाने का वक्त होता था, वे उनके धुले कपड़े निकालकर रख देती थीं। टाई, अपने हाथ से बांधती थीं। नया रूमाल तह कर जेब में रख देती थीं, और जैसे रस्सी में बंधी हों, इस तरह खिंची हुई दरवाजे तक चली आती थीं। और उनके वापस घर आने का समय होता था, उससे प्रथम ही गर्म-ताज़ा नाश्ता तैयार करती थीं। मेरे कपड़े बदलती थीं। बचपन ही से मुझे गुड़िया की तरह सजा कर उनके सामने लाती थीं। बस एक उन्हीं की बात उनकी ज़बान पर रहती थी। सो अब वे इस तरह चली गईं निर्मोही होकर।

मुझे घर सूना लग रहा है। पापा ने कहा भी : कोई दाई रख लो। दाई भला क्या करेगी? अब तो पापा की सब ज़िम्मेदारी मेरे ही ऊपर है। पर ममी जैसी फुर्ती, चुस्ती और सुघड़ाई मैं कहां से लाऊं? ममी ने तो लाड़-प्यार में मुझे मिट्टी कर दिया था। पर पापा को भला इस तरह निरीह-निराश्रित कैसे छोड़ सकती हूं! मैं उन्हें आफिस भेजकर कालिज जाती हूं, और आकर सबसे पहले उनके लिए नाश्ता बनाती हूं। उनकी हर बात का पूरा ध्यान रखती हूं, पर फिर भी उन्हें पहले की भांति हंसा नहीं सकती, उनकी उदासी दूर नहीं कर सकती।

आज छुट्टी थी। पापा कहीं दौरे पर गए हैं। परसों आएंगे। इससे मैं भी ज़रा ढीली पड़ी हुई थी। ममी को याद कर रही थी और कभी-कभी एकाध आंसू आ जाता था। उसे योंही पोंछ लेती थी। योंही मैगज़ीन के पन्ने पलट रही थी। अकस्मात् ही आकर उन्होंने मुझे अपने अंकपाश में बांध लिया। पहले तो मैं घबरा गई। बाद में उन्हें देखा।

नमस्कार किया। परंतु उन्होंने मुझे छोड़ा नहीं। गोद में लिए बैठी रही, जैसे बच्चे को लेकर मां बैठती है। कितना अच्छा लगा मुझे, क्या कहूं!

उन्होंने हंसकर कहा, "अकेली बैठी किसको याद कर रही थी बेबी।"

"आपको!" मैंने भी हंसते हुए कहा।

"सच? ममी को नहीं?"

'आप मेरी ममी हैं!" न जाने कहां से एक खीज मन से बाहर निकलकर ज़बान पर बैठ गई ममी की याद से और मेरे मुंह से यह वाक्य निकल गया। उन्होंने सुनकर मुझे चूम लिया। आहिस्ता से कहा, "काश, मैं तुम्हारी ममी होती! कितनी प्यार बिटिया हो तुम! कैसे तुम्हें छोड़कर चली गई तुम्हारी ममी!" मेरी आंखों में आंसू छलछला आए। उन्होंने आंसू पोंछकर कहा :

"अब तो तुमने मुझे ममी कह ही दिया!"

"आप मेरी ममी हैं, इतना प्यार तो ममी ही कर सकती हैं।" मैंने कहा और उनके कंठ में अपनी भुजाएं डाल दीं।

इसके बाद बहुत-सी बातें हुईं। बातें अधिक पापा के संबंध में थीं। वे खोद-खोदकर पूछने लगीं, "कभी तुम्हारे पापा भी याद करते हैं तुम्हारी ममी को, बेबी!'

मैं क्या जवाब देती भला! मैं चुप हो गई। पापा की बात सुनने को वे जैसे बहुत उत्सुक हो रही थीं। घूम-फिरकर फिर उन्हीं की बातें करती थीं। उन्होंने पूछा, "क्या तुम्हारी ममी तुम्हारे पापा को बहुत प्यार करती थीं?"

'ओह, बहुत...बहुत!"

"और तुमको?"

"मुझे भी।"

'फिर ऐसी सुंदर बिटिया, ऐसे घर और पति को छोड़कर वे चली क्यों गईं?"

मेरा मन कुंठा से भर गया यह बात सुनकर। भला मेरे पास इन बातों का क्या जवाब था! पर धीरे-धीरे उन्होंने मुझसे पापा की बहुत बातें जान लीं। पापा ममी को याद करके रोते हैं। रात को देर तक सोते नहीं हैं; जीवन की हर बात से उदासीन हो गए हैं। वे सब सुनती रहीं। चुपचाप सुनती रहीं। फिर उन्होंने एकाएक पूछा, "बेबी, तुम्हारे पापा को भला और भी कोई प्यार करता

मैं उनका मुंह ताकने लगी। मेरी समझ में बात नहीं आई।

उन्होंने कहा, "यदि कोई उन्हें उतना ही प्यार करे जितना तुम्हारी ममी करती थीं, तो तुम उसे क्या कहोगी?"

"ओह! मैं भी उन्हें प्यार करूंगी। पर ममी जैसा प्यार पापा को कौन करेगा?"

"यदि मैं करूं?"

मैंने अचकचाकर उनके मुख की ओर देखा। वह लाल हो रहा था और आंखें सावन-भादों के बादलों की भांति भरी हुई थीं। मैं कुछ समझी और कुछ न समझी। 'ओह' कहकर उनकी गोद में गिर गई।

और तब उन्होंने खोलकर सब बातें मुझे धीरे-धीरे बता दीं। अभी मैंने दुनिया नहीं देखी थी, पर मैं उनकी बातें सब समझ गई। अब मैं जान गई कि पापा उन्हें प्यार करते हैं और वे पापा को प्यार करती हैं। इस काम में कुछ बाधाओं की ओर उन्होंने संकेत किया जिन्हें मैं नहीं समझ सकी। पर प्रेम-प्यार की बातें सब समझ गई। सुनकर कुछ भय, कष्ट, आशंका, उद्वेग मेरे मन में उत्पन्न हुआ। अंत में उन्होंने कहा, "बेबी, तुमने मुझे ममी कहा है। भाग्य ने तुम्हें ममी की गोद से गिरा दिया है। मैं जानती हूं, तुम्हारी ममी के जाने का तुम्हें भी सदमा है और तुम्हारे पापा को भी है। और अब तुम बच्ची नहीं हो-सब बातें समझती हो। जैसे भाग्य ने तुम्हारी ममी से तुम्हारे पापा

का बिछोह करा दिया, उसी भांति भाग्य ने मुझे उनसे मिला दिया। बहुत दिन से मैं सोच रही थी कि मैं तुमसे यह बात कह दूं। तुम्हें तो मैंने उसी दिन एक बार देखा था जब तुम मेरे घर गई थीं। किंतु उसी एक बार देखने के बाद मैंने तुम्हें कभी नहीं भुलाया। और जब तुम्हारे पापा से मेरी घनिष्ठता बढ़ी, तो मेरे मानस में यह एक तीव्र भावना उत्पन्न हुई कि मैं तुम्हारी ममी बनने जा रही हूं। कैसे आश्चर्य की बात है कि तुमने मुझे ममी मान लिया! अब मुझे एक बात बताओ-वही बात पूछने को मैं तुम्हारे पास आई हूं।"

"आप पूछिए।"

"यदि मैं उस घर को छोड़कर तुम्हारे घर आ रहूं, तो तुम मेरे विषय में क्या ख्याल करोगी?"

"आप मेरे घर में कैसे आ रहेंगी?"

"जैसे तुम्हारी ममी वर्मा साहब के घर पर जाकर रहीं।"

"लेकिन उन्होंने तो पापा को तलाक दे दिया और उनसे शादी कर ली।"

"मैं भी दत्त को तलाक दे दूंगी और तुम्हारे पापा से शादी कर लूंगी।"

"हे भगवान! ऐसा भी कहीं हो सकता है!"

"यदि हो जाए, मैं तुम्हारे घर में तुम्हारी ममी बन आ जाऊं, तो तुम क्या करोगी?"

"मैं आपको प्यार करूंगी ममी, मैं आपको प्यार करूंगी!" मेरी आंखों से आंसुओं की धार बह चली और मैं उनकी गोद में गिर गई।

सुनीलदत्त

क्या रेखा वफादार औरत नहीं है? लेकिन मैं यह कैसी वाहियात बात सोच रहा हूं! मुझे जल्दी में कोई निर्णय नहीं देना चाहिए। सब बातों पर अच्छी तरह सोच-समझ लेना चाहिए। आखिर यह सवाल मेरे मन में क्यों घर करता जा रहा है? बेशक रेखा

के व्यवहार में अब ज़मीन-आसमान का अंतर हो गया है। पर इसके दूसरे स्वाभाविक कारण भी तो हो सकते हैं। आखिर वह अब एक बच्चे की भी मां है। हमारा ब्याह हुए अब नौ साल बीत रहे हैं। अब मैं उससे एक नई-नवेली स्त्री की भांति व्यवहार की आशा कैसे कर सकता हूं? फिर उसका प्यार अब पति-पुत्र में भी तो बंट गया है। क्या मुझे मुनासिब है कि मैं बेटे से ही ईर्ष्या करूं?

लेकिन वह मेरे लिए एक ठंडी औरत है। मेरे स्पर्श से उसमें नारीत्व का जागरण नहीं होता-उलटे वह सिकुड़ जाती है, छुईमुई की भांति। उसका आलिंगन भी अब सजीव नहीं रहा। उसमें अब न 'ना' है-न 'हां' है। जैसे वह एक पत्थर की निर्जीव मूर्ति है। जैसे उसकी रगों में लहू नहीं है, पानी है। वह कभी उत्तेजित नहीं होती। कभी उसकी चेष्टा में गर्मी नहीं आती। परंतु यह एक रोग भी तो हो सकता है। हां, हां, यह एक रोग है। बहुत स्त्रियों को यह रोग होता है। वे ठंडी होती हैं। मैं इस संबंध में बहुत अच्छी तरह विचार करता रहा हूं। मैं न मूढ़ पुरुष हूं, न मूर्ख। मैंने सभी बातों पर वैज्ञानिक विवेचन किया है।

निस्संदेह नर-नारी का वैध संभोग ही विवाह का उद्देश्य है। वैवाहिक जीवन की सबसे बड़ी सफलता बराबर की जोड़ी है। मैं जानता हूं कि संभोग की बात अश्लील और घृणास्पद समझी जाती है। और विवाह के समय सौ में एक भी जोड़ा संभोग-संबंधी समानता की बातों पर विचार नहीं करता। और इसका यह परिणाम निकलता है कि विवाह एक धोखे की टट्टी प्रमाणित होता है। विवाह के बाद या तो जल्द ही पति-पत्नी में विच्छेद हो जाता है, या कलह के बीज जमते हैं, या दोनों में से कोई एक या दोनों ही परस्त्रीगामी और पर-पुरुषगामी हो जाते हैं। समय और सुविधा उनसे यह सब काम कराती है। कहीं पुरुष का अतिरेक होता है और वह बलात्कार की सीमा तक पहुंच जाता है। तब वे अपार कष्ट पाती है, और असाध्य रोगों की शिकार हो जाती हैं। कुछ सामाजिक स्थिति ही ऐसी है कि स्त्री को पति की इच्छाओं से विवश होकर दासी बनने को छोड़ दूसरा मार्ग ही नहीं रह जाता। वह यदि झगडा

करती है तो पति अन्य पतिता स्त्रियों से अवैध संबंध स्थापित कर लेता है, जो एक नए क्लेश का कारण बन जाता है। मैं ऐसे बहुत-से पुरुषों को जानता हूं। उनमें अनेक प्रतिष्ठित और सुशिक्षित पुरुष भी हैं।

निस्संदेह पुरुष बलात् स्त्री से उसकी इच्छा और आवश्यकताओं की परवाह किए बिना संभोग नहीं कर सकता। यदि करे तो वह स्त्री के लिए एक क्लेश का कारण बन जाएगा। उससे स्त्री को किसी भी प्रकार का सुख प्राप्त न होगा, और वह विकट स्नायुरोगों का शिकार बन जाएगी। इसके अतिरिक्त ऐसी हालत में-उनमें चाहे जितना प्रेम हो-उसमें विरक्ति के बीज उग आएंगे। और उनमें वह गहरी एकता, जिसकी दोनों के लिए बड़ी आवश्यकता है, नहीं उत्पन्न हो सकती। मैंने इन सब बातों पर विचार किया है, इनकी लाभ-हानि पर दृष्टि दी है। इसी से मैं अपने को काबू में रखता हूं। रेखा की रुचि और इच्छा के विपरीत बलात्कार नहीं करता हूं। परंतु मैं एक स्वस्थ पुरुष हूं। पत्नी में एकनिष्ठ हूं। मेरे मन में जब स्त्री की भूख जागरित होती है, तब मेरी आवश्यकता की पूर्ति होनी चाहिए। वह पूर्ति रेखा नहीं करती। इसी से मेरे मन में यह शंका उठती है कि वह ठंडी है। परंतु पहले तो ऐसी न थी। मैं जानता हूं, कुछ स्त्रियां स्वभाव से ठंडी होती हैं। कुछ विश्राम न मिलने से ठंडी हो जाती हैं। ऐसे पुरुष बहुत हैं जो इस बात की परवाह नहीं करते कि संभोग में उनकी स्त्री उनकी संगिनी और हिस्सेदार है भी या नहीं। ऐसे वे लोग होते हैं जो स्त्रियों को बच्चे पैदा करने की मशीन समझते हैं। बहुत-सी स्त्रियां शील-संकोच के कारण अपने मनोभाव प्रकट नहीं करतीं और वे पति के सच्चे सहवास-सुख से वंचित रह जाती हैं। परंतु रेखा के संबंध में तो ये बातें नहीं हैं। पहले वह मेरी सच्चे अर्थों में बराबर की भागीदार थी, पर अब नहीं। अब उसे क्या हो गया है। कोई रोग है या कोई और बात है? मुझे पता लगाना होगा। इसी से उस दिन मैंने उससे इस संबंध में बातें की थीं। पर उसने एक सूखा-सा जवाब दे दिया कि उसे कुछ भी नहीं हुआ है, वह ठीक है। पर ठीक कहां है? फिर यह रुखाई उसमें कहां से उत्पन्न हो गई है? मैंने उसे डाक्टर के यहां चलने को कहा, पर उसने

इनकार कर दिया। वह अब शय्या पर आते ही सो जाती है। बहुधा वह प्रद्युम्न के साथ सोना पसंद करती है। मेरा प्रेमालाप तक अब उसे सह्य नहीं है। वह मुझे रुखाई से झिड़क देती है। उसका कहना है कि अब हम नवदम्पति नहीं रहे और हमें कामुकता की बातें या चेष्टा नहीं करनी चाहिए। मैंने ध्यान से देखा है कि उसके मन में विरक्ति और आंखों में घृणा के से भाव उभरते चले आ रहे हैं। जितना ही मैं उसे निकट लाना चाहता हूं, वह दूर भागती है। ऐसा प्रतीत होता है, उसे अब मेरी आवश्यकता ही नहीं रह गई है।

अंततः मैं चिकित्सक के पास गया। सब हकीकत बयान की। उसने मुझे उसके लिए कुछ औषध दी और कहा कि मुझे धैर्य से काम लेना चाहिए, सच्चा प्रेम प्रकट करना चाहिए, कोमल व्यवहार से उसे प्रसन्न रखना चाहिए। इस तरह धीरे-धीरे उसका ठंडा मन पिघलेगा। शरीर में जिन तत्त्वों की कमी है, उनकी पूर्ति औषध करेगी।

मैं स्वीकार करता हूं, कभी-कभी जब मैं उसे अपने निकट निर्जीव-सी पड़ी देखता हूं तो मुझे क्रोध आ जाता है। पर चिढ़ने और क्रोध करने से क्या होगा? बारीकी से उसका सही कारण ढूंढ़ना होगा। मैंने उसे औषध दी, उसने उसे नहीं खाया। एक अवज्ञा की नज़र मुझपर डाली।

वह कहती है कि वह ठीक है, रोगिणी नहीं है। मैं भी अब यही समझता हूं। तब उसकी इस घोर विरक्ति का क्या कारण है? यदि वह रोगी नहीं है तो वह बेवफा है? किसी दूसरे पुरुष को प्रेम करती है? यह तो बड़ी भयानक बात है। इसके तो विचार-मात्र से रक्त खौलने लगता है। भला कहीं रेखा जैसी स्त्री बेवफा हो सकती है? क्या मैंने उसका प्रेम देखा नहीं? निष्ठा देखी नहीं? ओफ, वे सब बातें याद आती हैं तो मन कैसा हो जाता है! बुरा हो इस शराब का; इसी ने उसे मुझसे दूर कर दिया।

परंतु क्या सचमुच मैंने रेखा को खो दिया? क्या अब वह पहली जैसी रेखा नहीं रही? यह तो विश्वास करने को मन नहीं करता। नहीं, नहीं, कुछ। भी बात नहीं है।

व्यर्थ ही परेशान हो रहा हूं। उसके मन में गुस्सा है, वह दूर हो जाएगा। बड़ा अन्याय है कि मैं उस पर बेवफाई का संदेह करता हूं। यह मेरे मन का दोष है। मुझे आशा है, सब ठीक हो जाएगा। मुझे उससे मृदु व्यवहार करना चाहिए। मुझे दयालु होना चाहिए। मैं उसे फिर से प्रसन्न कर लूंगा और सब ठीक हो जाएगा। यदि वह रोगिणी है तो अच्छी हो जाएगी। यदि वह क्रुद्ध है तो प्रसन्न हो जाएगी। उसे खोकर मैं ज़िंदा नहीं रह सकता। मैं उसे फिर से प्राप्त करूंगा। रेखा जैसी स्त्री को पाकर कोई भी पुरुष निहाल हो सकता है। और रेखा मेरी है, यह मैं क्यों बार-बार भूल रहा हूं? वह मेरी है, मेरी रहेगी, प्रत्येक मूल्य पर।

दिलीपकुमार राय

स्त्री जितनी ही शीलवती होती है उतनी ही संवेदनशील होती है। जितनी वह संवेदनशील होती है उतनी ही भावुक होती है। जितनी वह भावुक होती है उतनी ही प्रेमवती होती है। जितनी ही वह प्रेमवती होती है उतनी ही आग्रही स्वभाव की और मानवती भी होती है। सभी भावुक, एकनिष्ठ और प्रेवमती स्त्रियां मानवती हुआ करती हैं।

प्रेम मन का एक अत्यंत कोमल और संवेदनशील भाव है। उसका संबंध चेतनाशक्ति के सबसे अधिक शक्तिसंपन्न और प्रवाहमय केंद्र से है। इसलिए अत्यंत कोमल प्रभाव जो स्त्री से पुरुष पर और पुरुष से स्त्री पर आता है, वही सर्वाधिक शक्तिशाली होता है। इस नाज़ुक तथ्य को लाखों करोड़ों नर-नारी नहीं जानते। कोमल, भावुक, प्रेमवती स्त्री तनिक-सी भी तो परुषता-कठोरता-को नहीं सहन कर सकती। कामावेग बेशक कठोर आघात चाहता है। कामावेग में स्त्री चरम सीमा का कठोर आघात भी सह सकती है। कहना चाहिए, उसकी कामना करती है-पर तन का ही, मन का नहीं। कामावेग से प्रथम प्रेमावेग का ज्वार आता है। कहना चाहिए, कामदेव प्रेमावेग पर ही सवार होकर आते हैं। स्त्री प्रेमावेग में अतिशय भावुक,

अतिशय नाज़ुक हो जाती है। उसकी संपूर्ण चेतनाएं संवदेनशील बन जाती हैं। इसलिए वह प्रेमावेग में एक बाल बराबर की भी कठोरता-परुषता सहन नहीं कर सकती। उस समय का पुरुष-मन का तनिक-सा भी पुरुषभाव उसे विरत कर देता है।

रति प्रेम और काम दोनों ही का सार है। रति में स्त्री का विरल होना भला कैसे सहा जा सकता है। रतिकाल में विरत स्त्री तो है ही नहीं, स्त्री की लाश है। कौन पशु लाश के साथ रति कर सकता है! इसलिए रति का प्राण भावातिरेक है। भावातिरेक से ही रति सक्रिय, सप्राण बनती है। सप्राण रति ही स्त्री को संपूर्ण प्राप्तव्य देती है और पौरुष को कृतकृत्य करती है।

मैं नहीं जानता कि आप मेरी बात को ठीक-ठीक समझ भी रहे हैं या नहीं। आप पति हैं या पत्नी-मैं यह नहीं जानता, पर मैं इतना कह सकता हूं कि दांपत्य जीवन में आप रति के समुद्र में कितनी ही बार ज़रूर डूब चुके हैं, पर रति का लाभ भी आपको प्राप्त हुआ है या नहीं, उस डुबकी में आपके प्राण-स्फुरण में आनंदातिरेक का मोती मिला है या नहीं यह मैं नहीं कह सकता। विरल ही स्त्री-पुरुषों को वह मोती मिलता है। बहुतों को सीप मिलता है और बहुतों के साथ घोंघे ही रह जाते हैं।

बहरहाल पुरुष और स्त्री के पारस्परिक संबंध में सेक्स की उपेक्षा नहीं की जा सकती। भिन्नलिंगी का परस्पर आकर्षण स्वाभाविक है। बहुधा वह आकर्षण अज्ञात रहता है और जब आकर्षण किसी परस्त्री और परपुरुष के बीच अवैध रूप से होता है तो बड़ी कठिन समस्याएं आ उपस्थित होती हैं। जिनमें सबसे बड़ी रसभंग की एवं रतिनाश की समस्या है जो इतने बड़े खतरे और दुःसाहस को ही समाप्त कर देती है।

मैं आपसे यह बात नहीं छिपाना चाहता कि मेरा शरीर-संबंध अविवाहिता लड़कियों से भी रहा। परंतु आपको जानकर आश्चर्य हो सकता है कि पहल उधर से हुई। आप देखे ही हैं कि मैं कोई युवा पुरुष नहीं हूं। अपने को मैं सुंदर कहने का भी साहस नहीं कर सकता। परंतु मैं यह भी दृढ़तापूर्वक कह सकता हूं कि कामोदयकाल

में अविवाहिता लड़कियां न सौंदर्य देखती हैं, न आय, न प्रेम। वे देखती हैं वह प्यार जो नेत्रों में उन्हें देखते ही भड़क उठती है और जिनके मूल में भिन्नलैंगिक आकर्षण होता है। मैं कबूल करता हूं कि किसी भी वयःप्राप्त सुंदरी लड़की को देखकर मेरी आंखों में वह प्यास भड़क उठती है। और जैसे अजगर की आंखों के आकर्षण से उसका शिकार अपने आप ही आकर उसके मुंह में समा जाता है, ये लड़कियां मुझमें समा जाती रही हैं। बहुतों को मैं दुत्कारता हूं, अपमानित करता हूं, परंतु वे रो-धोकर मेरे चरणों में गिरती हैं। यह एक नैसर्गिक आत्मार्पण है, जहां वे विवश हो जाती हैं, खासकर छोटी उम्र की होने के कारण मैंने ऐसी लड़कियों की मनोवृत्तियां देखी हैं। उनका मन न घर के काम-काज में लगता है, न पढ़ने-लिखने में। वे घर के लोगों के अनुशासन को भी नहीं मानतीं। देखने में वे सर्वथा उदासीन और अरसिक-सी लगती हैं। उनमें चपलता या विनोद की मात्रा भी नहीं होती। वे भिन्नलिंगी की प्राप्ति के लिए भीतर से बेचैन रहती हैं। और इसके लिए उन्हें दोषी नहीं कहा जा सकता, क्योंकि उनके रक्त के अंदर कुछ विशेष हारमोन विशिष्ट ग्रंथियों के निचोड़-स्वरूप मिलते रहते हैं। मैं ऐसी लड़कियों को पहचान लेता हूं। और एक ही प्यासी नज़र उन्हें मेरी गोद में ला डालती है। बहुत कम मुझे उनसे प्रेमाभिनय करना पड़ता है। बहुधा इसकी तनिक भी आवश्यकता नहीं पड़ती।

परंतु रेखा का मामला इन लड़कियों से भिन्न है। वह एक विवाहिता पत्नी है। उसका पति उसकी बराबर की जोड़ी का है। वह सुंदर और स्वस्थ है। वह उससे पूर्णतया प्रेम करता है तथा उसकी सेक्स-संबंधी आवश्यकताओं की भी पूर्ति करने में समर्थ है। भिन्नलैंगिक कोई भी कारण ऐसे नहीं हैं जो रेखा को किसी पुरुष की ओर आकर्षित करें। इसी से मेरी नज़रों का वार उस पर खाली जाता रहा-पूरे पांच वर्षों तक। उसने मेरी ओर सेक्स-भावना से एक बार भी आंख उठाकर नहीं देखा। अपने पति की भांति ही वह अपने पति को प्यार करती थी। अपना तन-मन उसने अपने पति को संपूर्णरूपेण अर्पण कर दिया था। स्त्री की हैसियत से भी और पत्नी

की हैसियत से भी। जहां तक सेक्स का संबंध था, वह अपने पति से संतुष्ट थी। उसमें विकार आया-रतिभाव पर। स्त्री शरीर-सहवास के साथ जिस रति-विलास की आवश्यकता का अनुभव करती है वह दत्त से उसे प्राप्त नहीं हुई। दत्त इस संबंध में अनाड़ी और असावधान व्यक्ति है। वह प्रेम को केवल मन का और सहवास को शरीर का विषय मानता है। जैसे वह प्रेम में परिपूर्ण है, वैसे ही सेक्स-पूर्ति में भी त्रुटिरहित है। जैसे वह प्रेम और काम के संतुलन को ठीक न बनाए रख सका जिससे रेखा का रतिभाव भंग हो गया। उसमें विरक्ति का अंकुर जग आया। मैंने उसे देखा और ठीक समय पर उसे रतिदान दिया और उसे जीत लिया। अब वह मेरी है।

विवाह एक आत्मिक संबंध है और शारीरिक भी। वैवाहिक जीवन की सार्थकता तभी है जब शारीरिक संबंध आत्मिक संबंध में परिणत हो जाए। स्त्री-पुरुष का एवं पति-पत्नी का साहचर्य तभी पूरा हो सकता है। परंतु दत्त जैसे पढ़े-लिखे मूर्ख इस मर्म की बात को नहीं जानते। विवाह के पांच वर्ष बीत जाने पर भी रेखा और दत्त का शरीर-संबंध आत्मिक संबंध का रूप धारण न कर सका। रेखा उसके लिए छटपटाती रही और दत्त ने इधर ध्यान ही नहीं दिया। वास्तव में उसे इस महत्त्व की बात का ज्ञान नहीं है। वह अपने को एकनिष्ठ और कर्तव्यपरायण पति तो समझता है, पर उसने रेखा को अपना समर्पण तक एक बार नहीं किया। तो क्या रेखा जैसी पद्मिनी मेरे हाथ आ सकती थी? यह तो मुझे एक अलभ्य लाभ हुआ, केवल दत्त की मूर्खता के कारण। परंतु अकेला दत्त ही ऐसा मूर्ख नहीं है। हज़ारों, लाखों, करोड़ों पति ऐसे ही मूर्ख होते हैं और अपनी मूल्यवान मणि को गंवा बैठते हैं।

पुरुषों ही की भांति कुछ स्त्रियां भी मूढ़ होती हैं। वे अपने प्राप्तव्य को नहीं जानतीं, और समझती हैं कि अपना शरीर पुरुष को दे देना एक तरह का अर्घ्य है। इतने में उन्हें ज़रा-सा स्पर्श-सुख भी प्राप्त हो जाता है। पर वही थोड़े ही स्त्री का प्राप्तव्य है! जैसे दूसरे गृहकृत्य पति की सुख-सुविधा के लिए उसे करने पड़ते हैं, यह भी एक काम उसके सुख के लिए कर डालती है, इसमें भी उसे उतनी ही थकान प्राप्त होती है

जितनी घर के दूसरे कामों में। इसी से उसे इस कार्य में अभिरुचि और आसक्ति नहीं रहती और रतिभाव का उदय ही नहीं होता। ऐसी स्त्रियां शीघ्र ही सहवास को घृणित और गंदा काम समझने लगती हैं, और पति से विरत हो धार्मिक भावना-प्रधान हो जाती है।

परंतु यदि स्त्री संवेदनशील है, और उसे अपने प्राप्तव्य का पूरा ज्ञान है, तब बात ही दूसरी हो जाती है, ज्यों-ज्यों उसमें अपने प्राप्तव्य के लिए अभिलाषा और लालसा जागरित होती जाती है, वह अपने पति से असंतुष्ट और विरत होती जाती है। इस स्त्री में और उस स्त्री में ज़मीन-आसमान का अंतर रहता है। पूर्वोक्त स्त्री पति से नहीं, सहवास से घृणा करती है। पर यह स्त्री सहवास से नहीं, पति से घृणा करती है। और किसी भी चतुर पुरुष को ऐसी स्त्री को अपने लपेट में झपट ले जाने का अवसर इस तरह मिल जाता है। रेखा का मामला सर्वथा ऐसा ही है।

सावधान रहना चाहिए कि पत्नी कोई वेश्या नहीं है, जिससे पुरुष केवल अपने सुख की प्राप्ति करे। उसका अनिवार्य कर्तव्य हो जाता है कि वह स्त्री को भी उसका प्राप्तव्य संपूर्ण सुख दे और पहले दे। यदि वह ऐसा नहीं करता है तो उसका प्रेम चाहे जितना महान हो, उसका कानी कौड़ी के बराबर भी मूल्य नहीं आंका जा सकता। यौन-मिलन केवल शारीरिक मिलन ही नहीं है, बिना गहन मानसिक मिलन के वह कभी संपूर्ण नहीं हो सकता। और यह शारीरिक मिलन-काल का मानसिक मिलन ही वैवाहिक जीवन की सफलता का सबसे बड़ा मूलाधार है।

जीवन एक दार्शनिक सत्य है, और जीवन के प्रत्येक क्षेत्र में हमारा दार्शनिक दृष्टिकोण होना चाहिए। वह दृष्टिकोण ऐसा हो जो नैसर्गिक आवश्यकताओं के व्यावहारिक रूपों को अपनाए, जिससे व्यक्ति और समाज दोनों का विकास हो।

हम समाज में प्रेम का अति बाहुल्य देखते हैं। वह प्रेम सड़कों पर बिखरा हमें दीख पड़ता है। परंतु प्रेम इतना सस्ता और सुलभ पदार्थ नहीं है। प्रेम चेतना का सबसे कोमल उद्वेग है, और उसका प्रकट स्वरूप पार्थिव है, जिसका प्रभाव जीवन के सामाजिक, आर्थिक और व्यक्तिगत विकास पर पड़ता है।

शरीर धारण के लिए हमें बहुत कष्ट झेलना पड़ता है। परंतु शरीर ही से हम चरम आनंद की प्राप्ति भी प्राप्त कर सकते हैं। और क्यों न करें भला? जब हम सारे दिन कठोर परिश्रम करके मानसिक क्षोभ से क्लांत और दुश्चिन्ताओं से लदे-से घर लौटें तो क्यों न नर्म-गर्म आलिंगन का सुख प्राप्त करें? शरीर-सुख की यह लालसा कोई बुरी बात नहीं है। और मैं, मैंने तो सुख लेना नहीं, देना ही अपना ध्येय बना लिया है। यही मेरे प्रेम-संसार की सफलता की कुंजी है। इसी ने मुझे रेखा पर विजय दिलाई है। एक दत्त है उसका पति जो उससे अनिर्वचनीय सुख लेता रहा, पर उसे भी कुछ देना चाहिए इस संबंध में लापरवाह रहा। और जब उसने मुझे पाया जिसका ध्येय सुख लेना नहीं देना ही था, तो वह इस नई अनुभूति को पाकर आपे में न रह सकी। उसका सारा शील, संकोच, निष्ठा आंधी में तिनके की भांति उड़ गई, और वह समूची ही तन-मन से मुझमें समा गई।

दिलीपकुमार राय

मैं समझता हूं कि मैं तलवार की धार पर चल रहा हूं। किसी भी क्षण मुझे उन खतरों का सामना करना पड़ सकता है जो जीवन-मरण की समस्या के कठिन क्षणों में आ उपस्थित होते हैं। ये तो जीवन की टेढ़ी चालें हैं, जिनमें ठोकर खाकर गिर पड़ने की संभावना होती ही है और आज दत्त ने खतरे की घंटी बजा दी है। वह कई दिन से घुट रहा था-यह मैं प्रत्यक्ष देख रहा था। 'चोर की दाढ़ी में तिनका' वही बात है। मैं चोर तो हूं ही। मैं उसकी विवाहिता पत्नी का जार हूं। यद्यपि मैं यह बात स्वीकार करने से इनकार करता हूं कि मैंने उसे पथभ्रष्ट किया। मैं प्रथम ही स्वीकार कर चुका हूं कि पहली ही दृष्टि में मैं उस पर मर मिटा था। मेरे मन में यह भावना उदय हुई थी कि वह मेरी है, मेरे लिए है। पर मैंने उस पर कभी यह भाव प्रकट न होने दिया; दत्त की मित्रता के नाते भी और रेखा के शील से भयभीत होकर भी। परंतु फिर दुरभिसंधियां आईं,

जब वह अपने पति के व्यवहार से असंतुष्ट हुई, खीजी और दुःखित हुई। मैंने उससे सहानुभूति का मार्ग अपनाया। और धीरे-धीरे चतुराई से उसकी खोज को क्रोध में और दुःख को बदला लेने की इच्छा में बदल दिया। प्रकट में मैं जहां उसकी प्रत्येक भावना से सहानुभूति रखता था वहां दत्त का भी परम हितैषी शुभचिंतक बनता था। पर सदैव मैंने उसके मन में दत्त के विरोधी भावों का बीज वपन किया।

दत्त उस पर अन्याय कर रहा है, वह असह्य है, अनैतिक है, अव्यवहार्य है-यही मैंने उस पर प्रकट किया। धीरे-धीरे उसके मन में दत्त के प्रति विरक्ति के भाव उत्पन्न हो गए। परंतु यह यथेष्ट न था। उसके मन को मैं दत्त के प्रति घोर घृणा से भर देना चाहता था। उसके हृदय में अथाह प्रेम था दत्त के लिए-अथवा किसी के भी लिए, जो उसका पति होता। वह एक शीलवती मर्यादिता नारी थी। उच्चकोटि की निष्ठा उसमें थी। केवल क्रोध, खीज और असंतोष ही से उसके मन में परपुरुष का प्रवेश हो जाए-ऐसी कमजोर और चंचल मन की स्त्री वह न थी। मुझे उसके प्यार की आवश्यकता थी-केवल उसके तन को ही मैंने नहीं चाहा, मन को भी अपनाना मैंने चाहा; और यह तब तक संभव नहीं था जब तक कि मैं पूर्णरूपेण उसके मन को दत्त के प्रति घृणा और विरक्ति से न भर दूं।

इसमें मुझे समय लगा। क्योंकि दत्त में केवल एक ही त्रुटि थी कि वह लापरवाह व्यक्ति था। तिस पर वह शराब का व्यसन करता था। पर वह व्यसन तो मैं भी करता हूं, परंतु मैं सावधान पुरुष हूं। दत्त भी यदि सावधान होता तो मुझे सफलता न मिलती।

परंतु रेखा के बदले हुए रुख पर दत्त को चिंता उत्पन्न हुई है, जो स्वाभाविक ही है। रेखा से वह अपना प्राप्तव्य नहीं पा रहा है, जिसका कि वह अभ्यस्त है। वह मुझपर संदेह नहीं करता है, इसी से उस दिन उसने मुझसे रेखा के संबंध में बातें कीं। परंतु शायद वह मुझसे सीधी रेखा की बातचीत करने का साहस नहीं कर सका। इसलिए उसने पहले माया का प्रसंग उठाया। उसने कहा :

“तुमने कभी भी पहले माया के संबंध में कोई शिकायत नहीं की थी। माया बहुत ही अच्छी स्त्री थी-फिर क्या कारण हुआ कि उससे तुम्हारा संबंध-विच्छेद हो गया?”

मैंने पहले इस बात को हंसकर टाल देना चाहा। पर वह खोद-खोद कर पूछता रहा। मैंने कहा :

“बड़ी विचित्र और छबीली वस्तु है यह विवाह, जहां मनुष्य प्रेम करने और आत्मसमर्पण करने को विवश हो जाता है। विवाह का अर्थ ही है एक असाधारण संबंध। हिंदू-धर्मग्रंथों में व रूढ़ अर्थों में विवाह का अर्थ है-स्त्री-पुरुष का जन्म-जन्मांतरों के लिए एक-दूसरे से अटूट संबंध।”

जन्म-जन्मांतरों की बात सुनकर दत्त को हंसी आ गई। पर यह उसकी वह चिरप्रसिद्ध हंसी न थी जिसमें ठहाकों के साथ आनंद बिखरता था। यह तो एक रूखी-सूखी हंसी थी। उसने हंसकर कहा, “जन्म-जन्मांतर की बात पीछे छोड़ो राय, इसी जन्म से निभाव हो जाए तो गनीमत है।”

मेरे कुछ कहने के प्रथम ही उसने कुछ गंभीर होकर कहा, “माया ही की बात ले लो। वह न कोई नई-नवेली स्त्री है, न बेसमझ है। बड़ी सभ्य-शिष्ट औरत है वह; पर उसे हो क्या गया, जो वह इस तरह चली गई?”

“इसका मैं इसके अतिरिक्त और क्या कारण बता सकता हूं कि वह आधुनिका है-पुरानी हिंदू-परंपरा को नहीं मानती।”

“पुरानी हिंदू-परंपरा क्या?”

“मैंने कहा न कि हिंदू-धर्मानुशासन की दृष्टि से स्त्री एक बार विवाहित होकर जीवन-भर पति से विच्छेद नहीं कर सकती। यही नहीं, वह पति के मरने पर भी उसकी विधवा रहेगी, और यह विश्वास रखेगी कि जब उसकी मृत्यु होगी तो स्वर्ग या पतिलोक में उसे वही पति मिलेगा, जन्म-जन्मांतरों से वही उसका पति होता आया है।”

इस बार दत्त को हंसी नहीं आई। उसने तनिक गंभीर होकर कहा, "तुम भी क्या इस झूठी बात पर विश्वास करते हो राय?"

मैंने हंसकर कहा, "मैं तो स्त्री हूं नहीं, इसलिए मेरे विश्वास-अविश्वास करने से क्या होता है भला? पर यह बात मैं ज़रूर कहूंगा कि स्त्री को यदि ऐसा ही विश्वास रहे तो मैं उसे पसंद करूंगा।"

'क्यों पसंद करोगे तुम इस झूठी बात को?"

'झूठी-सच्ची बात से हमें क्या मतलब है। हमें तो वही बात पसंद आती है जो हमारे लाभ की होती है। मैं तो इस विश्वास की अगली किस्त को भी पसंद करता हूं।"

'अगली किस्त कौन-सी?"

"यह कि विवाह के बाद हिंदू पति का स्त्री पर एकांत स्वामित्व हो जाता है। और पति मृत हो या जीवित, स्त्री वाग्दत्त हो या विवाहिता, हर हालत में उसे मन, वचन, कर्म से उसी पति के सर्वथा अनुबंधित, अनुप्राणित और आत्मार्पित रहना पड़ेगा।"

"और पति? क्या पति पत्नी के प्रति अनुबंधित नहीं होगा?"

"जी नहीं, हिंदूधर्म पति को स्त्री के प्रति अनुबंधित नहीं करता। हिंदू-धर्मानुबंधन में पति एक या अनेक इसी प्रकार से पूर्णानुबंधित पत्नियां रखते हुए भी सर्वथा चतंत्र रूप से अन्य वैध या अवैध अनगिनत पत्नियां बिना पत्नी की स्वीकृति के रख सकता है। यहां तक कि वह वेश्या और व्यभिचारिणी स्त्रियों से भी मुक्त सहवास कर सकता है।"

"वाहियात बात है! आजकल की स्त्रियां भला यह सब स्वीकार कर सकती हैं? और अब तो कानून भी ऐसे बन गए हैं कि स्त्रियों पर कोई ऐसा दबाव नहीं डाला जा सकता। और वे जब चाहें तभी विच्छेद कर सकती हैं।

"तो बस, बस कानून की ही करामात से माया ने तलाक दे दिया और चली गई।

'लेकिन बाईस वर्ष के दांपत्य को भंग करके?"

"बीस बरस की जवान कुमारी लड़की को भी छोड़कर। कैसा चमत्कार रहा मिस्टर दत्त, कि बेटी ने मां का विवाह अपनी आंखों से देखा!"

'लेकिन क्या तुम कह सकते हो-इस मामले में तुम निर्दोष हो?"

"दोष-निर्दोष की भी अलग-अलग व्याख्या है। दोष या अपराध जैसा हल्का-भारी होता है-दण्ड भी वैसा ही होता है। उंगली उठाने के अपराध में फांसी नहीं दी जाती।

दत्त उस समय शायद अपने दुःख से दुःखित थे, इसलिए उन्होंने मेरे इन शब्दों से मेरे मनस्ताप को देख लिया। उन्होंने सहानुभूति के स्वर में कहा :

"तुमने यदि मुझसे कहा होता तो शायद मैं तुम्हारी सहायता करता-उन्हें समझाता-बुझाता।"

"यह सब काम तो मैंने भी किया।"

"तो क्या कुछ ऐसे गंभीर कारण आ उपस्थित हुए कि तुम्हें सफलता नहीं मिली?"

अब मैं क्या जवाब देता। मैंने कहा, "मिस्टर दत्त, बहुत-सी बातें हैं जो कही नहीं जा सकतीं। बूंद-बूंद तालाब भरता है, जरा-जरा-सी प्रतिकूल बातें बहुत वज़नी बन जाती हैं। आरंभ में कोमल कल्पनाओं और भावुक प्रवृत्तियों को पूंजी बनाकर स्त्री-पुरुष में प्रेम-व्यापार चलता है। पर बहुधा उन कल्पनाओं और प्रवृत्तियों के तार बीच ही में टूट जाते हैं तो वह प्रेम का लेन-देन ही केवल मंद नहीं हो जाता, विरक्ति और घृणा की बौछारों को भी सहन करना पड़ता है; और उनसे घबराकर स्त्री-पुरुष में जो साहसी होता है वह भाग खड़ा होता है, जो कम साहसी होता है वह मर मिटता है।

और सच तो यह है कि प्रेम का जीवन बड़ा जटिल है। संभव है, पत्थर-युग में जब सभ्यता का आरंभ था प्रेम सरल रहा हो, पर अब सभ्यता के विकास ने इसे जटिल बना दिया है। और अब मनुष्य आसानी से उसके भार को सहन नहीं कर सकता।"

"क्या तुम समझते हो राय, कि स्त्रियों की इतनी स्वाधीनता समाज के लिए हितकर है? मैं पुराने युग की रूढ़ि का समर्थन नहीं करता, पर साधारण कारण से पति-पत्नी का विच्छेद क्या उचित है? फिर यह भी तो संभव है कि जो कुछ समझा गया है वह भ्रमपूर्ण भी हो सकता है।"

"बहुधा होता भी तो ऐसा ही है। परंतु आज की स्त्री को हम बांधकर नहीं रख सकते।"

'परंतु इस तरह तो जीवन ही अस्तव्यस्त हो जाएगा, समाज की एकनिष्ठा खत्म हो जाएगी।"

"हो जाए, पर व्यक्ति-स्वातंत्र्य सबसे बड़ी वस्तु है। यह आज के युग की सबसे बड़ी मांग है।

"क्या तुम कह सकते हो राय, कि स्त्री किस बात से खुश हो सकती है? तुम तो बाईस वर्ष के तजुर्बेकार आदमी हो?" उसने फिर उसी प्रकार फीकी हंसी हंसकर कहा।

मैंने कहा, "इसका तो कोई एक नियम नहीं प्रतीत होता, परंतु ऐसा प्रतीत होता है कि स्त्री-पुरुष की एकता के बीच शरीर की अपेक्षा मन की महत्ता अधिक है। मानसिक क्षोभ उनकी एकांत एकता में बाधक है शिक्षा से मानसिक सृतर अब स्त्री-पुरुष दोनों ही का ऊपर उठ गया है। इसलिए मनोविकार और मनस्तुष्टि शरीर-तुष्टि से अधिक महत्त्व रखने लगी है।"

'शायद असभ्य युग में ऐसा न था।"

‘शायद न था, शायद था-कुछ ठीक नहीं कह सकता, पर एक बात कह सकता हूं कि कुछ बातें हैं, जो स्त्री-पुरुष दोनों को एक-दूसरे के प्रति आकर्षित करती हैं। इनमें मानसिक कोमलता और आत्मार्पण की भावना सर्वोपरि है।”

“फिर भी कोई निश्चित बात नहीं कही जा सकती। बहुत स्त्रियां अयोग्य, निर्दय, दुराचारी पतियों से भी प्रसन्न और संतुष्ट रहती हैं। बहुत सद्गुणों को पसंद करती हैं। बहुतों को आदर्श भी प्रिय नहीं होता। पर कुछ पुरुष चमत्कारिक होते हैं, जो झट स्त्रियों के प्रिय बन जाते हैं। उन पुरुषों की मूर्खतापूर्ण चेष्टा पर भी स्त्रियां प्रसन्न हो उठती हैं।”

‘क्या तुम प्रेम के संबंध में कुछ अधिक जानते हो राय?”

मुझे दत्त के इस प्रश्न पर अनायास ही हंसी आ गई। यह एक विद्वान, स्वस्थ, तरुण पति का प्रश्न था। मैंने कहा :

“क्यों? आपने क्या कोई अच्छी फिल्म आजकल नहीं देखी है? प्रेम की बहुत-सी अच्छी जानकारी उनमें होती है।”

“नहीं, नहीं, मज़ाक की बात नहीं। सचमुच ही. मैं तुमसे पूछता हूं कि क्या स्त्रियां प्रेम से भी खुश नहीं होती?”

“लेकिन आप मेरा उत्तर सुनकर मुझे बेवकूफ बनाएंगे!”

“नहीं, नहीं, तुम कहो भी तो।”

“खैर, तो सुनिए, पाशविक प्रवृत्ति ही प्रेम है।”

“पाशविक प्रवृत्ति से प्रेम का क्या संबंध है?”

“बस समझ लीजिए, दोनों एक ही हैं। खासकर औरत के मामले में।”

“अरे भाई, तम तो पहेलियां बुझाने लगे। साफ बात क्यों नहीं कहते!”

"आप साफ ही सुनना चाहते हैं तो सुनिए। स्त्रियां कोरे भावुक प्रेम को पसंद नहीं करतीं। वे तो उसी प्रेम को पसंद करती हैं जिसमें कामवासना का भीषण आक्रमण छिपा हो।"

मेरी बात सुनकर दत्त चुप हो गया। वह किसी गंभीर चिंता में डूब गया। मेरा हृदय धड़कने लगा। मुझे ऐसा प्रतीत होने लगा कि अब कोई वज्रपात मेरे ऊपर होने वाला है। परंतु उसने शांत संयत स्वर में कहा, "क्या सचमुच औरतें इस कदर कामुक होती हैं?"

"क्या आपने सुना नहीं, औरत में पुरुष से आठ गुनी काम की भूख होती

"हां, सुना तो है। पर अपने आठ बरस के वैवाहिक जीवन में मैंने यह बात प्रत्यक्ष नहीं देखी। पर तुम शायद ठीक कहते हो, क्योंकि तुम्हारा अनुभव बाईस बरस का है। लेकिन राय, यदि माया के चले जाने का यही कारण था तो तुमने अपने इलाज कराने में क्यों लापरवाही की?"

मेरा मुंह शर्म से लाल हो गया, और मुझसे इसका जवाब देते न बना। यद्यपि यह एक आकस्मिक और सहज सहानुभूति का ही प्रश्न था, पर मुझे ऐसा प्रतीत हुआ कि जैसे दत्त ने मेरे मुंह पर एक करारा तमाचा मारा हो। मैं अभी कुछ जवाब सोच रहा था कि दत्त ने कहा, "राय, तुम्हारी यह व्याख्या गलत भी हो सकती है।"

मेरा मन हो रहा था कि मैं अब यहां से भाग चलूं। न जाने प्रश्नोत्तर कौन-सा रुख पकड़े और मैं संदेह का पात्र बन जाऊं। यह स्पष्ट था कि इस समय दत्त की नज़र में रेखा का विपरीत उदासीन आचरण थिरक रहा था और उसी भाव-प्राबल्य में प्रश्न कर रहा था। अब मैंने भी गंभीर स्वर में कहा, "हो सकता है कि मेरी यह प्रेम-व्याख्या गलत हो, क्योंकि अंततः मैं एक विफल पति हूं।" दत्त ने एक गहरी सांस ली और कहा, "राय, ऐसा प्रतीत होता है कि सभी पति विफल पति होते हैं। किसी स्त्री का पति होना एक घाटे का सौदा ही है।"

इतना कहकर वह उठ खड़ा हुआ। उसने अपनी सहानुभूति से मेरा हाथ पकड़कर कहा, "भाई राय, विश्वास करो, तुम्हारे लिए मैं बहुत दुःखित हूं। समझ रहा हूं कि तुमने माया के वियोग को सहन करने में अपरिसीम धैर्य का परिचय दिया है। मैं अपनी कह सकता हूं कि कहीं यदि मुझे रेखा को इस तरह खोना पड़ जाए तो मैं जिंदा न रह सकूँगा।" उसने मुझे नमस्कार कहा। मैंने कुछ जवाब न देने ही में कुशल समझी और प्रति नमस्कार करके चला आया।

सुनीलदत्त

बड़ी भयानक बात कही राय ने कि पाशविक प्रवृत्ति ही प्रेम है। परंतु यह कैसे माना जा सकता है? राय ने इसकी व्याख्या भी की। उसने कहा-स्त्रियां उसी प्रेम को पसंद करती हैं जिसमें काम-वासना का भीषण आक्रमण निहित हो। परंतु मैं इस बात की तह में जाना चाहता हूं। स्त्री-पुरुष का पारस्परिक संबंध पहले प्रेम का संबंध होता है, या काम का संबंध? निस्संदेह प्रेम का संबंध होता है। परंतु उसमें काम-वासना नहीं छिपी रहती है, यह नहीं कहा जा सकता। रेखा को जब मैंने विवाह से पूर्व देखा तो मन में कैसी एक गर्मी उत्पन्न हुई जैसे ज्वर चढ़ आया हो! कितनी रातों तक मैंने उसकी कल्पना-मूर्ति का ध्यान किया! उस ध्यान में कितना प्रेम था और कितना काम, यह मैं नहीं कह सकता, अथवा मुझे कहना चाहिए, काम ही अधिक था।

प्रेम तो देता है। जो जितना अधिक देता है वह उतना ही अधिक प्रेमी है। परंतु काम तो एक वासना है, वह लेने की प्रबल भूख लिए आता है। कबूल करता हूं कि जब-जब मैंने रेखा का ध्यान किया तो मन में यही हुआ कि उसे मैं प्राप्त कर लूं, आत्मसात् कर लूं, अपने में समेट लूं। यह देना कहां हुआ! लेना ही तो हुआ। इसलिए यह काम ही था, प्रेम नहीं। राय ने ठीक कहा-प्रेम एक पाशविक प्रवृत्ति है। क्या रेखा

की स्मृति से मेरे मन में पाशविक उत्तेजना नहीं पैदा हुई? पाशविक प्रवृत्तियों ने मुझे नहीं झकझोर डाला?

इसके बाद जब मैंने रेखा को प्राप्त कर लिया, उसका तन भी, मन भी मेरा हो गया, तब क्या प्रेम प्रबल था? न, न, प्रेम नहीं काम प्रबल था। प्रेम तो उसका वाहन था। कामदेव साक्षात् प्रेम पर सवारी गांठकर आता था। और कामदेव जब तक अपना अर्घ्यपाद्य रेखा के स्त्रीत्व से न प्राप्त कर ले तब तक उसे विवश किए रहता था और बड़ा अद्भुत था यह प्रेम और काम का संयुक्त मोर्चा।

पर तब मैंने इसका महत्त्व समझा ही न था। कहना चाहिए, समझने का न मुझे होश था न अवकाश। मैं तो सचमुच एक आक्रांता था। सच है, सच है, भिन्नलिंगी का यह स्वभाव है। वह भिन्नलिंगी का विरोधी अस्तित्व है। और उसका सम्मिलन दो पर्वतों से टकरा जाने के समान दुर्धर्ष है। उस समय मैंने यह भीषण सत्य नहीं समझा था। आज समझ रहा हूं।

परंतु यह पाशविक प्रवृत्ति अब सो क्यों गई? क्या प्रेम का रस सूख गया? अपनी बात तो मैं कह सकता हूं। मेरे हृदय में प्रेम का समुद्र उमड़ रहा है-केवल रेखा के लिए। परंतु उस प्रेम में वह पाशविक प्रवृत्ति क्यों नहीं रही है? रेखा को देखकर, छूकर अब शरीर में फुरहरी क्यों नहीं आती है? खून गर्म क्यों नहीं होता है? आक्रमण करने का आवेश क्यों नहीं उत्पन्न हो जाता है? और यदि कभी-कभार होता भी है, तो रेखा प्रत्याक्रमण क्यों नहीं करती? वह तो मिट्टी हो गई है। भला इकतरफा लड़ाई भी कहीं होती है! बिल्ली जीवित चूहे पर ही तो झपट्टा मारती है। शेर छलांगें मारते हिरन ही पर तो उछाल भरता है। शिकार की छटपटाहट ही तो शिकार की जान है। कहीं मुर्दे का भी शिकार किया जाता है?

रेखा का शरीर जी रहा है। पर उसका नारी-भाव मर चुका है, या सो रहा है, क्या हो गया है, यह मैं नहीं जान पाता। पहले ही कह चुका हूं कि वह बीमार नहीं है।

कितनी बार मन में शंका उठती है कि कहीं वह बेवफा तो नहीं है? भला रेखा जैसी स्त्री भी कहीं बेवफा हो सकती है? नहीं, नहीं, नहीं हो सकती। फिर उसे ऐसे अवसर कहां मिलते हैं! बस राय से उसकी घनिष्ठता है पर राय पर उसकी भला क्या आसक्ति हो सकती है! अथवा दुनिया में सब कुछ हो सकता है! हे भगवान! यह मैं क्या सोचने लगा! छिः, छिः! मगर सब बातों पर विचार करने में क्या हर्ज है! राय तो बहुत दिन से हमारे घर आता है-रेखा के ब्याह के प्रथम से ही। जब मेरा ब्याह नहीं हुआ था, मैं उसके घर जाता था। माया मुझसे खुलकर मिलती, हंसती, बोलती थी। न मेरे मन में कुछ विकार उत्पन्न हुआ न उसके। हम दोनों शुद्ध मित्र-भाव से रहते रहे। उसी प्रकार अब राय मेरे यहां रेखा से मिलता है, हंसता-बोलता है। आज के युग में भला औरत को कहीं बांधकर रखा जा सकता है? फिर रेखा जैसी पत्नी पर मैं अविश्वास करूं, या राय जैसे मित्र पर संदेह करूं, तो क्या यह उचित होगा?

फिर भी एक बात मैं देखता हूं। अब रेखा राय से भी तो पहले की भांति नहीं मिलती, हंसती, बोलती। उसके आने पर या तो चुपचाप कोई बुनाई या पुस्तक लेकर बैठ जाती है, या टल जाती है। और राय भी अब उससे बात नहीं करता। क्या उसकी राय से भी खटक गई है? परंतु ऐसी कोई बात मुझे तो मालूम नहीं। वह रेखा आ रही है। मैं रेखा ही से पूछता हूं। मन ही मन कुढ़ने से क्या लाभ?

"बैठो रेखा, बैठो, कितनी सुंदर संध्या है! मैं सोच रहा हूं, राय आ जाए तो चलकर कोई अच्छी-सी पिक्चर देखी जाए। कुछ मालूम है तुम्हें, आजकल कोई अच्छी पिक्चर कहीं लगी है?"

"मुझे तो नहीं मालूम।"

'लेकिन राय को जरूर मालूम होगा। वह कोई अच्छी पिक्चर छोड़ता नहीं है। न हो, चलो, उसे घर से लेते चलें।"

'उनको साथ लेना कोई ज़रूरी है?"

"नहीं, यह बात नहीं। माया चली गई, बेचारा दुःखी रहता है।"

“उनके दुःख से तुम विशेष दुःखी प्रतीत होते हो।”

“दुःख की बात ही है। फर्ज़ करो तुम्हीं मुझे छोड़कर चली जाओ तो मैं क्या करूंगा, जानती हो?”

‘क्या करोगे?”

“जान दे दूंगा। गोली मार लूंगा।”

“राय ने तो गोली नहीं मारी, जान नहीं दी।”

“बड़ा सख्तजान है राय। पर मैं तुम्हारे बिना न रह सकूँगा रेखा!”

“राय भी, संभव है, माया से ऐसा ही कहते रहे हों!”

“लेकिन मैं तो तुम्हें बहुत प्यार करता हूं रेखा।”

“राय शायद माया को प्यार नहीं करते थे!”

“शायद नहीं करते थे।”

‘तो बाईस बरस तक क्या करते रहे? दोनों का संसार कैसे चलता रहा? बिना प्यार के भी कहीं औरत-मर्द रह सकते हैं?”

“नहीं रह सकते रेखा, इन दिनों मैं इस बात को खास तौर पर देख रहा हूं।”

“इन दिनों क्यों?”

“पता नहीं, तुम्हें क्या हो गया है। गुमसुम रहती हो। पहले की तरह हंसते हुए तुम्हारे होंठ फड़कते नहीं। तुम्हारे गालों में गड्ढे पड़ते नहीं। आंखों में चमक आती नहीं। जब पास आती हो तो पास आते-आते रह जाती हो। तुम्हें देखकर मेरा दिल उछलता है, पर जैसे कोई उसे दबोच डालता है। क्या तुम इन सब परिवर्तनों को नहीं देखती हो?”

‘नहीं, मैं तो नहीं देखती।”

‘तो तुम कहना चाहती हो, तुम वही हो जो पहले थीं, जब ब्याह कर आई थीं?”

‘तुम क्या समझते हो, मैं बदल गई हूं?”

“ज़रूर बदल गई हो, वरना इतनी बातचीत होने पर भी तुम वहीं खड़ी रहतीं? मेरे गले से न झूल जाती? तीन दर्जन चुंबन तड़ातड़ अंकित न कर देतीं?”

‘तुम समझते हो, मैं वही ब्याह की नवेली बनी रहूं?”

‘न न, मैं चाहता हूं तुम आज की मेरी प्राणप्रिया पत्नी बनो। मैंने तुम्हें जो ब्याह के बाद लेना सिखाया है उसे अधिक से अधिक लो। कितना प्यार, कितना सुख अंजलि में लिए मैं प्रतीक्षा कर रहा हूं। कहता हूं : लो-लो-लो। लेकिन तुम हो कि आंख उठाकर देखतीं तक नहीं। क्या इतने ही में तुम्हारी मुझसे तृप्ति हो गई? कहां गई तुम्हारी वह आकुल-व्याकुल-आतुर मूर्ति, उन्मुख प्यार की थिरकती हुई गुड़िया? हंसी के फूल बिखेरती हुई, नज़र के तीर चलाती हुई, शरीर की सुषमा फैलाती हुई जो तुम आती थीं-वह तुम अब कहां हो?”

‘मैं तो वही हूं। तुम्हारी समझ का फेर है।”

“ओफ, कितना ठंडा जवाब है! मेरी प्यारी रेखा, मेरे पास आओ, मेरी गोद में बैठो। मेरे कंठ में सुकोमल भुजवल्लरी डालकर कहो-“तुम्हें क्या चाहिए? मैं तुम्हारे लिए क्या करूं? ...तुम्हें क्या दुःख है?”

“मुझे कुछ भी दुःख नहीं है।”

“वैसा ही ठंडा जवाब। रेखा, मेरा कोई अपराध हो तो बताओ, मैं तुमसे क्षमा मांगूं।”

‘तुम फालतू ही बात का बतंगड़ बना रहे हो।”

"तो बताओ क्या बात है?"

"कुछ बात हो तो कहूं।"

"अच्छा, मेरी बात छोड़ो, आजकल तुम राय से भी कटी-कटी रहती हो।"

"तो क्या करूं मैं?"

"पहले जैसे हंसती-बोलती थीं, वैसे ही हंसो बोलो।"

"हंसी आएगी तो हंसूंगी। कोई बात होगी तो बोलूंगी।

"पहले तो बात-बात पर हंसी आती थी, बात-बात में बात निकलती थी।"

"तो अब नहीं निकलती तो क्या करूं? ज़बर्दस्ती हसूं?"

'नहीं, ज़बर्दस्ती की ज़रूरत नहीं है रेखा। जब हंसी आए तभी हंसना चाहिए।"

न जाने कहां से एक अवसाद का अंधेरा सागर उमड़ आया और मैं उसमें डूब गया। रेखा ने कहा, "पिक्चर देखने जाते थे, जाओ देख आओ तबीयत बहल जाएगी।"

'नहीं, अब सोऊंगा। सिर में दर्द है।"

'तो सो रहो।" इतना कहकर रेखा चली गई, और मुझे ऐसा लगा कि कोई नस कट गई है और सारे शरीर का खून निकल गया है।

लीलावती

मिसेज़ दत्त अब रोज़-रोज़ ही यहां आने लगी हैं। यह मुझे अच्छा नहीं लगता। मेरे साथ वे बहुत प्यार दिखाती हैं। उनकी मीठी बातें, सुनहरी मुस्कान और सुंदर शरीर मुझे बहत भाता है। परंतु न जाने क्यों उससे मझे आनंद नहीं आता। उनके आने पर मुझे एक प्रकार की खुशी होती है, फिर भी मन में मैला-मैला-सा कुछ लगता है। पापा

अब समय से पहले आफिस से चले आते हैं। उनका कहना है कि उनकी तबीयत खराब रहने लगी है, इसी से। पर मैं जानती हूं, यह सब बहाना है-कोरा बहाना। वे मिसेज़ दत्त से मिलने के लिए ही आते हैं। पहले मिसेज़ दत्त मुझसे खूब बात करती थीं, प्यार जताती थीं पर अब तो वे मेरी तरफ देखकर मुसकराती हुई सीधी पापा के शयनगृह में चली जाती हैं। बहुधा पापा उनसे पहले ही घर आ जाते हैं, पर कभी ऐसा भी होता है कि वे नहीं आ पाते तो भी मिसेज़ दत्त सीधी ऊपर चली जाती हैं। मेरे पास बैठती नहीं, बातें भी नहीं करतीं। न जाने क्यों उनका इस तरह मुझे देखकर मुस्कराना और चुपचाप ऊपर चला जाना मुझे अच्छा नहीं लगता। अब तो जैसे मेरा मन भी उनसे बात करने को नहीं करता जब वे मुस्कराकर मेरी ओर देखती हैं तो मुझे मालूम होता है कि वे मुझसे प्रश्न कर रही हैं कि क्या पापा ऊपर हैं, और मैं कठपुतली की भांति संकेत से ही कह देती हूं कि हैं, चली जाओ। और वे जल्दी-जल्दी कदम उठाकर चली जाती हैं। चाहती हैं कि मेरा उनका सामना न हो वे भी शायद यही चाहती हैं। इसी से मैं जब उनके आने का वक्त होता है तो टल जाती हूं-या तो अपने पढ़ने के कमरे में दरवाज़ा भीतर से बंद करके बैठ जाती हूं, या किसी सहेली के यहां चली जाती हूं। सिर्फ शोफर रह जाता है। वह उन्हें मेम साहब कहता है।

वह भी शायद उनके यहां आने का अभिप्राय जान गया है। वही तो उन्हें अब कार में लाता है। पर उसकी नज़र में मैं कैसी एक घृणा देखती हूं! छोटी जात का आदमी है पर बुरी-भली बात को समझता है। कभी-कभी मेहतर-जमादार से उनके संबंध में बातें करता है। मैंने भी एकाध बार उनकी बातें सुनी हैं। क्या कहूं, सुनकर शर्म से पानी-पानी हो जाती हूं। पापा की कितनी बदनामी हो रही है इस काम से! घर के नौकर-चाकर तक की चर्चा का विषय वे बन चुके हैं।

मुझे तो अब यह असह्य-सा होता जा रहा है। उन्होंने कहा था कि वे मुझे मेरे ममी की तरह ही प्यार करती हैं, वे मेरी ममी हैं। तब तो मुझे भी उनकी बात अच्छी लगी थी। मैं ममी की भांति उन्हें प्यार करने लगी थी। तब मुझे ममी पर गुस्सा था। पर

अब तो देखती हूं ममी ममी ही हैं। मिसेज़ दत्त ममी नहीं हैं। वे जिस मतलब से आती हैं उस पर उनकी नज़र है। बहुत खराब बात है यह। वैसी ही जैसी वह बात थी, जब वर्मा साहब ममी के पास आते थे। ममी आखिर उनके पास चली गई। अब क्या मिसेज़ दत्त भी यहां पापा के पास आ रहेंगी? लेकिन मैं उन्हें ममी नहीं कह सकती। वे ममी हैं ही नहीं। कहां है उनकी नज़र में वह प्यार और ममता जो ममी की नज़र में था! आज भी मैं उस नज़र का ध्यान करके रोती

पापा ने मुझे इजाज़त दी है कि मैं कभी-कभी जाकर ममी से मिल सकती हूं। मैं कभी-कभी चली जाती हूं। यों मेरा दिल उनके पास जाने को बहुत मचलता है, पर जाते हुए संकोच बहुत होता है। एक प्रकार की हूक मेरे दिल में उठती है। मैं अपने ही से लड़ने लगती हूं कि मुझे नहीं जाना चाहिए। पर जब मन बेकाबू हो जाता है, चली जाती हूं। ममी का प्यार तो वैसा ही है। कितनी खुश होती हैं! अपने सामने बिठाकर खिलाती-पिलाती हैं-बात करती हैं। पापा की बहुत-सी बातें पूछती हैं। उनका ध्यान रखने की बार-बार हिदायतें देती हैं। वर्मा साहब भी मुझे देखकर बहुत खुश होते हैं। बड़ा प्यार दिखाते हैं। बहुधा कोई उपहार देते हैं। पढने-लिखने की बाबत पछते हैं। और जब तक मैं वहां रहती हूं, ममी को मेरे पास ही रहने देते हैं। ममी भी तो मुझे नहीं छोड़तीं। कभी-कभी तो मुझे ऐसा प्रतीत होता है, वही मेरा घर है। वहां से आने को मन ही नहीं करता। वहां से लौटकर यहां बहुत सूना-सूना लगता है। और फिर ममी के पास जाने को मन होता है। मन को रोकती हूं। बहुत रोकती हूं। तब रोने लगती हूं और फिर चली जाती हूं।

सचमुच वही तो असली ममी हैं। हमारे घर से चली गई हैं तो क्या हुआ! लेकिन ये मिसेज़ दत्त भला ममी कैसे बन सकती हैं! वह प्यार इनमें कहां है! नहीं, नहीं, ये ममी नहीं हैं।

मैंने ममी से मिसेज़ दत्त के यहां आने-जाने की बात भी कह दी है। वे आती हैं। सीधी पापा के शयनागार में चली जाती हैं। मुझसे बात तक नहीं करती हैं, यह भी

कह दी है। उनकी आंखों में मुझे यही भासता है कि उनके आने के समय मैं घर में न रहूं तो ही अच्छा है, यह भी मैंने कह दी है। ममी सुनकर चुप हो जाती है। उनकी नज़र में कैसा कुछ दर्द भर जाता है, देख नहीं सकती मैं। और कभी-कभी पूछ बैठती हूं-ममी, इन बातों का आखिर नतीजा क्या होगा? मैंने एक-दो बार ममी से पूछा-क्या मैं उनसे कह दूं कि वे मेरे घर न आया करें? या पापा ही से कह दूं कि उन्हें न बुलाया करें-तो ममी ने मना कर दिया। एक बार तो यह भी उन्होंने कहा कि मैं वहीं उनके पास आ रहूं। मेरा मन तो यह चाहता है, पर पापा को छोड़कर कैसे रह सकती हूं! फिर वह तो मेरा घर है नहीं।

उस दिन न जाने क्यों ममी अपना गुस्सा न रोक सकीं यों वे, जब मैं उनके पास जाती हूं, गुस्सा नहीं होती हैं। पर उस दिन जब मैंने उनसे तमाम दिन पापा के शयनागार में रहने की बात कही, तो वे तिलमिला उठीं। उनके चेहरे पर ऐसा एक कठोर भाव आ गया जैसा मैंने पहले कभी नहीं देखा था। और जब मैं चलने लगी तो उन्होंने कहा, "बेबी, मेरा एक काम कर दोगी बेटी?"

मैंने कहा, "कहो मां।"

जब मैं बहुत खुश होती हूं तो ममी को मां कहती हूं। मैंने कहा, "कहो मां।"

उन्होंने मुझे अपने सीने में छिपा लिया कि मैं उनके आंसू न देख सकूँ और कहा, "बेटी, मेरा एक फोटो वहां सोने के कमरे में टंगा हुआ है, मुझे ला दो।" और मैंने वह फोटो उन्हें ला दिया।

पापा ने मुझसे पूछा, "वह फोटो क्या हुआ?" तो मैंने बता दिया कि ममी ने मांगा था, दे आई हूं।

पापा कुछ बोले नहीं, चुपचाप चले गए। शायद नाराज़ हो गए। पापा भी तो मुझसे कम बात करते हैं। वे चाहते हैं कि जब मिसेज दत्त आए तो मैं घर में न रहूं। मैं

भी हकीकत में यही चाहती हूं। असल बात यह है कि मैं न तो मिसेज दत्त का पापा के शयनागार पर इस तरह दखल जमाना देख सकती हूं, न रोज़-रोज़ उनका आना बर्दाश्त कर सकती हूं।

मैं मन ही मन घुटती रहती हूं। इससे मेरी स्टडी में भी हर्ज होता है। ममी से जब-जब मिसेज़ दत्त की बात मैंने कही, तब-तब वे चुप रहीं, अच्छा-बुरा कुछ नहीं कहा। पर मैं जानती हूं कि यदि मैं मिसेज़ दत्त को अपमानित करूं तो ममी खुश होंगी। बहुत खराब औरत हैं मिसेज़ दत्त।

सुनीलदत्त

काम-विज्ञान की कुछ पुस्तकें खरीद लाया हूं। उनका अध्ययन कर रहा हूं। राय ने जो यह बात कही है कि स्त्रियां उसी प्रेम के वशीभूत होती हैं जिसमें कामावेम का भीषण पाशविक आक्रमण निहित होता है, इसी से मैं इस विचित्र विषय का सांगोपांग अध्ययन करूंगा। जब यह विषय जीवन के सुख-दुःख के इतने निकट है, तो यह कालेजों में नहीं पढ़ाया जाता! तो डाक्टरेट करना चाहिए। बड़ा विचित्र है यह विषय। काम-विज्ञान स्त्रियों की और पुरुषों की अलग-अलग जातियां बयान करता है। ये जातियां सामाजिक स्तर पर नहीं होती-तन और मन की भिन्नता के आधार पर होती हैं। पतली-दुबली, लंबे शरीर की फुर्तीली स्त्री, जिसकी उंगलियां और मध्य शरीर भी लंबा हो, जो लाल फूल और लाल रंग के वस्त्र पसंद करे, क्रोधी हो, शरीर पर नीली नसें चमकती हों, शरीर के नीचे का भाग लंबा हो, स्मर-मंदिर पर गहन रोमावलि हो, रतिजल क्षारगंधि हो, शीघ्र तृप्त होने वाली हो, शरीर गर्म रहता हो, न कम न अत्यधिक खाती हो, पित्त प्रकृत्ति की हो, चुगलखोरी की आदत हो, मलिनचित्त हो, स्वर गधे के समान हो-वह स्त्री शंखिनी है। मेरी रेखा न शंखिनी है न हस्तिनी है।

हस्तिनी स्त्री बदन में भारी, चाल में भद्दी, कद में ऊंची होती है। चेहरा व उंगलियां उसकी मोटी होती हैं, गर्दन छोटी और मोटी होती है। बाल भूरे होते हैं, स्वभाव की कटु होती है, शरीर से हाथी की मंद-गंध आती है। होंठ बहुत मोटे, नीचे का होंठ लटका हुआ, क्रोधी, कटुभाषिणी, कठिनाई से तृप्त होती हैं भला मेरी रेखा ऐसी कहां है!

एक स्त्री चित्रणी होती है-चाल उसकी मन को लुभाती है, कद मध्यम होता है। जघनस्थल विशाल और शरीर दुबला-पतला होता है। होंठ भरे हुए, काक जंघा, तीन रेखाओं वाला कण्ठ, चकोर के समान कंठ-स्वर, ललित कलाओं में रुचि, रोम कम, चंचल स्वभाव, चपल दृष्टि, बनाव-श्रृंगार में रुचि। यह चित्रणी के लक्षण हैं। रेखा चित्रणी भी नहीं है। वह पद्मिनी है। पद्मिनी के लक्षण उसमें मिलते हैं। पद्मिनी स्त्री कमल के समान कोमलांगी, शरीर और रतिजल में दिव्यगंध, चकित हरिणी के समान आंखें, नेत्रों के किनारे लाल, श्रीफल-से गोल उरोज, तिल के फूल समान नासिका, श्रद्धावती, सलज्जा, कमल पुष्प के समान सुंदर कांतिवाली, चम्पकवर्णी, छरहरे शरीर वाली जिसकी चाल राजहंसिनी की भांति हो, जिसके उदर में त्रिबली पड़ती हो, कलहंस के समान जिसकी वाणी मधुर हो, तन-मन से पवित्र, साफ-शुद्ध रहने वाली, मानिनी, लज्जावती, अल्पभाषिणी, श्वेत रंग के फूलों को पसंद करने वाली स्त्री पद्मिनी जाति की स्त्री है।

कहा है कामदेव के पांच बाण हैं-अकार, इकार, उकार, एकार, ओकार। क्रमशः इनके लक्ष्य हैं-हृदय, वक्ष, नयन, मस्तक.और गुह्यस्थान। इन मर्म स्थानों पर नयनरूप धनुष को तानकर दृष्टिरूप बाणनिक्षेप करने से स्त्री वशीभूत हो जाती है। प्रतिकूल स्त्री को अनुकूल करना, अनुकूल स्त्री को प्रेमी-अनुरागिनी बनाना और अनुरागिनी-अनुरक्ता से रति-आनंद की प्राप्ति करना-यही। कामशास्त्र का गूढ़ विषय है। ऊंचे ताल पर से गिरती हुई निर्झर की तरह जलधारा के समान इस प्रवाही संसार में सार पदार्थ कामानंद है, और संपूर्ण शब्द, स्पर्श, रूप, रस, गंधादि वासना-समूह उसके अधीन

हैं। ब्रह्मानंद के समान उस महान आनंद को कोई मंदबुद्धि, सूक्ष्म काम-कलाओं की विचित्रता को न जानने वाला कोई मूर्ख, किस प्रकार प्राप्त कर सकता है!

मैंने स्त्रियों की जाति की चर्चा की है। प्रत्येक जाति की स्त्री का पृथक् स्वभाव होता है। परंतु आयु की दृष्टि से बाला, तरुणी, प्रौढ़ा के भिन्न-भिन्न गुण होते हैं, फिर काम-प्रवृत्ति के भाव हैं, लीला-कलाएं आदि इंगित हैं। इन सबको न जानने वाला रतिविद्या में मूढ़ पुरुष सुंदरी स्त्रियों के यौवन को प्राप्त करके भी प्राप्त नहीं कर पाता है। सच है, मैंने रेखा को समाप्त करके भी प्राप्त नहीं किया है। मैं रतिकला में मूढ़ हूं।

हिन्दूधर्मशास्त्र दयानंद टाल्सटाय, गांधी बड़ी कड़ाई से कहते हैं कि स्त्री-पुरुष का संबंध सिर्फ संतानोत्पत्ति के लिए ही होना चाहिए इसलिए पुरुष को ऋतुकालाभिगामी होना चाहिए। संसार के सभी नीतिवान पुरुष यही कहते हैं। पर काम विज्ञान कहता है कि सहवास का प्रश्न केवल नीति धर्म का ही प्रश्न नहीं है। वह स्वास्थ्य का, विज्ञान का और जीवन के प्राकृतिक विकास का प्रश्न है। मैंने भी बस सचाई पर विचार किया है, और इसी निर्णय पर पहुंचा हूं कि सहवास का मुख्य उद्देश्य विभिन्नलैंगीय असाधारण आनंद-प्राप्ति है जिससे न केवल स्वास्थ्य और जीवन को ही उन्नति मिलती है, प्रत्युत आत्मिक प्रफुल्लता भी प्राप्त होती है। सहवास-संबंधी मामलों में प्रतिबंध करने का यदि किसी को अधिकार है तो चिकित्सक को, जो एकमात्र इसी कारण से स्त्री-पुरुषों के सहवास पर प्रतिबंध लगा सकता है या उसे सीमित कर सकता है कि वह जब यह देखे कि उससे स्त्री या पुरुष के स्वास्थ्य पर खतरा है और यह बात तो सर्वथा गलत है कि सहवास हर हालत में स्वास्थ्य के लिए हानिकर है।

काम-विज्ञान की ये पुस्तकें तो ठोस आधारों पर यह कहती हैं कि बलात् कामवासना को दबाकर रखने में अनेक भयानक असाध्य रोगों की उत्पत्ति होती है। पुरुषों की अपेक्षा स्त्रियों पर इसका और भी बुरा प्रभाव पड़ता है। फिर मैं अपना ही

मामला देख रहा हूं। मुझे सर्वश्रेष्ठ स्त्री-शरीर प्राप्त है। पर केवल मानसिक उत्तेजना ही की कमी है। इसी ने मेरे सारे उल्लास को, जीवन की चिरसाधना को, साहस और विकास को खत्म कर दिया है। कितने दयनीय हैं वे पुरुष-स्त्री जो पूर्ण स्वस्थ तो हैं, पर स्त्री या पुरुष के सहवास से वंचित हैं! अजी, मैं तो यहां तक कहने का साहस कर सकता हूं कि ऐसे स्त्री-पुरुष समाज के लिए खतरा हैं।

मैंने काम-संबंधी स्मृतियों को, आकांक्षाओं को, विकारों को दबाकर भला देने की चेष्टा की। परंतु इससे मेरी आंतरिक कामवासना जागरित ही हुई। उस दिन पागलखाने के प्रधान चिकित्सक कह रहे थे कि पागलखाने के पुरुषों के वार्ड में कोई उत्तेजित पुरुष इतना अश्लील नहीं बकता जितना स्त्रियां। इसका अभिप्राय तो स्पष्ट है कि उन्हें अपनी वृत्ति को दमन करने के लिए जितनी शक्ति खर्च करनी पड़ती है उतनी शक्ति उनमें नहीं है।

नीतिशास्त्र और धर्माचार्य मनोनियमन और संयम पर चाहे जितना भी ज़ोर डालें, और उसकी उपयोगिता की जितनी भी चाहें प्रशंसा करें, पर बलात् मनोनिग्रहों के दूषित परिणामों से उनको छुटकारा नहीं मिल सकता। इस समय और यथार्थ मनोनियमन को पालन करने की सामर्थ्य बिरले ही मनस्वी पुरुष में हो सकती है, सर्वसाधारण में नहीं। भला सोचिए तो आप, मेरे जैसा सीधा-सादा गृहस्थ-जो अपनी पत्नी में अनुरक्त है, और स्वाभाविक कामोद्रेक में सहवास का सुख प्राप्त कर हंसी-खुशी जीवन व्यतीत करना चाहता है-क्या पवित्रजीवी और शांत नागरिक नहीं है? क्या मेरे जैसे व्यक्ति को किसी भी अर्थ में दुराचारी कहा जा सकता है?

अज्ञानी जन समझते हैं कि कामवासना एक देह-स्वभाव है, जीवन की स्वाभाविक प्रवृत्ति है, परंतु ऐसी बात नहीं है। शरीर में कुछ ग्रंथियां हैं, वे अनेक हैं, उनसे विभिन्न प्रकार के स्राव निकलते, और रक्त में मिलते रहते हैं, जिनसे शरीर में

जीवनी शक्ति का स्रोत प्रवाहित रहता है, तथा जीवनी शक्ति का संचालन भी होता है। वे सूक्ष्म नालियों के द्वारा रक्त के साथ मिल जाते हैं। इन स्रावों का मनुष्य के स्वास्थ्य पर तो खास प्रभाव पड़ता ही है, स्वभाव पर भी पड़ता है।

इन ग्रंथियों में से दो प्रकार के स्राव निकलते हैं। बाहर निकलनेवाले स्राव को बाह्य स्राव कहते हैं। वह स्त्री-पुरुष में स्त्री-भाव और पुरुष-भाव उत्पन्न करता है। अंतःस्राव रक्त में मिलकर कामवासना उत्पन्न करता है। जो अंतःस्राव रक्त के साथ मिलकर कामवासना पैदा करता है, वही शरीर में पुरुषाकृति और स्त्री-आकृति के चिह्नों का उदय करता है। उसी के प्रभाव से पुरुषों के दाढ़ी-मूंछ और स्त्रियों के स्तन और नितंबन की वृद्धि होती है। इन्हीं के आधार पर पुरुष और स्त्री के स्वभाव का निर्माण होता है। मैंने बताया था न, कि स्त्रियों की चार जातियां होती हैं। ये जातियां स्त्रियों की शारीरिक और मानसिक भिन्नता पर आधारित हैं। स्त्रियों की शारीरिक और मानसिक भिन्नताएं भी इन्हीं स्रावों पर आधारित हैं। बडी करामात है इन स्रावों की। स्त्री के समान पुरुषों की भी विभिन्न जातियां शारीरिक और मानसिक भेदों के आधार पर होती हैं। उनका कारण भी ये ही ग्रंथियों के स्राव होते हैं। यही नहीं, बहुत-से पुरुष स्त्री-स्वभाव के और बहुत स्त्रियां पुरुष स्वभाव की होती हैं, उनका भी कारण इन्हीं ग्रंथियों के स्राव हैं। इन ग्रंथियों के उलट-पुलट कर देने से बेशक स्त्री-पुरुष और पुरुष स्त्री बन सकता है। स्त्री-पुरुषों की आकृति, शक्ल-सूरत, शरीर का ढांचा सब कुछ इन्हीं ग्रंथियों पर आधारित है। यह सब विज्ञान पढ़कर तो मेरी अक्ल चकरा गई है। जिन बातों को सब लोग स्वाभाविक बातें समझते हैं, उनके मूल में इन ग्रंथियों के स्राव का प्रभाव है। इसी से अब बड़े-बड़े चिकित्सक इन स्रावों को कृत्रिम रूप से शरीर में पहुंचाकर स्त्री पुरुषों के स्वास्थ्य, शरीर के ढांचे तथा स्वभाव में आमूल परिवर्तन कर सकते हैं। जिन स्त्रियों या पुरुषों के शरीर में ये ग्रंथियां यथेष्ट स्राव नहीं करती हैं, वे पुरुष नपुंसक हो जाते हैं और स्त्रियों के स्तन सूख जाते हैं और दाढ़ी मूंछ

निकल आती हैं। मैंने कुछ स्त्रियां दाढ़ी-मूंछ वाली देखी हैं। उनके स्वभाव भी पुरुषों के जैसे होते हैं। पहले मैं इसे भगवान की माया समझता था, अब जान गया कि यह इन्हीं ग्रंथियों के स्राव की करामात है। इस वैज्ञानिक अनुसंधान के आधार पर हम यह कह सकते हैं कि स्वभाव वास्तव में एक रासायनिक परिणाम है और उसका मूल उद्गम अंतःस्राव पेशी से पैदा होता है। इन स्रावों को उत्पन्न करने वाली अनेक पेशियां हैं। यदि एक ग्रंथि का काम सुस्त होता है तो दूसरी पर भी उसका प्रभाव पड़ता है और उससे देह-स्वभाव बदल जाता है।

लोग इस कुदरती वैज्ञानिक शरीर-निर्माण की बारीकी को नहीं जानते, और थोथे नीति के उपदेशों द्वारा सब किसी को संयम का उपदेश देकर और उनके स्वभाव और शरीर-निर्माण के प्रतिकूल उन्हें बलात् संयम के लिए विवश करते हैं, जिसका घातक प्रभाव शरीर और मन पर पड़ता है।

मन, शरीर से भिन्न नहीं है। वह शरीर ही के गुण-धर्म का परिणाम है। आत्मा को भी आध्यात्मिक लोग शरीर से पृथक् सत्ता मानते हैं। वे यह भी कहते हैं कि यही शरीर और मन पर नियंत्रण करने की शक्ति रखती है। परंतु यह कोरा सिद्धांत ही है, व्यवहार में उसकी कोई उपयोगिता नहीं है, न विज्ञान उसके अस्तित्व से लाभ उठा सकता है न उसके न होने से विज्ञान का काम अटकता है।

किसी शारीरिक काम की सबल इच्छा को मसोस डालना वास्तव में आत्मा का नहीं मन का काम है। वह इच्छा जितनी दुर्दम्य होगी, मन को दमन करने से उतना ही क्षय होगा, क्योंकि मन की गति ही इंद्रियों की इच्छाओं की पूर्ति की ओर है। मन की शक्ति आनुवंशिक होती है। पूर्व के विचार-संस्कारों से वह प्रभावित रहती है, और पूर्वानुभव का उस पर प्रभुत्व रहता है। ऐसी दशा में किसी भी इंद्रिय की विषयेच्छा यदि प्रबल होती है तो अन्य इच्छाएं स्मृति से ओझल हो जाती हैं, और सारी जीवनी शक्ति उसी इच्छा पर केंद्रित रहती है। अब शरीर के इस नैसर्गिक उद्वेग

को, जो पराकाष्ठा को पहुंच चुका है, दबाना निश्चय ही शरीर की जीवन शक्ति के विपरीत एक भयानक धक्का देना है, जिससे वह शक्ति छिन्न-भिन्न हो जाती है।

ओफ, कितने गहन और भयानक ये तथ्य हैं, जिन्हें सब लोग नहीं जानते, पर जिनका सब लोगों के जीवन पर नैसर्गिक प्रभाव है! लोग कहते हैं, भगवान ही शरीर को, मन को, आत्मा को बनाता है; पर मैं कहता हूं ये ग्रंथियों ही भगवान हैं। मानव-जीवन में जो कुछ सक्रिय जीवन दीख रहा है वह इन्हीं का परिणाम है। मैं जब राय से बातों पर बहस करता हूं, तो वह ऐसी कुटिल हंसी हंसता है जैसे मैं पागल हूं बकवास कर रहा हूं। वह कभी-कभी बहस में भाग लेता है, पर वह इन बातों को कहां जानता है! मैंने उसे इन पुस्तकों को पढ़ने की सलाह दी तो उसने हंसकर कहा, "मेरी तो औरत ही चली गई है। अब इन पुस्तकों को पढ़कर क्या होगा!"-उसके जवाब से मझे दुःख होता है पर ऐसा देखता हूं कि यह जवाब देते हुए उसे दुःख नहीं होता। मालूम होता है, कोई गुप्त बात उसके मन में है। वह ऐसे प्रसंगों पर आंखों में तैरने लगती है। कभी-कभी वह इन बातों की-हंसी उड़ाता है। मुझे मूर्ख समझता है। पर मूर्ख मैं नहीं, वह है। वह विज्ञान के संबंध में कुछ नहीं जानता।

रेखा भी इन बातों से भिन्नाती है। उसे तो ये बातें भाती ही नहीं। सुनना ही पसंद नहीं करती। वह उन्हें गंदी बातें कहती है, बुढ़मस कहकर मेरा उपहास करती है। सो क्या मैं बूढ़ा हो गया! मैं तो जीवन के प्राप्तव्य के लिए युद्ध कर रहा हूं। मेरे जीवन में कहां एक टीस है, कहां एक घाव है, जिसने मेरे सारे आनंद को किरकिरा कर दिया है? मैं तो उसी का निदान चाहता हूं।

पर किसी के हंसने पर घृणा करने से क्या! मैं तथ्य तक पहुंच चुका। रेखा में जो यह विरक्ति उत्पन्न हुई है, वह ज़रूर किसी ग्रंथि के स्राव की गड़बड़ी के कारण है। डाक्टर लोग यद्यपि यह बात स्वीकार नहीं करते, पर वे मूर्ख भी तो हो सकते हैं। मुझे विश्वास है मैं एक दिन असल बात को पा जाऊंगा। और रेखा को मैं प्राप्त कर लूंगा, नहीं तो मर मिटूंगा।

दिलीपकुमार राय

दत्त पागल हो गया है, या उसे कामोन्माद चढ़ा है, या वह मुझ पर संदेह करता है। अब वह हर समय काम-विकार की ही बातें करता है। कभी-कभी रेखा की बातें करता है। उन बातों में उसका प्रबल मनोवैकल्य प्रकट होता है। उसका विनोदी स्वभाव, ठहाके मारकर हंसना, सब गायब हो गया है, न अब वह पहले की भांति गप-शप करता है। ऐसा प्रतीत होता है, दोस्ती का वह भाव भी अब उसके मन में नहीं है। वह रेखा की कामवासना की, उसके मूल में आधारित वैज्ञानिक विषयों की बातें करता है। बात करते-करते कभी वह उत्तेजित हो जाता है, कभी अत्यंत गंभीर। वह यह भी भूल जाता है कि किससे क्या कह रहा है। न कहने योग्य बातें भी वह कह जाता है। और जब वह ये सब बातें करता है तो एक दृष्टि से मेरी ओर देखता है। उस दृष्टि को मैं बर्दाश्त नहीं कर सकता। मेरी आंखें झप जाती हैं कभी-कभी मन होता है कि फोड़ दूं उसकी आंखें।

सच ही कह दूं? दत्त के प्रति मेरे मन में अब प्रेम नहीं है। मैं अब उसका मित्र कैसे रह सकता हूं-जब उसकी स्त्री का जार हूं। सरासर उसे धोखा दे रहा हूं आप जो चाहें समझें, मन में चाह उठती है-दत्त मर जाए और रेखा सोलह आना मेरी हो जाए। अब रेखा को मुझसे छीन कौन सकता है। परंतु दत्त की गंभीरता बड़ी भयानक है। कभी-कभी तो वह सचमुच भयानक हो उठता है।

क्या वह मुझपर शक करता है? इसी से वह इस प्रकार की बातें करता है। उसे सेक्स-संबंधी पुस्तकें पढ़ने का भी बेहद शौक बढ़ गया है। इसी से जब देखो वह उन्हीं की बातें करता है। परंतु यह असंभव नहीं है कि वह मुझपर भी शक करता है।

रेखा बहुत डर गई है। वह रेखा से भी उसी प्रकार की बातें करता है। ऐसा प्रतीत होता है कि रेखा के मन में अब उसका प्रेम शेष नहीं रह गया। रेखा उसके पास जाते

डरती है। वह कहती है, कहीं ऐसा न हो वह सोते हुए उसका गला दबोचकर मार डाले। न जाने कैसे उसके मन में यह भीति उठ खड़ी हुई है। कल इस संबंध में मेरी रेखा से ज़रा खुलकर बातें हुई। रेखा ने कहा :

'मैं बहुत डर गई हूं। न जाने कब क्या हो जाए। कहीं वे गला दबाकर मुझे मार न डालें। पहले की भांति न उनमें हास्य है, न विनोद, न कोमलता है, न सरसता। उनके नेत्रों में न जाने एक कैसी आग-सी जलती देखती हूं। वे बड़ी देर तक चुपचाप धरती से नज़र गड़ाए कुछ गौर से देखते रहते हैं। कुछ बड़बड़ाते हैं। फिर हंस पड़ते हैं। कैसी डरावनी होती है उनकी वह हंसी! मैं तो उसे नहीं देख सकती, न ही सह सकती। वे जब मेरे निकट आते हैं तो एक प्रकार का आक्रमण करते हैं। बड़ा भीषण, बड़ा निर्मम आक्रमण होता है वह! मैं तिलमिला उठती हूं। कभी-कभी रो देती हूं। कभी-कभी तो ये खूखार पशु बन जाते हैं। तब उनका आलिंगन तो क्या, उनका स्पर्श भी मैं नहीं सहन कर सकती। पर वे अपने पाशविक आकांक्षा को तृप्त कर लेते हैं। तृप्त होकर मुझे एक ओर धकेल देते हैं, जैसे आम चूसकर गुठली दूर फेंक दी जाती है। मैं तो अब इन बातों को याद करके ही सूख जाती हूं। कभी-कभी वे बहुत-बहुत अश्लील आचरण करते हैं, अश्लील बकते हैं। उस समय उनके नेत्रों में एक हिंसक चमक मैं देखती हूं, और जड़ हो जाती हूं। क्या वे पागल हो गए हैं? मुझे बचाओ। तुम्हारे पैरों पड़ती हूं, मुझे बचाओ। उनसे मेरी रक्षा करो। उन्हें मुझसे दूर कर दो। तुमने मेरी लाज लूट ली है। अब मैं कहां जाऊं? तुम मुझे सहारा न दोगे तो मैं कहीं की न रहूंगी, बोलो क्या कहते हो?"

क्या कहूं मैं? मैं तो सुनकर सन्नाटे में आ गया। फिर मैंने कहा, "रेखा, सच-सच बता दो, क्या तुम दत्त को प्यार करती हो?"

"नहीं करती। मैं तुम्हें प्यार करती हैं। औरत दो मर्दों को प्यार नहीं कर सकती, नहीं कर सकती! तुम यदि मेरे प्यार का प्रतिदान न करोगे मेरी रक्षा न करोगे, तो मैं कहीं की न रहूंगी!

"लेकिन रेखा मैं भी तो तुम्हें प्राणों से अधिक प्यार करता हूं। तुम कहो-मैं तुम्हारे लिए क्या करूं?"

"मैं दत्त से कह दूंगी साफ-साफ कि मैं बेवफा हूं। तुम्हें प्यार नहीं करती। तुम मुझे त्याग दो। वे मुझे त्याग देंगे, तो मैं तुमसे ब्याह कर लूंगी जैसे माया ने वर्मा से कर लिया है।"

रेखा के इस प्रस्ताव से मैं झमेले में पड़ गया। मैं समझ ही न पाया कि क्या जवाब दूं। पहले भी एक-दो बार उसने यही बात संकेत से कही थी, पर आज तो उसने साफ-साफ कह दी। मैंने कहा, "रेखा, मुझे सोचने का समय दो। ये बड़ी गंभीर बातें हैं। खूब सोच-विचारकर हमें अगला कदम उठाना पड़ेगा।" तो इस पर रेखा को गुस्सा आ गया। गुस्से में पहले कभी मैंने उसे देखा न था। बड़ी सुंदर लग रही थी वह। गुस्से में उसके गाल लाल हो गए थे। फूले हुए लाल-लाल होंठ फड़क रहे थे, नयनों में बड़े-बड़े आंसुओं के मोती सज रहे थे। उसने गुस्सा होकर कहा :

"अब क्या सोच-विचार करोगे? यहां तक आकर क्या फिर पीछे हम लौट सकते हैं? ऐसा ही था तो पहले सोच-विचार करते। अब तो मैं हलाहल पी चुकी, अब तो मरना ही होगा। सोच-विचार से क्या होगा अब?"

मैंने उसे बहुत ढाढ़स दिया, समझाया-बुझाया। पर वह तो निरंतर रोती रही; रोती ही रही। फिर उसने न जाने कहां से एक हिम्मत मन में संचित करके कहा, "नहीं, नहीं, आज ही इसका फैसला कर दो। बोलो, तुम मुझसे ब्याह करोगे? मैं दत्त से सब कुछ खोलकर कह दूं?"

भला मैं एकाएक उसका प्रस्ताव कैसे मान सकता हूं! कितनी बदनामी होगी मेरी! माया के मुकदमे से और उसके चले जाने से मैं पहले ही काफी बदनाम हो चुका हूं। अब यदि रेखा के तलाक और ब्याह का प्रश्न उठा तो एक भयानक विवाद उठ

खड़ा हो सकता है। फिर बीवियों की अदल-बदल कितनी वाहियात है! इसके अतिरिक्त मेरे तो और स्त्रियों से भी लड़कियों से भी संबंध हैं। क्या रेखा उन्हें बर्दाश्त कर सकेगी? निश्चय ही नहीं कर सकेगी। मैं भी उसके प्रति कनिष्ठ नहीं हो सकता। आप इसे मेरी कमज़ोरी कह सकते हैं। पर मैं तो आपको प्रथम ही अपनी मनःस्थिति बता चुका हूं। मैं उनको नहीं छोड़ सकता। अथवा वे सब मुझे नहीं छोड़ सकतीं। इस सबके बाद एक और बात है, बहुत जबर्दस्त है, वह दत्त का स्वभाव। उसे मैं भली भांति जानता हूं। उसका गुस्सा सांड के गुस्से से कम नहीं है। अभी तक वे रेखा पर विश्वास करता है और उसका मन प्राप्त करने के लिए सब कुछ कर गुज़रने पर आमादा है। रेखा के लिए वह पागल हो रहा है। क्या आश्चर्य है, ज्यों ही उसे रेखा के बेवफा होने का ज्ञान हो जाए, वह हम दोनों को गोली मार दे। इस समय दत्त की जैसी भीषण और विषम मनोवृत्ति हो रही है, उसके लिए कुछ भी असंभव नहीं है। इन सब बातों पर विचार करके मैंने रेखा से कहा, "रेखा, तुम्हारा क्या ख्याल है कि दत्त को तुम पर और मुझ पर कुछ शक है?"

'शक नहीं है; पर कब तक यह आंख-मिचौनी होती रहेगी?"

"इस बात को छोड़ो रेखा। यह सोचो कि जब उसे अकस्मात् ज्ञात होगा कि तुम बेवफा हो और मैं उसका मित्र ही विश्वासघाती हूं, तो वह हम दोनों को गोली से तो नहीं उड़ा देगा?"

रेखा का चेहरा यह बात सुनते ही सफेद हो गया। वह पथराई आंखों से मेरी ओर बड़ी देर तक देखती रही। फिर उसने कहा, "उनका जैसा रंग-ढंग देख रही हूं, उसे देखते असंभव कुछ नहीं है।"

फिर उसने कुछ सोचकर कहा, "तो चलो हम-तुम चुपचाप कहीं भाग चलें!"

'भागकर कहां जाएं?"

“बस, जहां मेरे-तुम्हारे अतिरिक्त कोई न हो।”

“पर रेखा, यह तो सोचो यह संभव कैसे हो सकता है! मैं एक प्रतिष्ठित सरकारी नौकर हूं। ऐसा करेंगे तो नौकरी तो खत्म ही हुई समझो। पर तुम्हारे लिए मैं इतना बलिदान सह सकता हूं खुशी से। पर बेबी है। तुम्हारा भी लड़का है। इन्हें कैसे छोड़ा जाएगा। फिर हम जाएंगे भी कहां? क्या हम लोग ऐसे नगण्य हैं कि जहां भी जाएं वहीं छिप जाएं? रेखा, तुम्हारा प्रस्ताव अमल में नहीं लाया जा सकता है।”

‘तो फिर पहली बात ही रहे।”

“तलाक और ब्याह वाली?”

“हां”

“उसपर हम विचार कर सकते हैं। परंतु तुम अभी दत्त की मनोवृत्ति का अध्ययन करो। उसके मन की थाह लो। अपने प्रति उसके मन में घृणा करो। तभी शायद इस काम में सफलता मिलेगी।”

“मैं तो घृणा करती हूं। कह चुकी हूं। अब उनके मन में कैसे घृणा उत्पन्न करूं?”

“मैं सोचूंगा और तुम्हें राह बताऊंगा। तुम घबराओ मत। सब ठीक हो जाएगा।”

परंतु वह मेरे वक्ष पर गिरकर फफक-फफककर रोने लगी। उसने कहा, “हाय, मैं कहीं की न रही! किस कुक्षण में मैंने अपना मान डिगाया, अपना शील भंग किया, अपनी कुल-लाज डुबोई! मुझे तो अब मर जाना ही चाहिए। फिर मैं जान ही दे दूंगी, तुम यदि मुझे सहारा न दोगे। मुझे इस तरह गिराकर तुम दूर खड़े नहीं रह सकते! मुझे सहारा देना होगा। मेरे साथ मरना होगा। अब मेरी इज़्ज़त तो गई। जब यह बात, मेरी जिंदगी का यह काला काम-पत्नी होकर परपुरुष के संपर्क की बात जब मेरी जान-पहचान वाली औरतें सुनेंगी तो क्या कहेंगी? कैसे मैं उन्हें मुख दिखाऊंगी। कहो तो सही।”

इतना कहते-कहते वह मेरी गोद में गिर गई। मुझसे उस बदनसीब को ढाढ़स देते न बना।

मेरा मन भी उसके लिए दुःखी हुआ। पर अब किया क्या जा सकता है! क्या उससे ब्याह कर लूं? दत्त से सब कुछ साफ-साफ कर दूं?

नहीं, नहीं, यह अभी ठीक नहीं होगा। सोच-समझकर मैं अगला कदम उठाऊंगा।

रेखा

आज चौथा दिन है, दत्त घर पर नहीं हैं। सरकारी काम से दौरे पर गए हैं। अभी और दस दिन लगेंगे उनके लौटने में। इस घर में ब्याहकर आने के बाद यह दूसरा अवसर है जब वे मुझे घर छोड़कर बाहर गए हैं। किंतु तब में और अब में कितना अंतर पड़ गया है! तब वे केवल तीन दिन को ही गए थे, और अब आठ दिन प्रथम से जाने की चिंता व्यक्त करने लगे थे। उस चिंता में कितनी व्याकुलता थी! उसे देखकर मेरा मन कैसा हो गया था! जैसे मैं इन तीन दिनों के वियोग में जिंदा ही नहीं रहूंगी। तब तो नया ही मेरा ब्याह हुआ था; शायद दो या ढाई साल ही ब्याह को हुए थे। प्रद्युम्न तब शिशु ही था। जब वे गए थे-मैं कितना रोई थी! मुझे ढाढ़स देने में वे भी रोने लगे थे। पहली ही बार उस सिंह की सी प्रकृति के पुरुष को मैंने रोते देखा था। और जब वे चले गए थे तो जैसे मेरा सारा संसार अंधेरा हो गया था। भीतर-बाहर सर्वत्र एक अभाव ही अभाव मुझे दीखने लगा था। न खाना अच्छा लगता था, न नींद आती थी। दिन-दिन-भर मैं प्रद्युम्न से उन्हीं की बातें करती थी। बेचारा शिशु कुछ समझता न था, मेरे नेत्रों में आनंद की झलक देखकर या प्रेम की पीड़ा देखकर वह हंसता था, और मैं उसे छाती से लगा लेती थी। कितना सुख मिलता था मुझे उस समय शिशु प्रद्युम्न के आलिंगन में! जैसे वह उन्हीं का एक छोटा-सा संस्करण हो। जैसे वे ही सिकुड़कर मेरे हृदय का हार बन गए हों। मैं तब जागते ही सपने देखती थी। उनकी

मेघगर्जन-सी हंसी अपने कानों से सुनती थी। उनके प्यार का अपने प्रत्येक अंग पर अंकन अनुभव करती थी। उस वियोग की पीड़ा में भी कितना आनंद मिलता था मुझे! उन तीन दिनों में उन्होंने चार तार भेजे। चौथे तार में आने की सूचना दी थी। सूचना पाकर मैं रातभर सोई नहीं। कौन-सी साड़ी पहनूंगी, क्या बात करूंगी, कितनी शिकायत करूंगी, यही सोचती रही। जैसे वे तीन दिन के तीन युग थे।

परंतु अब तो दुनिया ही बदल गई है। किंतु केवल मन की ही तो दुनिया बदली है और सब तो ज्यों का त्यों है। परंतु कितनी प्रबल है यह मन की दुनिया! सब कुछ तो उलट-पुलट हो गया है। वही घर है, वही वे हैं, वही मैं हूं, पर मन वह नहीं है। भला क्या चीज़ है यह मन-इतना सूक्ष्म और इतना प्रबल? जितना ही सोचती हूं, मूढ़ रह जाती हूं।

जब उन्होंने कहा कि वे दो सप्ताह के लिए बाहर जा रहे हैं, तो शरीर में कैसी एक सिहरन-सी दौड़ गई! उसमें कितनी प्रसन्नता का भाव था, कितना भय था-यह मैं नहीं कह सकती हूं, परंतु जब तक नहीं गए-तब तक, कब जाएंगे, अभी कै दिन बाकी हैं, यही सोचती रही। एक उत्सुकता ने मेरी सारी चेतना को आपूरित कर दिया। बड़ी ही कठिनाई से मैं उसे छिपा पाई। वह सब मन की बांकी-टेढ़ी विकृतियां। तब एक अजीब-सी बेचैनी और गुदगुदी मैं तन में अनुभव करती रही।

वे चले गए। मैं एक बूंद भी आंसू न गिरा सकी। और उन्होंने बड़े ही ठंडे मन से कहा-ठीक से रहना। प्रद्युम्न का खयाल रखना। और एक बार प्रद्युम्न को प्यार करके चले गए। मुझे प्यार नहीं किया। मेरी ओर लौटकर देखा भी नहीं। परंतु मैं भी तो इसके लिए उत्सुक न थी। मुझे भी तो उस प्यार की भूख न थी।

और उनके जाने के बाद मन जैसे कुछ हल्का हो गया। मैं धड़कते कलेजे से राय की प्रतीक्षा करने लगी। कब वे आएंगे! अब तो बाधाएं ही टल गई थीं। हम लोग निर्द्वंद्व मिल सकते थे। नौकर-चाकर थे, प्रद्युम्न था। प्रद्युम्न बालक है, पर नौकर-चाकर बालक नहीं हैं। वे कुछ-कुछ समझने लगे थे। खासकर वह बूढ़ा माली राय को

ज़हरबुझी नजर से देखता है, देखते ही गुस्से में भर जाता है। शायद नौकर लोग हमारी पीठ पीछे आलोचना भी करते हैं, पर प्रकट में कहने का साहस नहीं कर सकते। मैं भी इसी से राय को यहां न बुलाकर उनके घर जाती हूं। बेबी अब पहले की भांति मुझे देखकर खुश नहीं होती, सामने से टल जाती है। बात भी बेमन करती है। पर मुझे उसकी क्या परवाह है!

मैं चाहती हूं, यह आंखमिचौनी का खतरनाक खेल बंद हो जाए और हम खुल्लमखुल्ला ब्याह कर लें। मुझमें इतना साहस हो गया है कि मैं दत्त से कह दूं कि उन्हें प्यार नहीं करती, राय को करती हूं। वे मुझे तलाक दे दें। पर राय झिझकते हैं, टालते हैं। परंतु अब इस बार दत्त के वापस घर लौटने से पहले ही सब हेस-नेस कर लूंगी, सब बातें तय कर लूंगी। अब इस तरह तो नहीं रहा जा सकता न?

विवाह का उद्देश्य है कि स्त्री-पुरुष दोनों पूर्णरूपेण परस्पर संतुष्ट हों, सुखी हों; दोनों के जीवन विकसित हों। वैवाहिक जीवन जहां भूतल पर स्वर्ग का राज्य है, वहां नरककुण्ड भी हो सकता है। सब लोग वैवाहिक जीवन की त्रुटियों की परवाह नहीं करते हैं। और उनके वैवाहिक जीवन अंत में असफल होते हैं। अंत में तुलसी की वही कहावत चरितार्थ होती है, 'तुलसी गाय बजाय के दियौ काठ में गाय।' स्त्री-पुरुष का जो आत्मसमर्पण एकांत सुख का उद्गम है, वही नितांत नीरस बन जाता है।

वास्तव में विवाह एक विज्ञान है। वैज्ञानिक जीवन में हम विचारहीन तरीके पर नहीं चल सकते। स्त्री-पुरुष के बीच जो एक वैज्ञानिक सीमा है उसे जाने या माने बिना हम प्रेममूलक विवाह में भी सुखी नहीं रह सकते। निःसंदेह विवाह में प्रेम का बड़ा प्रभाव है और छोटी-मोटी असुविधाएं और वास्तविकताएं तो किसी तरह बर्दाश्त की जा सकती हैं, परंतु मैं जानती हूं वास्तविकताओं की लपेटों में प्रेम भस्म हो जाता है, और तब वैवाहिक जीवन में जलन ही जलन रह जाती है।

मैं आदर्श की बात नहीं कहती। समाज में हम यह मानकर ही चल रहे हैं कि स्त्री-पुरुष का जीवन मिलकर ही पूर्णांग होता है। स्त्री के बिना पुरुष का और पुरुष के

बिना स्त्री का जीवन अपनी पूरी मर्यादा को नहीं प्राप्त कर सकता। परंतु एक महत्त्वपूर्ण बात यह है कि पुरुषों की अपेक्षा स्त्रियों का विवाहित जीवन अधिक महत्त्वपूर्ण है। दूसरे क्षेत्रों में स्त्रियों के विवाहित जीवन में कामतत्त्व पुरुष की अपेक्षा अधिक महत्त्वपूर्ण है। पुरुष के लिए यह सुविधा है कि वह वैवाहिक जीवन से उकताकर अपना ध्यान और शक्ति दूसरे कामों में लगा ले। पर स्त्री के लिए यह संभव नहीं है। यदि पुरुष स्त्री को अकेला छोड़ दे तो उससे स्त्री को असह्य कष्ट होगा, और उससे स्त्री-जीवन का प्रत्येक क्षण असहनीय हो जाएगा; उसका जीवन मरुभूमि हो जाएगा और आशा के सब सोते सूख जाएंगे। विवाह का उद्देश्य यह है कि स्त्री-पुरुष के अब तक जो दो जीवन अलग-अलग धाराओं में प्रवाहित हो रहे थे, वे दोनों धाराएं एकीभूत हो जाएं। परंतु स्त्री-पुरुष के साहचर्य में कामतत्त्व की महत्ता है। कभी भी स्त्री शारीरिक और मानसिक स्थितियों में अकेला छोड़ा जाना सहन नहीं कर सकती।

विवाह का अर्थ यह नहीं है कि दोनों एक-दूसरे के साथ कदम मिलाकर चलने का ध्यान रखें। तालमेल रखकर चलने से स्त्री का काम नहीं चल सकता। स्त्री के जीवन का सबसे बड़ा भय है कि वह कहीं अकेली तो नहीं छोड़ी जा रही है। भारत का समाज स्त्रीहीन है। यहां पुरुषों का समाज पृथक् है और स्त्रियों का पृथक्। इस व्यवस्था ने स्त्री की स्थिति को पुरुष की अपेक्षा हीन बना दिया है। समाज ने इस हीनता को वास्तविकता बना दिया है। और वह उसी को मानकर चलता है।

हां, एक बात है। प्रतिभाशाली व्यक्ति की पत्नी होना दुर्धर्ष जोखिम का काम है। प्रतिभाशाली लोग दृढ़चित्त होते हैं। वे अपने काम में डूबे रहते हैं, और पत्नी के प्रति अन्यमनस्क जान पड़ते हैं। वे जीवन की छोटी-छोटी किंतु अनिवार्य बातों में पत्नी का समसहयोग नहीं दे सकते, और स्त्रियां उन्हें हृदयहीन समझने लगती हैं। ऐसी ही बात उनके संबंध में कही जा सकती है जो उच्चाकांक्षी होते हैं।

जीवन में जितनी ही अधिक दिलचस्पियां होती हैं, जीवन का उतना ही विस्तार हो जाता है। सुख-दुःख भी उतना ही बड़ा हो जाता है। परंतु स्त्रियां जो घरों में निष्क्रिय

बैठी रहती हैं, वे उनमें भाग नहीं ले सकतीं। उनके लिए प्रेम और काम ही एक महत्त्वपूर्ण वस्तु रह जाती है। परंतु यह शायद ठीक नहीं है। स्त्री को कंधे से कंधा मिलाकर पति से सहयोग करना हितकर हो सकता है और यह सहयोग वैसा ही अभिन्न होना चाहिए जैसा काम-साहचर्य में होता है।

मैं स्वीकार करती हूं कि विवाह का अर्थ जिम्मेदारियों का प्रारंभ है। मां-बाप के यहां निर्द्वंद्व जीवन व्यतीत करने वाली लड़की पर एकबारगी ही जिम्मेदारियों का तूफान उमड़ आता है, परंतु यह भी तो सच है कि जीवन के संबंध में पति-पत्नी को एक सहयोगी साथी होने के माने एक स्वस्थ और प्राकृतिक दर्शन है। दर्शन से मेरा मतलब कल्पना की क्लिष्ट उड़ानें नहीं हैं। दर्शन से मेरा अभिप्राय वह समीक्षा-दृष्टि है, जिससे हम जीवन को देखते हैं। बेशक जब हम जीवन पर व्यापक दार्शनिक दृष्टि डालते हैं तब प्रेम और कामतत्त्व ही नहीं, संपूर्ण जीवन ही जिम्मेदारियों की अपेक्षा नगण्य रह जाता है, परंतु हमेशा नहीं। जीवन तो बाहर-भीतर खतरों से भरा हुआ है ही। संसार में भूचाल आते हैं, उल्कापात होते हैं, महामारी फैलती है, जनपदी ध्वंस होता है। हिंस्र जंतु हैं, हिंस्र मनुष्य हैं, ये सब तो नित्य ही हमारे जीवन के चारों ओर हैं और उनके संहारक आक्रमण हमें सावधान होने की कोई चेतावनी भी नहीं देते। फिर भी हम हंसते-बोलते हैं, खाते-पीते हैं, मौज-मजा करते हैं, खतरों के डर से हम सदैव आशंकित थोड़े ही बने रहते हैं! इसी भांति जिम्मेदारियां वैवाहिक जीवन की भारी-भारी हैं पर उन्हें बर्दाश्त करने का साहस और बल तो हम प्रेम और कामतत्त्व ही से पाते हैं। कामतत्त्व और प्रेम ही तो हमें-स्त्री और पुरुष को-भिन्न-लैंगिकता के माध्यम से एक इकाई में बांधता है। यही तो स्त्री-पुरुष के प्राणों का गठबंधन करता है।

यदि स्त्री-पुरुष के जीवन-दर्शन के दृष्टिकोण भिन्न हों-एक उसे गंभीर उद्देश्यपूर्ण और दूसरा जैसे बने मौज-मज़ा करने का माध्यम समझा हो-तो दोनों की मिलकर एक इकाई न बन पाएगी, न काम-विराम और न प्रेम-विकास एक सम्पात पर केंद्रित होगा।

इसी से शायद प्राचीन ज्योतिर्विद् विवाहकाल में पति-पत्नी की लग्न कुंडली मिलाते हैं, उनमें वर्ग, गण, नक्षत्र और राशि को प्रधान देखते हैं। मैं तो इस ज्योतिर्विज्ञान को जानती नहीं। पर यह मैं देखती हूं कि यह विज्ञान नर-नारी-साहचर्य पर एक समीक्षा-दृष्टि ही नहीं, समाधान-दृष्टि भी रखता है। मैं यह भी समझती हूं कि निकट भविष्य में वर-वधू की जोड़ी मिलाने का काम ज्योतिर्विद् नहीं, चिकित्सा-विज्ञान के आचार्य करेंगे। दत्त पर आजकल कामविज्ञान की पुस्तकें पढ़ने का खब्त सवार हो गया है। बहुधा वे उस संबंध में भांति-भांति की बातें करते रहे हैं। कभी-कभी तो उनके भाषण अश्लील हो जाते हैं। मैं स्वीकार करती हूं कि पति-पत्नी जो एक-दूसरे को अपना शरीर अर्पण कर चुके, उनके बीच अश्लीलता की सीमा कुछ बढ़ जाती है। फिर भी एक सीमा तो है ही। दत्त उसका कभी-कभी अतिक्रमण करते हैं। मुझे यह अच्छा नहीं लगता। न जाने क्यों, इससे मेरा न मनोरंजन होता है, न आनंदोद्रेक होता है। स्त्री का मन और शरीर तो छुईमुई है। पुरुष के स्पर्श से वह सिकुड़ती है और कमल की भांति खिलती भी है। इस सिकुड़ने और खिलने के बीच संचारी और असंचारी भाव हैं, जो विशेष ग्रंथियों के स्रावों के रक्त में मिश्रण होने पर हृदय की गति पर प्रभाव डालते हैं। उसी प्रभाव से हृदय की गति तीव्र होकर धमनियों में वेग से रक्त-संचार होता है। और उसी के प्रतिक्रियास्वरूप रक्त की गति मंद पड़ जाती है। इसी से अनुकूल संचारी और असंचारी भावों के उद्रेक पर पुरुष-स्पर्श से नारी का शरीर कमल की भांति खिल उठता है और नारी पुरुष में समा जाती है। तब पुरुष को अपना संपूर्ण प्राप्तव्य मिलता है। पर जब इसकी प्रतिक्रिया होती है तो पुरुष-स्पर्श से नारी-शरीर छुईमुई की भांति सिकुड़ जाता है। वह अतिसंवेदनशील बन जाती है। और तब वह अपने में ही खो जाती है।

मैं जानती हूं, ऐसी हालत में पुरुष उसके मनस्तत्त्व को जानकर उसपर बलात्कार करता है। ऐसा बलात्कार ऐसी ही अवस्था में दत्त मुझपर कर चुके हैं। और सच पूछा जाए तो उस बलात्कार ने ही मेरा मन उनकी ओर से विरक्ति से भर दिया है। मानती

हूं, दत्त मुझसे अब भी प्रेम करते हैं। पर मैं अब यह भी जान गई हूं कि कोरा प्रेम वैवाहिक जीवन को सफल नहीं कर सकता। प्रेम के पोषक और तत्त्व भी हैं जैसे ज़रा-से हीरे को बड़े-से मखमली बक्स में सजाकर रखा जाता है, वैसे ही प्रेमतत्त्व को व्यापक जीवन-दर्शन के बड़े क्षेत्र की आवश्यकता है। जो पति अपनी पत्नी के रतिप्रेम के लिए वह सुंदर मखमली बक्स नहीं बना पाते, वे प्रेम-रत्न को आगे-पीछे कभी खो ही देते हैं।

असफल विवाह में विवाह-विच्छेद होगा ही। इस मामले पर मैं आजकल गंभीरता से विचार कर रही हूं। पहले माया के प्रति मेरे मन में तिरस्कार का उदय हुआ था : कैसे उसने अपने बाईस वर्ष के वैवाहिक संबंध को भंग कर दिया! पर अब मैं देखती हं उन परिस्थितियों और जिम्मेदारियों को जो वैवाहिक जीवन को इस मोड़ पर ले आती हैं। मैं भी अब उस मोड़ पर पहुंच गई हूं। और ज़िम्मेदारियों तथा परिस्थितियों का-जो मेरे ऊपर से गुज़र रही हैं, अध्ययन कर रही हूं। मैं अब चाहती हूं, दत्त से जल्द से जल्द मेरा विवाह-विच्छेद हो जाए, और जल्द से जल्द मेरा राय से विवाह हो जाए।

भला इस चोरी-छिपी के जीवन में क्या तुक है? और इतनी बड़ी चोरी? शरीर ही का चोराचोरा? गैर पुरुष को समर्पण? गज़ब है। किसी दूसरी स्त्री के ऐसे आचरण को मैं कदापि बर्दाश्त नहीं कर सकती थी। पर अब तो मैं स्वयं ही वह गर्हित आचरण कर रही हूं; और अपनी ही नज़रों में गिरती जाती हूं। कैसे बर्दाश्त करूं मैं इस जीवन को! नहीं, नहीं। यह नहीं हो सकता! अब तो दत्त के आने से प्रथम ही सब कुछ निर्णय हो जाना चाहिए।

राय टालते हैं। क्यों टालते हैं भला? क्या वे मुझसे प्रेम नहीं करते? क्या उनके वे सब मीठे वादे झूठे हैं? उनका वह वैकल्य छल है? यदि वैसा हुआ तो मैं नष्ट हो गई, कहीं की न रही!

यह ठीक है, अभी कुछ बिगड़ा नहीं है। अभी मैं दत्त की पत्नी हूं। यह सच है कि दत्त फिर से मेरा मन पाने के लिए पहले से अधिक बेचैन हैं। केवल मैं अपना मन फेर लूं, उन्हीं में अनुरक्त हो जाऊं, जैसे मैं थी। वे तो अभी कुछ भी नहीं जानते। मेरे चरित्र पर संदेह भी नहीं करते। फिर से मुझे पाकर खुश होंगे, अपना जन्म सफल समझेंगे और मेरा यह व्यभिचार-यह कलुष-कभी भी प्रकट न होगा, छिपा ही रहेगा।

परंतु नहीं, अब यह नहीं हो सकता। क्यों नहीं हो सकता, यह मैं आपको कैसे समझाऊं! मैंने कहा था कि मन की दुनिया तन की दुनिया से सूक्ष्म तो है पर अत्यंत शक्तिमान है। उसी ने मेरे जीवन को चारों ओर से दबोच लिया है। मैं जिस मार्ग पर चल खड़ी हुई हूं उस पर से अब लौट नहीं सकती। मैं उस जाति की स्त्री नहीं हूं कि जहां प्रेम हो वहां पाखंड करूं, छल-कपट करूं। दत्त को भला अब मैं कैसे प्रेम कर सकती हूं कि जब राय को मैं अपना शरीर अर्पण कर चुकी! यह ठीक है कि वह बात दत्त से अप्रकट है, गुप्त है। वे नहीं जानते हैं पर मैं तो जानती हूं। इस कलुष को अपने पर लादकर मैं फिर से लौटकर दत्त के पास नहीं जा सकती।

काश, मैं दत्त की वफादार पत्नी ही रहती। सब कष्टों और असुविधाओं को सहती तो ही ठीक था, अच्छा था! पर मेरी कच्ची समझ ने मुझे वासना की आग में झोंक दिया। राय को अवसर मिल गया और मैं लुट गई! मैं बर्बाद हो गई!

रेखा

स्त्री को लोग रत्न कहते हैं। स्त्री-रत्न की बड़ी-बड़ी, बढ़ी-चढ़ी बातें सुनाते हैं। परंतु अन्य रत्नों की अपेक्षा स्त्री-रत्न बहुत सस्ता है, क्योंकि वह दुष्प्राप्य नहीं है, आसानी से मिल जाता है। परंतु केवल यही बात नहीं है, स्त्री के लिए बड़े-बड़े मूल्य भी चुकाए गए हैं। सोने की लंका जलाकर राख कर दी गई थी। कुरुक्षेत्र-संग्राम में रक्त के गारे में खड़े होकर भीम ने दुःशासन के वक्ष से एक चुल्लू खून लेकर द्रौपदी की रक्त से मांग भरी थी। ट्राय के भीषण संग्राम में समूची एक पीढ़ी ध्वंस हो गई थी।

आज भी स्त्री रत्न ही है। पर उस किन का दृष्टिकोण नया बन गया है। सेवा और प्रेम के बदले कष्ट सहकर मौन रहना स्त्री का सबसे बड़ा गुण माना गया है, पर शायद तब भी और अब भी स्त्री का मूल्य केवल इस बात पर आंका जाता है कि वह कहां तक पुरुष को अपनापन अर्पण कर सकती है; कहां तक पुरुष की प्रवृत्ति को निबद्ध और तृप्त रख सकती है। हिंदुओं के धर्मशास्त्रों और आचारशास्त्रों में भी स्त्री के इस गुण को 'सती-धर्म' कहा गया है और उस पर यह हाशिया चढ़ाया गया है कि स्त्री के लिए इससे बढ़कर दूसरा कोई गुण नहीं हो सकता।

परंतु यह स्त्रियों के लिए रिज़र्व सतीत्व 'आचरण की पवित्रता' नहीं कहा जा सकता। आचरण की पवित्रता की सीमा में तो यह गुण तब आता जब स्त्री-पुरुष दोनों के लिए समान होता। पर 'सतीत्व' केवल स्त्रियों ही के लिए है। उसके मुकाबले पुरुष की वह उच्छृखल प्रवृत्ति है जिसकी न कोई सीमा है, न प्रतिबंध। हमारे देश में तो स्त्री को जीवित ही मृत पति की चिता पर जलाकर पति-सेवा के लिए परलोक भेज दिया जाता रहा है। और इस दुष्कर्म को नारी-पूजा का-सतीत्व का चरम श्रेणी का धर्म कहा गया है। नृशंसता और स्वार्थांधता की यह पराकाष्ठा ही है कि पुरुष इस जन्म में तो अपने सुख और सेवा के लिए स्त्री को अपने साथ बांधकर रखता ही है, वह काल्पनिक सुख के लिए उसे जीवित जला देने में भी संकोच नहीं करता।

धर्मजीवी पुरुषों ने स्त्री को गर्हित कहा है; इसका भेद मैं नहीं जानती, क्या है? शंकराचार्य नारी को नरक का द्वार बताते हैं। बाइबल में स्त्री को सब अनर्थों की जड़ कहा है। ईसाई धर्म स्थापक उसे शैतान का द्वार बताते हैं। वे तो स्त्री में आत्मा ही नहीं मानते। बुद्ध ने स्त्री को परिग्रह कहकर सबसे प्रथम त्याज्य बताया है। मार्टिन लूथर का कहना है कि स्त्री को बुद्धिमती होने से बढ़कर दूसरा दोष नहीं है। चीनी संतों ने कहा है कि अज्ञान स्त्रियों के सौंदर्य की वृद्धि करता है। सुनती हूं, प्राचीन मिस्र की सभ्यता में स्त्रियों को सम्मान मिलता था। रोम और यूनान की सभ्यता की बातें भी

ऐसी ही सुनती हूं। यों तो मनु भी स्त्री को पूजा के योग्य कहते हैं। पर वह सब सम्मान-पूजा कैसी है, आदर-सत्कार कैसा है कि जैसे घर में बंधी भैंस को यत्न से भूसा-खल दिया जाता है, इसलिए कि वह खूब दूध दे।

भारत में एक और रोग प्रबल है-उत्तराधिकार का रोग। इसके कारण विवाहिता स्त्रियों का जो घर में सम्मान होता है वह उनके अपने गुणों और शील तथा व्यक्तित्व के लिए नहीं होता। स्त्रियों का सम्मान संतान-प्रसव पर निर्भर है, जो पति की संपत्ति का उत्तराधिकारी होता है। पुरुष की दृष्टि में स्त्री-जीवन का उद्देश्य ही यह है। भारत के अतिरिक्त अन्य देशों में भी स्त्रियां बच्चे पैदा करने की मशीन की भांति अधिक आदर से देखी जाती हैं। ईसाइयत के पुराने अहदनामे में तो यहां तक लिखा है कि स्त्री के संतान न होना पाप है।

परंतु यह ठीक है कि संतान-उत्पत्ति एक महत्त्वपूर्ण बात है और सामाजिक जीवन का वह अत्यंत आवश्यक क्रिया-कलाप है पर विज्ञान ने अब यह प्रमाणित कर दिया है कि सौ में सत्तर स्त्रियों के संतान न होने का कारण पुरुषों का दोष है।

पर इसको छोड़िए। और भी बातें हैं जिनसे यह कहा जा सकता है कि पुरुष-स्त्री से अपने स्वार्थ का ही संबंध रखता है; और स्त्रियां इस बात को नहीं समझतीं। समझ भी कैसे सकती हैं? विवाह के बाद जो छोटी-मोटी सुख-सुविधा और स्वामित्व उसे मिल जाता है, वह तो उसी में खो जाती है। पति के ज़रा से आदर-सत्कार लाड़-प्यार को देखकर, वह यह कल्पना भी नहीं कर सकती कि वह मेरी मंगलकामना नहीं करता। न वह अपने पिता के ही संबंध में ऐसी बात सोच सकती है; परंतु जब स्त्री-जाति के समूचे सुख-दुःख और उसके विवश जीवन पर विचार किया है तो पता लगता है कि पति और पिता दोनों ही ने केवल अपना ही मंगल, अपनी ही सुविधाएं देखी हैं, स्त्री की नहीं। स्त्री को यह अवश्य सोचना चाहिए कि संसार-भर में जीवन के नियमों का निर्माण पुरुषों ने किया है। पुरुषों के स्वार्थों और उनकी सुख-सुविधाओं

को उन्होंने प्राथमिकता दी है, और उन नियमों का निर्माण करते समय वे न पिता थे, न भाई, न पति; वे केवल पुरुष थे और स्त्रियां उनकी आत्मीया न थीं, केवल स्त्री थीं। पिता ने पिता बनकर पुत्री के सुख-दुःख का विचार नहीं किया, न पति ने पति बनकर पत्नी पर ममता की। वे पुरुष थे, इसलिए केवल पुरुष के स्वार्थ को सामने रखकर उन्होंने समाज और धर्म संबंधी कानून बनाए, और उन सब नियमों-कानूनों का अभिप्राय रहा, स्त्रियों से पुरुष अपना प्राप्तव्य अधिक से अधिक कितना और कैसे वसूल करे। मनु आए, पाराशर आए, बुद्ध आए, मूसा आए, ईसा आए, शंकर आए और श्लोक रचकर, सिद्धांत पर सिद्धांत रचकर शास्त्र-वचन की उन पर मुहर लगा दी। इस प्रकार पुरुषों के स्वार्थ ने धर्म बनकर समाज पर शासन करना आरंभ कर दिया। धर्म के सामने भला व्यक्ति का सुख-दुःख, स्नेह, भलाई-बुराई किस काम आ सकती है? इसी का तो परिणाम यह हुआ कि मुर्दा पति के साथ जिंदा स्त्री को चिता पर जला डालना भी स्त्री धर्म की चरम सीमा मान ली गई।

प्राचीन युग में लोग अपने पुत्रों-पुत्रियों को भी देवताओं के सामने बलिदान दे दिया करते थे। यहूदी संत इब्राहीम ने भी पुत्र के बलिदान का संकल्प किया था। आज हमें यह बात सुनने में अटपटी लग रही है कि कैसे पिता अपने पुत्र और कन्या की हत्या करके पुण्यार्जन करने की लिप्सा रखते थे। ऐसे अनेक राजाओं के भी उदाहरण हैं। सर्वसाधारण की घटनाओं का तो इतिहास ही नहीं मिल सकता है। यह नहीं कहा जा सकता कि उन पिताओं के हृदय में प्रेम न था। पर पुण्य का वज़न प्रेम से अधिक था। और पुण्य जब धर्म का रूप धारण कर गया तो स्नेह, ममता तथा व्यक्तिगत अन्य बातें सभी पीछे रह गईं। यह धर्म ही का चमत्कार था कि परम आत्मीय ही परम शत्रु के समान निष्ठुर अधिक बन जाते थे।

समाज के ठेकेदारों से क्या मैं पूछ सकती हूं कि ये स्वार्थियों द्वारा अपने समाज का निर्माण करने वालों के लिखे हुए ग्रंथ धर्मशास्त्र क्यों हैं? खासकर मैं हिंदू पंडितों

से यह प्रश्न करूंगी, क्योंकि वे अपने को परम पवित्र और दूसरे सब लोगों को अपवित्र म्लेच्छ कहते हैं। उनका दावा है कि हमारे आचारशास्त्र को छोड़कर दुनिया के सभी आचार-व्यवहार हीन हैं। अर्थात् इन धर्माचार्यों के अतिरिक्त और कोई मनुष्य ही नहीं है। उनका कहना है कि ये धर्मशास्त्र अटल हैं। इनके नियमों का उल्लंघन नहीं हो सकता। वे नहीं मानते कि समय के साथ जीवन के नियम भी बदलते हैं। पूछिए इनसे कि क्या ये आज अपने धर्मशास्त्र में लिखे अनुसार किसी सभ्य-सुशिक्षिता स्त्री को मुर्दा पति के साथ जला सकते हैं! इनके शास्त्रों में तो असुर-विवाह है, राक्षस-विवाह है, नियोग-विधि से क्षेत्रज संतान पैदा करने का विधान है। ये इन सब धर्मकृत्यों को समाज में प्रचलित कर लें। केवल हम स्त्रियों ही को पतिव्रत-धर्म सिखाते हैं, उन्हें ही सती-धर्म की शिक्षा देते हैं।

मैं पूछती हूं, स्वार्थपरता और चरित्रगत पाप-बुद्धि अधिक किसमें है-पुरुष में या स्त्री में? क्या कोई माई का लाल ऐसा धर्मात्मा संसार में है जो इस बात का निपटारा करे कि सामाजिक जीवन को विशुद्ध रखने के लिए स्त्री और पुरुष में से किस पर अधिक दृष्टि रखना उचित होगा और किसे अधिक दंड मिलना चाहिए? क्या यह एक पाशविक अत्याचार नहीं है कि स्त्री की तो एक रत्ती-भर भी भूल क्षमा नहीं की जा सकती, परंतु पुरुषों को सोलह आना क्षमा दान? क्या आप इसे पुरुषों की धींगामुस्ती नहीं समझते? और आप क्या इसका मूल कारण नहीं जानते? तब मैं बताती हूं-इसका कारण है कि समाज पुरुष का है, स्त्री का नहीं। पुरुष चाहे जितना घृणित हो-पर वह पति है। भला पति से कैसे घृणा की जा सकती है! यह तो पाप जो ठहरा! शास्त्र कहते हैं, पति चाहे जितना घृणित कुमार्गी हो, सती स्त्री के लिए वह देवता है। संत तुलसीदास कहते हैं-

वृद्ध रोग बस जड़ धनहीना। अन्ध बधिर क्रोधी अति दीना।।

ऐसेहु पति कर किय अपमाना। नारि पाव जमपुर दुख नाना।।

एकई धर्म एक व्रत नेमा। काय वचन मन पतिपद प्रेमा।।

कहिए हुए न सुनकर आपके कान पवित्र; असल बात क्या है वह आप सुनेंगे? सुनिए पुरुष की इच्छा और अभिरुचि ही असल बात है, वही समाज की सुनीति है। अहा हा हा! हमारा यह देश साक्षात् भगवान का देश है। भगवान ने यहां दस बार शरीर धारण किया। 'परित्राणाय साधूनां विनाशाय च दुष्कृताम्'-भला इस देश के शास्त्रों के अनुसार और किस देश का शास्त्र है? इस देश के समान और धर्म कहां है? नहीं है, नहीं है, नहीं है!

एक युग था जब यूरोप में तलाक-विच्छेद के संबंध में काफी सख्तियां थीं। उसके कारण अव्यवस्था और लज्जाजनक बातों की वृद्धि होती थी। पुरुषों और स्त्रियों में व्यभिचार बढ़ता था। स्त्रियों की सामाजिक स्थिति अति हीन हो गई थी। स्त्रियों का एकमात्र काम पुरुषों की चापलूसी रह गया था। तलाक देने की स्वतंत्रता जब स्त्री को मिल गई तो उनका विकास हुआ।

मैं तलाक के समर्थन में कुछ नहीं कह रही। मैं तो स्त्रियों की सामाजिक दासता का विरोध कर रही हूं। पुरुष उन पर अत्याचार भी कर सकते हैं, उन्हें त्याग भी सकते हैं, पर स्त्रियां पुरुषों को नहीं त्याग सकतीं। मैं पूछती हूं-क्यों नहीं? हर बार पूछूंगी-क्यों नहीं?

अब कानून बन गया है। पर उसका उपयोग मेरी स्त्री के लिए भी दूभर है। हज़ारों-लाखों असभ्य दुर्बल स्त्रियां कैसे उस बंधन से छुटकारा पा सकती हैं, जिससे पुरुषों ने उनकी आत्मा तक को बांध रखा है!

एक बार नेपोलियन ने एक महिला से कहा था, "मैं नहीं चाहता कि स्त्रियां राजनीति में हस्तक्षेप करें।" तब उस महिला ने जवाब दिया था, "आप ठीक कहते हैं। परंतु जिस देश में स्त्रियों के सिर काटे जाते हैं, उस देश में यह स्वाभाविक है कि स्त्रियां यह जानना चाहें कि उनके सिर क्यों काटे जा रहे हैं।"

किसी भी देश में जाइए। कहीं भी स्त्री को उसका प्राप्तव्य नहीं चुकाया जाता। सर्वत्र ही उसके साथ अन्याय-अत्याचार होता है। वह पुरुष का एक उपांग बनकर जीती है। केवल यही नहीं कि पुरुष-स्त्री पर सदा अत्याचार करता आया है; सदा ही उसे न्यायोचित प्राप्तव्य से उसने वंचित रखा है। मेरा यह अभियोग सभी देशों और सभी जातियों पर है।

असल बात यह है कि बलात् सहयोग एक निकृष्ट काम है। यदि स्त्री पर यह सहयोग लादा जाएगा तो उसकी स्थिति अवश्य गिर जाएगी। मैं पहले ही कह चुकी हूं कि धर्म की कट्टरता और अधर्म के अत्याचार ने मिलकर स्त्रियों को नीचे गिरा दिया है। धार्मिक आवेश में विरक्ति होती है। मन में यह भाव उत्पन्न करना पड़ता है कि सांसारिक वस्तुओं में हमारी कोई आसक्ति नहीं है। सांसारिक वस्तुओं में स्त्री भी है। अंततः स्त्री पुरुष की जीवन-संगिनी न होकर उसकी एक संपत्ति, संचय की वस्तु बन गई है। फिर क्यों न पुरुष उसका मनमाना उपयोग करेगा?

आचारशास्त्र की एक आरंभिक बात यह है कि मनुष्य अपनी स्वाधीनता को वहां तक खींच ले जाता है जहां तक किसी की समकक्ष स्वाधीनता से वह टकरा न जाए। यह एक प्रकार से मनुष्य के कार्यों पर नियंत्रण है। और समाज के सभी प्रश्न इसी नियंत्रण में समा जाते हैं। इसे जिस समाज ने जितना आग्रह माना है उतना ही उसने स्त्री के अधिकारों तथा स्वतंत्रता का अपहरण किया

परंतु सभ्य मनुष्य की स्वस्थ और शुभ बुद्धि स्त्री को जो अधिकार देती है, वही मानव-समाज की ठीक नीति है। उससे मनुष्य का कल्याण होगा। स्त्री अबला है, पुरुष सबल है। पर वह उदार और स्नेहमय अधिक है। अब जब तक पुरुष यह समझता है कि स्त्री पुरुष की संपत्ति है उसकी भोग-वस्तु है, तब तक आज की नारी से उसका कोई समझौता नहीं हो सकता। पाश्चात्य देशों में ऐसा है कि जब तक वे स्त्री और पुरुष तन-मन से स्वाभाविक बंधन में नहीं बंध जाते, कानूनी बंधन में नहीं बंधते। जब स्वाभाविक बंधन ही न रहेगा, तब कानूनी या सामाजिक या धार्मिक चाहे जो भी नाम उसे समाज के लिए श्रेयस्कर समझा जा सकता है।

आज हमारे देश ने भी तलाक स्वीकार कर लिया है। मैं कभी भी उसके पक्ष में नहीं थी, पर स्वयं इस स्थिति में आ पहुंची हूं कि तलाक मेरे लिए अनिवार्य हो गया है। इस समय तलाक के सुभीते बढ़ गए हैं। इससे यह संभावना विकसित हुई है कि जिस समय एक पत्नी-विवाह की प्रथा का विकास हो रहा था, उस समय कानून के द्वारा पुरुष और स्त्री को मिलाकर एक करना विवाह का एक अंग मान लिया गया, जो वास्तव में एक प्रकार का सौदा था। अब प्रेम के द्वारा दोनों का मिलाकर एक होना महत्ता नहीं रखता। कानून के द्वारा मिलकर एक होना ही अधिक महत्त्वपूर्ण है। परंतु यह व्यवस्था देर तक न चल सकेगी। और कानून के द्वारा स्त्री-पुरुष के मिलने की अपेक्षा प्रेम के द्वारा मिलना ही अधिक उपयुक्त प्रमाणित होगा; और स्त्री-पुरुष के संयोग में उच्चकोटि की भावनाओं अथवा विचारों का अधिकाधिक समावेश होगा। और तब समाज यह भी समझ जाएगा कि आज के सभ्य समाज में विवाह की जो परिपाटी अब तक चली आती रही है वह असभ्य-बर्बर सामंती युग की परिपाटी का ही एक खंडित रूप था, जो शारीरिक एवं मानसिक दोनों ही धरातलों पर सर्वथा असफल रहा।

दिलीपकुमार राय

अब तो रेखा अचल चट्टान की भांति मेरे सामने अड़ गई। उसकी सारी भावुकता, कोमलता, प्रेम जमकर बर्फ का ग्लेशियर बन गया है-दुरूह-दुर्गम और असह्य, सख्त। वह ज़िद ठान बैठी है कि मैं उसे विवाह की स्वीकृति दे दूं, और दत्त के आने पर वह सब कुछ उससे कह दे, और तलाक देने पर दत्त को मजबूर करे। फिर हम ब्याह करके पति-पत्नी का शांत जीवन व्यतीत करें। बेचारी गरीब नहीं समझती कि अब उसके और मेरे लिए पति-पत्नी का शांत जीवन व्यतीत करना कितना कठिन है, लगभग असंभव है। अब वह एक पवित्र, अछूती, विवाहवय के योग्य अबोध कन्या नहीं है,

परस्त्री है; एक प्रतिष्ठित और एकनिष्ठ पति की विवाहिता पत्नी है जिसका समाज में एक स्थान है। इसके अतिरिक्त वह एक पुत्र की मां है। और इधर मैं ढलती उम्र का एक लम्पट व्यक्ति हूं। सचमुच मैं लम्पट तो हूं ही। कितनी ही कुलवधुओं और कुमारिकाओं का मैंने शील भंग किया है, पवित्रता नष्ट की है; दिलास किया है; झूठे झांसे दिए हैं। आत्मभोग को मैंने प्रधानता दी है। स्त्री को भोग-सामग्री समझा है। विवाहिता पत्नी तो मेरी थी माया-बड़ी योग्य और निष्ठावान पत्नी थी। उसे मैंने खो जाने दिया। चुपचाप नहीं; अपनी सब इज्जत-आबरू के साथ। अब तो अदालत ने भी मेरे चरित्र पर दुश्चरित्रता की मुहर लगा दी। अब संभ्रांत परिवार के लोग अंतरंग रूप में अपने घर में मेरा स्वागत करते कतराते हैं। संभ्रांत महिलाएं मुझसे मिलने से बचना चाहती हैं। कुछ प्रौढ़ाएं मुझे कौतूहल से देखती हैं। माया के संबंध में व्यंग्य-बाण कसती हैं-मुझे कष्ट पहुंचाने के लिए, मेरा उपहास करने के लिए, मेरी ही दृष्टि में मुझे गिराने के लिए। मगर मैं उनका कुछ नहीं कर सकता, तिलमिलाकर रह जाता हूं।

मेरी उम्र ढल चुकी है। अब तो मैं पचास के पेटे में पहुंच चुका हूं। और मेरी बदनामी यहां तक फैली हुई है कि मैं बेबी के लिए अच्छा लड़का नहीं पा रहा हूं। कोई प्रतिष्ठित परिवार का संभ्रांत पुरुष अपने लड़के से मेरी लड़की का रिश्ता करना नहीं चाहता, मेरी लड़की को अपनी बहू बनाना नहीं चाहता। मेरी बेबी निर्दोष है, सुंदर है, बुद्धिमान है, उच्चशिक्षा प्राप्त है। वह सब भांति योग्य वर की पात्री है, परंतु मेरे कलंकित जीवन की छाया उस पर है। मेरा कलुष उस पर छा गया है। जैसे वह एक अपवित्र वस्तु हो गई है, और समाज उसे छूना भी नहीं चाहता। दहेज में मैं एक अच्छी रकम देने को राजी हूं, पर तो भी लोग मेरी बात, मेरा प्रस्ताव अस्वीकार कर देते हैं। बेटी का बाप होना भी कितना कष्टकर है!-यह मैंने कभी नहीं सोचा था :

"जाते हि कन्या महतीह चिन्ता, कस्मै प्रदेयेति महान वितर्कः।

दत्ता सुखं यास्यति वा न वेति कन्या पितृत्वं खलु नाम कष्टम्।।"

बेबी भी अब यह बात जान गई है। उसकी विवाह की आयु बीतती जा रही है, परंतु योग्य वर उसे अस्वीकार करते जा रहे हैं। इन बातों को सुन-सुनकर मेरे प्रति एक वितृष्णा के भाव उसके मन में भरते जा रहे हैं। अब वह पहले की भांति मेरा खयाल भी नहीं रखती। रेखा से अब वह घृणा करती है उसका इस प्रकार घर में आना और मेरे साथ रहना उसे बर्दाश्त नहीं है। वह कई बार अपना विरोध प्रकट कर चुकी है। उसने होस्टल में जाकर रहने को कितना हठ किया था! पहले माया ने चाहा था, तब तो वह इनकार गई थी; पर अब बहुत हठ किया। खैर, अब तो वह बात ही खत्म हुई-उसकी शिक्षा समाप्त हो गई। पर मैं देखता हूं, इस घर में रहना अब उसे दूभर हो रहा है। लेकिन उसे कहां निकाल फेंकू? क्या सड़क पर फेंक दूं? मैं तो अपात्र को भी अब उसे दे डालने पर आमादा हूं-पर कोई मिले भी तो! कोई हाथ भी तो फैलाए!

इस हालत में जब बेबी के ब्याह की यह बहुत बड़ी जिम्मेदारी मेरे सिर पर सवार है, तो मैं रेखा से ब्याह करने की बात पर कैसे राजी हो सकता हूं! मेरे सामने सारी ही कठिनाइयां हैं, सिर्फ बेबी ही की बात नहीं है। उन्हें मैं समझता हूं। फिर मैं यदि सब लड़कियों से, स्त्रियों से, संबंध त्याग भी दूं और रेखा के साथ ब्याह कर लूं, तो क्या अब मैं उसके साथ पति-पत्नी की तरह शांत भाव से रह सकूँगा, जबकि प्रत्येक क्षण मेरी स्मृति में यह बात ताज़ा रहेगी कि रेखा एक पथभ्रष्टा परस्त्री है, और उसकी स्मृति में यह कि राय लम्पट पुरुष है जिसने मेरा शील भंग किया? क्या हम प्रगाढ़ पवित्र पति-पत्नी रह सकते हैं? नहीं, नहीं, नहीं रह सकते।

एक सप्ताह से दत्त बाहर गया है, और अब उसकी आमद है। बिला शक इस बार उस पर सब भंडा फूट जाएगा। रेखा न कहे तब भी। नौकर-चाकर भी अब सब बातें जान गए हैं। दिन-भर और बड़ी रात तक घर से बाहर रेखा का रहना उससे नहीं छिपेगा। चाहता हूं कि अब कुछ दिन रेखा यहां न आए तो ही अच्छा है। न जाने दत्त कब आ जाए! और रेखा को वह घर पर गैरहाज़िर पाए तो गज़ब ही हो जाएगा। न जाने तब क्या हो! दत्त क्या कुछ कर बैठे! वह एक खब्ती सनकी आदमी है, चरित्रवान

है-लम्पट व्यक्ति नहीं है। उसमें बाल बराबर भी आत्मग्लानि नहीं है। रेखा के प्रति वह एकनिष्ठ पति रहा है। वह उसका दुराचार आसानी से बर्दाश्त न कर सकेगा। इसी से तो मैं डर रहा हूं। चाहता हूं, रेखा अब कुछ दिन यहां न आए तो ही अच्छा है।

पर रेखा मानती नहीं है; मेरे इस प्रस्ताव पर गुस्सा करती है। मुझे लानत-मलामत देती है। कायर-धोखेबाज़ तक तो मुझे उसने कह दिया। और मुझे भी गुस्सा आ गया, मैंने भी कह दिया, "अपने मज़े के लिए ही तुम मेरे गले पड़ी हो, कोई बच्ची नहीं हो। मुझे दोष देने का तुम्हें क्या हक है?"

अच्छा तो यह है कि रेखा से अब पिंड ही छूट जाए। अब उसका संग खतरनाक है। मैं क्यों ऐसा खतरा उठाऊं भला! मेरे लिए लड़कियों और औरतों की कमी नहीं है। मैंने बहुत विचारकर देख लिया। मैं उसे पत्नी के रूप में ग्रहण नहीं कर सकता, पत्नी की भांति उसे अपने घर नहीं रख सकता। ऐसा करूं तो भी उसके साथ निभाव नहीं होगा, सुख नहीं मिलेगा। इसके अतिरिक्त रेखा माया के समान दृढ़ चित्त की स्त्री नहीं है। भीरु है, कमजोर मन की है, भावुक है। उसने एक सिद्धांत पर अन्य पुरुष को ग्रहण नहीं किया जैसे माया ने किया था; वासना की लपेट में आकर किया है। इसलिए शीघ्र ही हम परस्पर घृणा करने लगेंगे और हमारी रही-सही जिंदगी भी बर्बाद हो जाएगी।

घृणा तो शायद वह अब भी करने लगी है। वह अब इन सब बातों के लिए पछतावा कर रही है मैंने उसे समझाया कि अभी बिगड़ा कुछ नहीं है। सब कुछ गुप्त है-वह अब भी अपने पिछले जीवन में लौट जाए तो अच्छा है। पर उसने इस पर सिंहनी की भांति क्रुद्ध होकर मेरा प्रस्ताव अस्वीकार कर दिया। उसने स्पष्ट कह दिया कि वह पीछे नहीं लौट सकती। दत्त को तलाक देने और मुझसे ब्याह करने के लिए वह कटिबद्ध है, पर मैं नहीं हूं। उसकी ओर मैं पीछे देखूंगा, पहले अपनी ओर देखूंगा। अपनी लाभ-हानि पर विचार करना मेरा प्रथम कर्तव्य है।

बेबी कई दिन से मुझसे बोलती नहीं। उसने साफ कह दिया कि रेखा का घर में आना उसे पसंद नहीं है। ओफ, कितनी घृणित बात है! पिता के व्यभिचार को कोई

पुत्री कैसे अपनी आंख से देख सकती है! नहीं, नहीं। मैं पतित ज़रूर हूं, पर इतना विवेक अवश्य रखता हूं। और कुछ नहीं तो केवल बेबी के लिए ही मुझे रेखा का त्याग कर देना होगा, और आज ही यह बात रेखा से कह दूंगा।

सुनीलदत्त

रेखा घर में नहीं है तो कहां है? कहां है? आज दस दिन बाद मैं घर लौटा हूं। कल्पना कर रहा था कि वह बरांडे में आंखें बिछाए खड़ी होगी। अपनी अवाई का तार मैं भेज चुका था। पर यहां सन्नाटा है।

"प्रद्युम्न सो रहा है? आया, आया, क्या तुम सो रही हो?"

आया हड़बड़ाकर खड़ी हो गयी। उसने आंख मलते-मलते कहा, "जी नहीं।"

'लेकिन रेखा कहां है?"

"जी, जी."

'कहो, कहो!"-क्या कोई दुर्घटना हो गई है? रेखा मर गई है? रेखा नहीं है? कितनी आशंकाओं से. मेरा मन भर गया है। पर आया नीची नज़र किए खड़ी है, जवाब नहीं देती।

"जवाब दो आया! क्या उसकी तबीयत खराब है?"

"जी नहीं।"

"वह ठीक-ठाक तो है?"

"जी।"

"लेकिन कहां है?"

"जी, जी..."

"जी, जी, क्या बकती हो? कहती क्यों नहीं कहां है रेखा?"

"राय के घर गई हैं, अभी लौटी नहीं हैं।"

"क्या? राय के घर?"

मेरा सिर घूम गया है। आसमान नीचे आ गया है। जमीन सिर पर चक्कर लगा रही है। "राय के घर? क्यों, क्या बात है? क्यों गई है वह वहां इस वक्त?"

"जी, कह नहीं सकती।"

"क्यों नहीं कह सकती?"

"जी, मैं नहीं जानती।"

"मेरा तार आया था?"

"जी"

"रेखा ने पढ़ा था?"

"जी नहीं।"

"क्यों?"

"वे यहां नहीं थीं।"

"तब कहां थी?"

"राय के घर।"

"राय के घर? कब गई थी वहां?"

"दोपहर खाना खाकर।"

"और अभी तक नहीं लौटी? दस बज रहे हैं?"

"जी।"

"तार कहां है?"

"वह है।"

"तार तो किसी ने पढ़ा ही नहीं है। जैसा का तैसा बंद है।"

"तुमने तार वहां भेजा नहीं?"

"जी नहीं।"

"क्यों नहीं?"

"हुक्म नहीं है।"

"कैसा हुक्म नहीं है?"

"यह कि वहां राय के घर पर कोई नौकर-चाकर न आए।"

"क्या आज से पहले भी गई थी?"

"रोज़ जाती हैं।"

"किस वक्त?"

"दोपहर में खाना खाने के बाद।"

"और आती कब है?"

"कभी दस बजे, कभी बारह बजे रात को।"

यह क्या? यह क्या? ये हज़ारों तोपें कैसे गड़गड़ा उठीं!

क्या भूचाल आया है? पैर लड़खड़ाने लगे। सिर घूमने लगा।

"आया!"

"क्या आपकी तबीयत खराब है?"

"खराब है। मेरा बिस्तरा ठीक कर दो।"

"जी, अभी ठीक करती हूं।"

और आया चली गई बिस्तरा ठीक करने। मैं बैठ गया हूं, प्रद्युम्न के पास। प्रद्युम्न जग गया है। वह मेरे कण्ठ में दोनों हाथ डालकर लिपट गया है। उसे छाती से लगाकर मैं रो रहा हूं। इतने आंसू कहां से उमड़े चले आ रहे हैं? कलेजा मुंह को आ रहा है। क्या जूड़ी चढ़ी है, या मैं मर रहा हूं?

प्रद्युम्न कह रहा है, "डैडी मेरे लिए क्या लाए हो?"

उसके होंठ हिलते दीख रहे हैं। पर उसने क्या कहा, सो सुनाई नहीं दिया। ये तोपें जो गड़गड़ा रही हैं कान में! मैंने कहा :

"क्या कहा बेटे?"

"डैडी, ममी मुझको अकेला छोड़कर चली जाती हैं। मुझको डर लगता है। तुम उनको मारना।"

"अयं, मारना, ठीक, ठीक।" वह आया आ रही है।

"मालिक आपका बिस्तर तैयार है। आप आराम कीजिए।"

"जाता हूं, जाता हूं। तुम भी सो जाओ बेटे। तुम्हारे लिए मैं बहुत-सी चीजें लाया हूं, सुबह दूंगा।"

'नहीं, अभी दो।"

"आया, वह बक्स खोल लो। यह चाभी लो। बेबी को उसके खिलौने वगैरह दे दो। मैं सोऊंगा।"

'मेम साहब आएंगी तो."

"उनसे कह देना, मुझे डिस्टर्ब न करें। मैं सोना चाहता हूं।"

और मैंने शयनागार में आकर भीतर से कुंडा बंद कर लिया। अब मैं अकेला हूं। कोई मुझे देख नहीं रहा। हां, रेखा, अब तुम कहो, तुम कहां हो?

अरे बोलो। बोलो रेखा। कहां छिपी हो डार्लिंग। कम ऑन, यू नटखट गर्ल कम ऑन। हां, हां, उस आलमारी में शराब है।

देखू? हां, है। लेकिन बर्फ नहीं है। न सही। पानी तो है, पिओ दत्त, बहुत दिन से तुमने नहीं पी!

ऐ, कौन है यह, किसने कहा?

पिओ दत्त, पिओ, पिओ।

अरे मैं पी रहा हूं। अंधाधुंध पी रहा हूं। यह क्या? क्या मेरे सिर में आग लग गई? इतनी लपटें कैसे उठ रही हैं! ओफ, कितनी गर्मी है! यह कमीज़ अब बर्दाश्त नहीं होती। मैंने कमीज़ फाड़ डाली है रेखा, रेखा, निकल आओ, उस आलमारी के पीछे क्यों छिपी हो? ओ! यू नाटी गर्ल! हा-हा-हाहा! पिओ दत्त, पी रहा हूं, बहुत दिन बाद। माफ करना रेखा, आज तुम्हारे स्वास्थ्य के लिए पी रहा हूं। काश कि तुम भी पीती होती! पिओ न ज़रा-सी। शरमाती क्यों हो? आह, सुनो-सुनो-और मैं रेखा को आलिंगन करने को दोनों हाथ फैलाकर बढ़ा हूं। पर यह तो लैम्प-स्टैंड है, रेखा नहीं है। धत्तेरी की। ऐसा भी क्या नशा!

पिओ दत्त, पिओ, और पिओ।

लाओ फिर, मज़ा आ रहा है, बहुत दिन बाद पी रहा हूं। बड़ा मीठा ज़हर है। पर ये लाल कुत्ते इतने कहां से आ गए हैं? मारो इनको। लाल कुत्ते साले। रेखा, देख रही हो न तुम! वाह, हंसती हो, गले से लिपट जाओ डार्लिंग! स्वीट रेखा, मैं दस दिन तक एक रात भी नहीं सोया। तुम्हारी याद में तड़फता रहा। सुनती हो! अजी, वहां बूंघट निकालकर क्यों खड़ी हो? बहुत बढ़िया साड़ी पहनी है! इस साड़ी में जंच रही हो! लेकिन ज़रा उस बक्स को तो खोलो। देखो क्या है उसमें। वाह प्यारी इतनी खिलखिलाकर हंसने लगीं! ओफ, ये इतनी तोपें कहां छूट रही हैं! मेरे कान बहरे हो जाएंगे। सुनो-सुनो रेखा, मेरी बात सुनो।

और मैं दोनों बांहें पसारकर कमरे में दौड़ रहा हूं।

पिओ दत्त, पिओ, अभी बोतल में काफी शराब है।

ठीक कहते हो मेरे दोस्त। लाओ फिर। और बोतल मुंह से लगा लेता हूं। बोतल फेंक देता हूं। पैर लड़खड़ा रहे हैं। हिचकियां आ रही हैं।

लेकिन तुम हंस क्यों रही हो रेखा? भगवान की कसम म-म-मैं न-न-नशे में नहीं हूं। आओ, आओ, एक किस डार्लिंग, एक किस। आओ, चली आओ। लेकिन तुम्हारी आंखों में यह क्या चमक रहा है-लाल, लाल? क्या तुमने भी पी है? तब तो बहार ही बहार है!

पिओ दत्त, पिओ। आलमारी में और दूसरी बोतल है।

वाह दोस्त, खूब याद दिलाई! लाओ फिर। लेकिन पानी खत्म। नीर ही सही। बोतल मुंह में लगाता हूं। ओह आग-आग-आग, जला-जला-जला-जला, आ-आ-ग! आ-आ-ग!

पिओ दत्त, पिओ। अभी बोतल बाकी है।

लाओ फिर रेखा, और पास आ जाओ। अरे, तुम तो लंबी होती जा रही हो-पर्वत के समान-क-क-कैसे तु-तुम्हें अंक में समेटूँगा?

अरी ओ री चट्टान-पाषाण-पाषाणी-आ-आ-अब-म-म मैं आता हूं।

दोनों हाथ पसारकर चल रहा हूं, और टकरा जाता हूं आलमारी से-सिर चकरा गया। तीव्र वेदना-बड़ी ती-व्र खून-खून-खून!

सुनीलदत्त

ठीक है, दिन निकल आया। धूप खिड़कियों के पर्दों से छनकर आ रही है। लेकिन सिर में बड़ा दर्द है, ठीक है, याद आया, रात बहुत पी गया और आलमारी से टकरा गया। लेकिन रेखा कहा है? ओह, वह तो रात घर में थी ही नहीं! वाह, मैं रात-भर

फर्श पर ही शायद पड़ा रहा। अब उठना चाहिए। वह सामने श्रृंगार-टेबल है, उसके शीशे में देखूं। ओफ, बड़ी विकराल सूरत बन गई। शायद सिर फट गया। कोई बात नहीं। अभी साफ किए डालता हूं। कौन द्वार खटखटा रहा है? ठहरो ज़रा, मैं बाथरूम में हूं, ज़रा ठहरो! यही बाथरूम है। पहले खून धो डालना चाहिए। बड़ा भारी ज़ख्म हो गया है। लेकिन भर जाएगा। बड़े-बड़े ज़ख्म भर जाते हैं। पर दिल में जो घाव रेखा कर गई, वह नहीं भरेगा। तो चली गई वह, राय के यहां! इतना तो मैंने कभी नहीं सोचा था। रेखा ऐसी थी भी नहीं! फिर राय की मुझसे क्या समता! वह बूढ़ा बदसूरत आदमी है। लेकिन यह हो कैसे गया? सोचा तो करता था रेखा के रंग-ढंग देखकर कि कहीं वह बेवफा तो नहीं है, पर जब-जब ये बातें मन में उठती थीं, मैं अपने ही को धिक्कारता था। मैं तो समझता था कि कहीं मेरे ही में त्रुटि है। इसी से रेखा मेरी होकर भी मुझसे दूर हो गई है। पर रेखा पर-पुरुषगामिनी बन जाएगी, यह तो मैं स्वप्न में भी नहीं सोच सकता था।

राय पर मैंने विश्वास किया। छिः, छिः, दुनिया में अब किसी भले आदमी पर विश्वास नहीं करना चाहिए। राय मेरा पुराना दोस्त है, कितने अहसान हैं मेरे उस पर! पर खैर, जो होना था वह तो हो ही गया। अब तो रेखा को विसर्जन करना होगा, जैसे देवी की सजी-धजी मूर्ति को गंगा में विसर्जन करना होता है। पर मैं रेखा के बिना जीऊंगा कैसे? नहीं, नहीं जी सकता हूं। किसी तरह नहीं। मैं मूर्ख समझता था कि रेखा मेरे बिना नहीं जी सकती, सो वह तो बात अब खत्म हुई। रेखा चली गई-मोहनभोग छोड़कर गोबर खाने के लिए। लेकिन मैं यह कैसे कह सकता हूँ! मैं उस पर प्रतिबंध लगाने वाला कौन हूं! पर मैं पति तो हूं! पति क्या स्त्री पर प्रतिबंध नहीं लगा सकता? उसे एकनिष्ठ होने को बाधित नहीं कर सकता? तब वह पत्नी क्या हुई, वेश्या हुई।

ठहरो, मैं अपने दोषों को देख लूं। मैं शराब पीता हूं, पीता रहा हूं। मेरी हैसियत के बहुत लोग पीते हैं। केवल इसलिए नहीं कि हमारे मस्तिष्क पर काम का जो भारी

भार है, उसे सहन करने की सामर्थ्य हममें बनी रहे, और हम रात आराम से गुज़ार सकें, अपितु इसलिए भी कि यह एक सोशल सभ्यता का प्रतीक भी है। मानता हूं कि मैं कभी-कभी बहुत पी जाता हूं; पर इससे मैंने किसी पर कोई अनाचार तो नहीं किया, किसी का कुछ बिगाड़ा तो नहीं? इतनी-सी ही बात में पत्नी पति से बेवफा हो जाएगी? दूसरे पुरुष की अंकशायिनी बन जाएगी? तब तो भले घरों की स्त्रियों की कोई मर्यादा ही नहीं रह सकती। हो सकता है, शराब पीना अनैतिक काम हो, पर किसी विवाहित पत्नी और माता का पर-पुरुष की अंकशायिनी होना क्या है? उसे मैं कोरा अनैतिक काम नहीं कह सकता। वह एक भयानक अपराध है और उसका दंड मृत्यु है। तब क्या मैं रेखा को मार डालूं? रेखा को? जिसे मैंने प्राणों से भी बढ़कर प्यार किया, जिसके लिए मैं पागल बन गया, जिसके बिना मुझे न दिन में चैन न रात को नींद, जिसके नरम-गरम आलिंगन की स्मृति से प्राण उल्लास से भर जाते हैं, जिसकी मधुर वाणी और प्यार-भरी चितवन प्राणों में नवजीवन फूंकती रही है, उसे मैं कैसे मार डाल सकता हूं?

तब अपने को ही क्यों न खत्म कर दूं? आजकल तो मरने में ज़रा-सा भी कष्ट नहीं होता। लमहे-भर में प्राण-पखेरू उड़ जाते हैं। यही शायद ठीक होगा। इससे रेखा के मार्ग का रोड़ा हट जाएगा। उसका मार्ग प्रशस्त हो जाएगा। वह राय के साथ रह सकेगी और मेरा भी कष्ट दूर हो जाएगा। मैं रेखा के बिना नहीं रह सकता। क्या कहूं, देखो, देखो, कलेजे में दर्द उठा। आह, आह, कौन, कौन यह मेरी पसलियां मेरे सीने से खींच रहा है? ओह, मेरे, भाई ठहरो। इतने जालिम न बनो, मैं जिंदा हूं। जिंदा आदमी की पसली उसके सीने से भला इस बेरहमी से निकाली जाती है! ओफ, ओफ, अजी बहुत दर्द है, बहुत-बहुत!

इसकी एक दवा है। अभी यह दर्द काफूर हो जाएगा। यह इस दराज में दवा रखी है। निकालकर देखूं? यही है, यही, ज़रा-सी काली-काली चीज़ है, मगर बड़े काम की है। आज तक मैंने कभी इसे इस्तेमाल ही नहीं किया। खिलौना बनी पड़ी रही इसी

दराज में। आज शायद काम आ सकेगी? गोलियां कहां हैं। ये रहीं, भर लेता हूं। पूरी बारह गोलियां मैंने भर ली हैं, पर मेरा खयाल है मेरे लिए एक ही काफी है! मुंह में लगाकर घोड़ा दबा दूंगा, बस सब काम अपने-आप हो जाएगा। किंतु चाहे जो भी हो, रेखा बेवफा भले ही हो गई हो, पर वह मेरे लिए रोए बिना तो नहीं रहेगी। मेरे जैसा दिलदार आदमी उसे मिलेगा कहां?-हां, हां, मैं अपने कसूरों पर विचार कर रहा था। मैं अपनी शराब पीने की आदत की बाबत कह रहा था जिसने रेखा को मुझसे पृथक् कर दिया।

पर इतनी ही तो बात नहीं है। उन किताबों में मैंने पढ़ा था कि औरत अकेली नहीं रह सकती। मैं कुबूल करता हूं कि मैं अपने कामों में डूबा रहता था। मेरा काम भी तो जिम्मेदारी का था। रेखा को प्रतीक्षा करनी पड़ती थी, सो क्या हुआ! क्या मनुष्य का जीवन भोग-विलास ही के लिए है? नहीं, नहीं, मनुष्य के बहुत-से ज़िम्मेदारी के महत्त्वपूर्ण काम हैं जिनका संबंध समाज के जीवन से है। भोग-विलास जीवन का उद्देश्य नहीं है, जीवन को कायम रखने का भोजन है। इतनी-सी बात रेखा ने नहीं समझी। नहीं नहीं, कसूर मेरा नहीं है, रेखा का है। फिर मैं दंड क्यों भोगूं? अपनी जान क्यों दूं?

तब फिर क्या करूं? रिवाल्वर तो मेरा तैयार है, उसमें बारह गोलियां भरी हैं; अब तो बस ज़रा से साहस की आवश्यकता है। नहीं, नहीं, निर्णय करने की आवश्यकता है। यह ठीक है कि मैं बेकसूर हूं, पर यह न्याय-फैसला कहां हो रहा है। असल बात तो यह है कि मैं रेखा के खिलाफ कोई सख्त कदम नहीं उठा सकता, और मैं रेखा के बिना जी भी नहीं सकता। रेखा की बदनामी कानों से सुन भी नहीं सकता। परपुरुष के अंक में उसे देख भी नहीं सकता। इसलिए यह मृत्यु दंड नहीं, दवा है। दवा के तौर पर मुझे एक गोली खा लेनी चाहिए।

हां, हां, मुंह में नाल डालना ठीक होगा। या कनपटी पर ही निशाना साधूं? कहीं ऐसा न हो निशाना चूक जाए, और मैं केवल ज़ख्मी ही होकर रह जाऊं; मरूं नहीं! मुंह में ठीक है; हां, इसी तरह-यहीं बस।

कौन? कौन? कौन द्वार खटखटा रहा है? अरे यह तो रेखा का स्वर है।

"खोलो, खोलो, दरवाजा बंद करके वहां क्या कर रहे हो?"

"...अरे तुम हो रेखा? अच्छा, अच्छा! ठहरो, खोलता हूं द्वार! ज़रा ठहरो, ज़रा ठहरो, जरा..."

लेकिन! यह तो एक सेकंड का ही काम रह गया। खत्म ही क्यों न कर दूं!

"खोलो भई, दरवाज़ा खोलो।"

"खोलता हूं, खोलता हूं।"

चलो एक बार फिर रेखा को आंख भर देख लूं। फिर यह क्षण तो चाहे जब आ जाएगा। अभी इसे दराज़ में रख दूं। कोई बात नहीं, कोई बात नहीं। रिवाल्वर दराज़ में रख देता हूं। दरवाज़ा खोल देता हूं।

सुनीलदत्त

दरवाज़ा बंद करके क्या कर रहे थे?"

"ही ही ही, आराम कर रहा था। आराम! समझती हो न, आराम!"

"लेकिन यह चोट कैसी है? सारा सिर खून से भर गया है!"

"खून से? ठीक कहती हो तुम रेखा। मेरे जिस्म में खून बहुत है।"

और रेखा ने यत्न से खून धोया है, ज़ख्म साफ किया है, पट्टी बांधी है। वही नर्म-गर्म हथेलियां हैं। वही चम्पे की कली के समान उंगलियां हैं, वही लालसा से फूले

हुए लाल-लाल होंठ हैं। बड़ी तत्परता से, ममता से पट्टी बांध रही है। भला इस प्रेम की पुतली पर कैसे गोली चलाई जा सकती है! कैसे इसे मारा जा सकता है! कितने भोलेपन से बात करती है?

"चोट लगी कैसे?"

"गिर गया मैं, आलमारी से टकरा गया।"

वह पट्टी बांध रही है, और पूछ रही है-

"कैसे टकरा गए?"

"ही, ही, नशे के झोंक में मैंने समझा तुम हो। आलिंगन में ले लिया, सिर टकरा गया।"

"इतनी क्यों पीते हो तुम?"

"बेशक, बुरी बात है! है न?"

"खैर, अब ज़रा हाथ-मुंह धो लो। चाय तैयार है।"

"तो मैं भी तैयार हूं, बस चुटकी बजाते काम हो जाएगा। ही-ही-ही!"

'ये कैसी बातें कर रहे हो? क्या हो गया है तुम्हें? तुम्हारी आंखें कैसी हो रही हैं?"

"आंखें? क्या इनमें से आग के शोले निकल रहे हैं?"

"खैर, चाय यहीं ले आऊं?"

"ले आओ, ले आओ। अथवा यहीं बैठी रहो। इसी तरह पट्टी बांधती रहो।"

"पट्टी तो बंध चुकी।"

"अफसोस! एक ही ज़ख्म था। और भी कहीं..."

"मैं चाय लाती हूं।"

और रेखा ने चाय का प्याला मेरे हाथ में थमा दिया। मैंने समझा शराब है। मैंने कहा, "तुमने तो कहा था कि मत पिया करो।"

"क्या?"

"शराब।"

"यह क्या शराब है?"

"शराब नहीं है?"

"चाय है, चाय।"

"वाह है, चाह है!" मेरी हंसी फूट निकली। और चाय का प्याला मेरे हाथ से छूट गया।

रेखा घबरा गई। शायद उसकी आंखों में आंसू उमड़ आए। उसने कहा, "तुम्हारी तबीयत खराब है। क्या डाक्टर को बुलाऊं?"

"डाक्टर को? लेकिन तुम क्यों? वे तो स्वयं ही बुला लेंगे। पर अभी हुआ ही क्या है?"

"तुम कैसी बातें कर रहे हो? चलो, आराम करो।"

"आराम तो मैं कर चुका हूं।"

"चाय भी तो नहीं पी!"

"लाओ दो-पी लूं।"

रेखा ने चाय का दूसरा प्याला दिया। इसे मैंने कड़वी दवा की भांति एक ही सांस में पी लिया। प्याला खाली करके कहा, "और दो!" और मेरी हंसी बिखर गई है। रेखा का रंग फक हो गया है। वह संदेह-भरी नज़र से मेरी ओर देखने लगी है। स्पष्ट ही उसकी आंखों में भय भरा हुआ है। वह शायद कांप रही है। मैंने कहा, "तुम रेखा, मुझसे डरती हो?"

"मैं तुमसे कुछ बातें करना चाहती हूं।"

"खूब बातें करो। लेकिन और पास खिसक आओ। डरो मत।"

"सचमुच तुम मुझे डरा रहे हो।"

अब फिर मेरी हंसी बिखर गई। मैंने कहा :

"मेरा हाथ खाली है, फिर क्यों डरती हो? वह चीज तो दराज़ में ही ...खैर, उन बातों को जाने दो। लेकिन बात कहो।"

"मैं...मैं बेवफा हूं।"

"बस?"

"अब हम एकसाथ नहीं रह सकते।"

"ठीक है। और?"

"तुम मेरे साथ कैसा बर्ताव करोगे यह बता दो। मैं सब कुछ बर्दाश्त कर लूंगी।"

"बहुत गंभीर बात है। पर मैं कहता हूं-कहता हूं, तुम्हें मुझसे डरने की ज़रूरत नहीं है।"

"तो मैं साफ-साफ बातें कह दूं?"

"कह दो।"

"मैं राय को प्यार करती हूं।"

"मैं समझ गया। ठीक है। लेकिन इतने ज़ोर से मत बोलो रेखा डार्लिंग। कोई सुन लेगा।"

"तुम मुझे तलाक दे दो। मैं उनसे शादी कर लूंगी।"

"शादी की बात बहुत बढ़िया है! बाजे बजेंगे, शहनाई बजेंगी-मज़ा रहेगा। तो फिर?"

“तुम उत्तेजित होगे तो मैं कुछ न कर सकूँगी।”

“यह भी ठीक है। लेकिन मैं मैं सोना चाहता हूं।”

“पर अभी मेरी बात पूरी नहीं हुई।”

“तो क्या हर्ज है, अभी जिंदगी भी तो पूरी नहीं हुई।” और मैं लड़खड़ाते पैरों से चलकर शयनागार में पड़ गया हूं। खूब सोया हूं। और अभी आंख खुली है। तबीयत तो मेरी ठीक है। ऐसा प्रतीत होता है, रेखा डर गई है। पर उसे मुझसे डरने की क्या ज़रूरत है? और वह बात ही मुझसे क्या करेगी? अब बातचीत तो अपने-आप ही हो चुकी है। अब तो बस मुझे, आखिरी फैसला करना है। लेकिन क्या कारण है कि मैंने राय के संबंध में अभी तक कुछ विचार नहीं किया? मुझे देखना होगा कि वह कहां तक अपराधी है। क्या राय ने रेखा को कुमार्ग पर नहीं डाला! क्या रेखा स्वयं चलकर राय के पास गई? परंतु इन बातों की मीमांसा करने का अब समय कहां है! किंतु अब मुझे बहुत-सी पुरानी बातें याद आ रही हैं, और कुछ बातों को तब नहीं समझ रहा था अब समझ रहा हूं। राय बड़ा चालाक और धूर्त है। मेरी रेखा को उसने छीना है। वह दंड का पात्र है। यदि मैं उसे गोली से उड़ा दूं, तब तो दंड रेखा को ही मिलेगा। वह निराधार रह जाएगी। मेरी फांसी पड़ने के बाद उसका वह सहारा भी छिन जाएगा जिसके लिए उसने अपना सतीत्व भंग किया।

मुझे सब बातों पर पूरे ध्यान से विचार करना पड़ेगा। रेखा ने यह तो कह ही दिया कि वह राय को प्यार करती है। न करती तो भी मैं जान गया था कि वह मुझसे विच्छेद करके उससे शादी करने को बेचैन है।

मैं उसके मुंह से यह बात सुन सका। अच्छा ही हुआ कि मैंने उस पर आक्रमण नहीं किया, यहां चला आया। ईर्ष्या-द्वेष से क्या लाभ है? मैं एक बार राय को पूछ लूं कि वह रेखा से शादी करने को तैयार भी है!

यदि है तो मैं वहीं अपने को गोली मारकर खत्म कर लूंगा और रेखा और उसका रास्ता साफ कर दूंगा; पर यदि उसने इनकार किया तो उसी को मार डालूंगा।

रेखा

सोकर उठने के बाद वे शांत और स्वाभाविक थे; फिर भी उनके नेत्रों में जाने कैसा भाव था! मैं सुबह ही उनके रंग-ढंग से ऐसी डर गई थी कि अब कुछ कहने का मुझमें साहस नहीं रहा। जब वे आए, खुश थे। उन्होंने मेरे साथ चाय पी, प्रद्युम्न को गोद में बैठाकर प्यार किया। उनकी यह ममता, सहनशीलता और प्रेम देखकर तो मेरा कलेजा मुंह को आने लगा। हाय, कैसे कष्ट की बात है कि मुझे इस पुरुष को-पति को छोड़कर जाना पड़ रहा है! पर मैं रह भी कैसे सकती हूं? उनकी पत्नी मैं रही कहां?

मैं अपने मन का चोर भी आपको बता दूं। राय से मैं शंकित हूं। वे ब्याह को क्यों बार-बार टालते हैं? जो हो, मैं वापस लौट सकती नहीं-यहां तक पहुंचकर। आखिर मैंने यह बात उनसे कह दी। कट क्यों न गई यह ज़बान? वे सुनकर कुछ अजब-सी चेष्टा करने लगे। क्या वे पहले से ही सब बातें जानते थे? सुबह तो उनकी प्रत्येक चेष्टा उन्मत्तों जैसी थी।

जब तक चाय पीते रहे, प्रद्युम्न की ओर बड़े ध्यान से देखते रहे। क्यों देख रहे थे वे भला इस तरह? शायद वे कुछ पूछना चाहते थे। कोई गंभीर मर्मभेदी बात। परतु पूछ न सके, केवल मुस्कराकर रह गए। शायद उन्हें इस बात का इत्मीनान नहीं हुआ कि मैं सच-सच सब बातों का जवाब दूंगी। अकस्मात् ही उन्होंने कोई पिक्चर देखने का प्रस्ताव किया। मैं नहीं न कह सकी। हम पिक्चर देखने चले। रास्ते-भर वे हंस-हंसकर बातें करते रहे, प्रद्युम्न की बातों का जवाब देते रहे। बाज़ार से उसे बहुत-से खिलौने दिलवाए। रुपए वे इस तरह फेंक रहे थे जैसे रद्दी कागज़ के टुकड़े हों। मैं हैरान

थी। मुझसे उन्होंने कुछ खरीदने को बहुत जिद की। पर मैं कैसे कोई चीज़ अब उनकी ले सकती हूं, जब मैंने स्वयं अपने को बेवफा स्वीकार कर लिया है? फिर, रात मैंने उनके सूटकेस को देख लिया था। कितनी चीजें वे मेरे लिए खरीदकर लाए थे।

क्या ही अच्छा हो, भगवान ये दिन दुःस्वप्न की भांति गायब कर दे, और हम फिर पुराने दांपत्य जीवन में लौट आएं! बहुत आग्रह करके उन्होंने एक हीरे की अंगूठी खरीदकर हंसते-हंसते मेरी उंगली में डाल दी। फिर चलते-चलते घर-गिरस्ती की बहुत बातें कीं। बातें कुछ अजब ढंग की थीं।-रुपए-पैसे, बैंक-एकाउंट, इन्श्योरेंस आदि की बातें। भला क्या काम है इन सब बातों का! मेरा मन मोम हो गया है। एक बार ये कह दें कि रेखा, तू मेरी है, तो मैं निहाल हो जाऊं। मन होता है कि मैं उनके पैरों पर गिरकर क्षमा मांग लूं। अपने सब अपराध उन्हें बता दूं, और जो दंड दें, स्वीकार कर लूं।

मैंने मन को भीतर से टटोलकर देख लिया है, अच्छी तरह-प्रेम जिसका नाम है वह राय के लिए जैसे अंतस्तल में नहीं है। और राय भी रस्म पीटते हैं, वासना पूर्ति करते हैं। सबसे बढ़कर यह कि शादी को राजी नहीं होते। दत्त को तो जैसे मैं प्यार अब भी करती हूं। मैं अब तक अपने ही मन को धोखा देती रही, पर अब भीतर से एक आवेग उमड़ रहा है और मेरा मन दत्त के चरण: चूमने को अधीर हो रहा है।

भाड़ में जाए राय, आग लग जाए मेरी वासना में। मेरा शरीर दूषित हो गया, पर मेरा हृदय शुद्ध है। दत्त यदि मुझे क्षमा करके अपना लें, तो मैं उनकी एकनिष्ठ दासी बनकर रहूंगी।

यह सिनेमा हाउस आ गया। दत्त टिकट खरीद रहे हैं। शो अब आरंभ होने ही वाला है। सवा छः बज रहे हैं। प्रद्युम्न इन बड़े पोस्टरों को ध्यान से देख रहा है। वे टिकट ले आए हैं और हम बाक्स पर जा बैठे हैं। दत्त मेरी बगल में हैं, ऐसा प्रतीत होता है, इस समय वे बहुत भावुक हो उठे हैं। उन्होंने मेरा हाथ पकड़ लिया है। उनकी

उंगलियां कांप रही हैं। पर उनका यह सुखद स्पर्श मुझे अच्छा लग रहा है। दत्त चुप है, कुछ भी बोलते नहीं हैं। वे पिक्चर भी ध्यान से नहीं देख रहे हैं। कभी-कभी उनकी उंगलियों का कंपन बढ़ जाता है। पर उनकी नज़र पिक्चर पर ही है। अभी एक ही रील खत्म हुई है कि वे उठ खड़े हुए उन्होंने कहा, "रेखा, एक बहुत ज़रूरी काम याद आ गया, मैं अभी आता हं। तुम बैठो और वे बिना मेरी ओर देखे लपकते हुए चले गए। मैंने रोकना चाहा पर वे नहीं रुकें। "अभी आता हूं, अभी आता हूं", कहते हुए चले गए।

प्रद्युम्न का मन तो पिक्चर में लग रहा है। पर मेरा मन दत्त में है। कहां चले गए वे? ऐसी कौन-सी बात याद आ गई? बड़े आश्चर्य की बात है यह। पिक्चर खत्म हो रही है, पर दत्त का पता नहीं है। मेरी बेचैनी बढ़ रही है। मन में यह कैसी घबराहट उठ रही है! क्या बात है? कहां चले गए वे?

पिक्चर खत्म हो गई। दत्त नहीं आए। शोफर प्रतीक्षा कर रहा था। मैंने पूछा, "साहब आए?"

उसने शैतानी से पूछा, "कौन साहब, दत्त साहब या राय?" गुस्से से मेरी आंखें जल उठीं। ये कमीने नौकर भी मेरा उपहास करते हैं! पर मैंने शांत होकर कहा, "दत्त साहब को पूछती हूं। देखता नहीं, अंधा है?" पर शोफर ने आहिस्ता से जवाब दिया, "दत्त साहब हुक्म दे गए हैं कि मैं टैक्सी लेकर आपको घर ले जाऊं। कार वे ले गए हैं।"

"लेकिन कहां गए हैं दत्त, इस तरह अकस्मात् बहाना बनाकर? चलो जल्दी। एक टैक्सी ले आओ।" शोफर टैक्सी लाता है और मैं टैक्सी में बैठ जाती

घर भी वे नहीं पहुंचे हैं। मेरा मन भय से थर्रा उठा है, और मेरा कलेजा मुंह को आने लगा है। न जाने क्या होने वाला है। लेकिन आखिर वे गए कहां? एक-एक क्षण मुझे पहाड़ लग रहा है।

दस बज रहे हैं। दत्त नहीं आए। खाना लिए प्रतीक्षा में बैठी हूं। ऐसी प्रतीक्षा मैंने जीवन में कभी नहीं की थी। मेरे प्राण व्याकुल हो रहे हैं। जीवन सूना ही रहा है। क्या बात है यह, मैं नहीं जानती हूं। धरती तप्त तवा लग रही है, पैरों के तलुए जले जाते हैं। कभी घर में, कभी बरांडे में, कभी लान में आकर देख रही हूं। कहां हैं दत्त? उनके बिना सारी दुनिया सूनी नज़र आ रही है। चांद गायब है। तारे सब झड़ चुके। चिराग बुझ गए। अंधकार है-बाहर दुनिया में भी और भीतर आत्मा में भी। खून की बूंदें जैसे आंसू बन रही हैं, आंसू बन-बनकर आंखों में उमड़ी चली आ रही हैं। आज सारा ही खून आंसू बन जाएगा, बह जाएगा। फिर मैं जीऊंगी कैसे? आओ, आओ, आओ।

ग्यारह बज गए। प्रद्युम्न रोते-रोते सो गया; बिना खाए-पिए। मैंने उसकी ओर देखा भी नहीं। ऐसी निष्ठुर बन गई। मैं, मां अब कहां हूं? जब पत्नी ही नहीं रही, तो मां कहां रही? अजी, मैं तो अब नारी भी नहीं रह गई।

यह मेरा दिल क्यों धड़क रहा है? क्या मैं मरने वाली हूं या प्रलय होने वाली है? ओफ, कितनी अंधेरी रात है! कितना डर लग रहा है मुझे! क्यों नहीं आए अभी तक!

साढ़े ग्यारह बज रहे हैं। ऐं! कौन? हार्न अपनी ही कार का है! वे आ रहे हैं! मैं निकलकर सीढ़ियों पर आ खड़ी होती हूं। पर यह क्या! भारी-भारी कदम उठाते मतवाले हाथी की चाल चलते वे चले आ रहे हैं। कार से निकलकर मेरी तरफ देखा भी नहीं। अपने शयनागार में चले गए।

और मैं दौड़ रही हूं। "अजी, सुनो तो। कहां चले गए थे? सुनो, सुनो। मैं कब से तुम्हारी प्रतीक्षा कर रही हूं!.'

"सुनो...क्या? क्या?" यह क्या? वे आकर आरामकुर्सी पर गिर गए हैं। हां, गिर गए हैं। इसे बैठना नहीं कह सकते। रिवाल्वर जेब से निकालकर मेज़ पर फेंक दिया है, मुझे देखकर हंस रहे हैं।

मैं एकदम उनके निकट चली गई हूं। मेरी हड्डियां तक कांप रही हैं। "क्या कर डाला है तुमने? कहां गए थे मैं मैं"

"...मैंने राय को मार डाला है। लेकिन सिर्फ तीन गोलियां खर्च हुई हैं। अभी नौ गोलियां इसमें और हैं। उठा लो इसे और मेरी कनपटी में नाल छुआकर घोड़ा दबा दो। ज़ोर लगाना नहीं पड़ेगा। ज़रा-से झटके से काम हो जाएगा। हां, तुम्हारे ही हाथ से यह काम होना अच्छा है। लेकिन पहले इन लाल-लाल होठों का एक चुंबन दे दो। यद्यपि ये जूठे हो चुके, बेवफा हो चुके; परंतु मेरे लिए यह पवित्र प्रेम का प्रसाद है। अपने लिए मत डरो। मैंने अपनी सब संपत्ति, बीमा और बैंक-एकाउंट तुम्हारे नाम प्रथम ही कर दिया है। आओ, मेरे पास आओ। मेरे अंक में बैठ जाओ। उसी भांति जिस भांति ब्याह के बाद बैठती थीं। अपनी भुजवल्लरी मेरे कंठ में डाल दो और एक प्यार दे दो, बस एक प्यार। प्यारी रेखा, डार्लिंग, स्वीट! आओ, आओ। हां, हां, एक बात बता दो, प्रद्युम्न...खैर, जाने भी दो। अब एक क्षण-भर के लिए यह बात जानकर भी क्या करूंगा?...

"आओ, आओ मेरी प्यारी रेखा। इतनी निकट आ जाओ कि मेरा हृदय अपनी अंतिम धड़कन तुम्हारे हृदय की धड़कन से मिला दे।...

"लेकिन, लेकिन अरे, यह तो बेहोश हो गई। धड़ाम से फर्श पर गिर गई। सिर फट गया इसका। किसे पुकारूं? किसे...ओफ!"

सुनीलदत्त

सब कुछ निश्चय करके ही मैं घर से निकला था। सब बातों पर आगे-पीछे सोचकर मैंने अपना कर्तव्य निश्चय कर लिया था। मैं पागल नहीं था; सब बातों को ठीक-ठीक समझता था। रेखा पर मैं हाथ नहीं उठा सकता था बहुत चाहा कि उसे भूल जाऊं, उसका प्रेम मेरे हृदय से निकल जाए, पर इसमें मुझे सफलता नहीं मिली। मेरे जैसे व्यक्ति के लिए यह बहुत ही विचित्र बात है कि मैं एक औरत के लिए अपने समूचे

जीवन की बलि देने को तैयार हो गया। पर क्या किया जा सकता था। मैंने समझदारी और धीरज से काम लिया, और अपने को परिस्थितियों के अनुकूल बनाने की भरसक चेष्टा की। मैंने अपने मन के सहज विरोध को काबू में रखने की हद दर्जे तक मन पर नियंत्रण रखा। स्वीकार करता हूं, कुछ ऐसे लोग हुआ करते हैं जिन्हें ज्ञान-वृद्धि का इतना प्रबल आकर्षण होता है कि वे सब असुविधाओं को बर्दाश्त कर लेते हैं। परंतु ये सब बातें ऐसी हैं जो सामाजिक दृष्टि से दूसरों से छिपानी पड़ी। आप शायद यह विश्वास न करेंगे कि मुझे कुछ बातें अपने-आपसे भी छिपानी पड़ी या मुझे अपने-आपको धोखे में रखना पड़ा-क्योंकि उन बातों को मैं अपने लिए ठीक नहीं मानता था। मैं स्वीकार करता हूं कि जीवन के मानसिक पहलुओं में मेरी कभी दिलचस्पी नहीं रही, और मन के मनोवैज्ञानिक ढांचे से मैं अपरिचित ही रहा। मन में वस्तु की अनुभूति, विचार और इच्छा के प्रक्रम होते हैं। उनमें अचेतन इच्छाएं और अचेतन विचार भी होते हैं। उनमें बहुत-से काम-आवेग होते हैं और ये काम-आवेग मनुष्य के मन में कला-संस्कृति और जीवन में उत्साह एवं आनंद प्रदान करते हैं। इन आवेगों को वश में करना कठिन काम है। जो आदमी सभ्यता के निर्माण में भाग ले रहा हो उसमें यदि काम-आवेगों का विरोध उठ खड़ा हो तो वह उस व्यक्ति की क्रिया-शक्ति को दूसरी ओर मोड़ देगा-यह एक बहुत बड़ा खतरा है। काम-आवेग या यौन-जीवन का महत्त्व सबके सामने खोलकर नहीं रखा जा सकता। यह सामाजिक हितों के विरुद्ध है। इसी से इस मामले में संयम का सहारा लेना पड़ता है। पर संयम की भी तो अंततः सीमा है। काम-आवेग और संयम की सीमाएं जहां टकराती हैं वहां कुछ गलतियां होती हैं और वे कभी-कभी ऐसी भारी हो उठती हैं कि मनुष्य का सारा जीवन कम ही अस्त-व्यस्त हो उठता है अथवा मनुष्य आत्मघात या खून भी कर बैठता है।

देखिए, खून के नाम से आप डरिए मत। इस वक्त मैं इस स्थिति में हूं कि मैं खून करने की मनोवैज्ञानिक पृष्ठभूमि पर विचार करने चला हूं। मैं कोई मूढ़, क्रोधी और ईर्ष्यालु पति नहीं हूं। एक सहृदय और ज्ञानवान, अपनी सब जिम्मेवारियों से परिचित

पति हूं। तो सुनिए-अब मेरी बात शायद आप फिर न सुन सकें। कुछ ऐसी अवस्थाएं आती हैं, जब महत्त्वपूर्ण बातें बहुत हलकी दिखाई देती हैं। पर उनके खून से हम बड़ी-बड़ी बातों के निर्णय पर पहुंचते हैं। उस समय हम उनकी ओर देखते भी नहीं। हम यह नहीं सोचते कि ये मामूली बातें कार्यकारण के नियम से बंधी हुई हैं, और वे जिस रूप में घटित हुई हैं उससे दूसरे रूप में भी घटित हो सकती हैं, जिनसे जीवन-मरण का संकट आ उपस्थित होता है।

यौन जीवन का अर्थ है-अनुचित, अर्थात् जिसकी चर्चा नहीं करनी चाहिए। परंतु सब काम-वृत्तियां पतन का चिह्न है, यह मैं नहीं मानता। संभोग के आलंबन से अनियमित संबंध हम आदिम जाति से लेकर आज की सभ्यता तक में वैसा ही देखते हैं। आदिम काल से लेकर आज तक यौन-प्रवृत्तियों के समूह में-संतुष्टि और अस्वीकृति के बीच द्वंद्व मौजूद रहा है। प्रकृत यौन तृप्ति की कुण्ठा से मानव-जीवन का घनिष्ठ संबंध है। काम-क्षुधा एक भीषण भूख है। यह वह बल है कि जिसके द्वारा नैसर्गिक यौन वृत्ति उसी प्रकार अपनी अभिव्यक्ति करती है जैसे पोषण की निसर्ग-वृत्ति भूख के द्वारा अपनी अभिव्यक्ति करती है, यौन उत्तेजन और संतुष्टि के बीच बहुत-सी बातें हैं। वे शारीरिक भी हैं, और मानसिक भी; सामाजिक भी हैं और व्यक्तिगत भी। उन बातों में जीवन-संघर्ष की पराकाष्ठा है। खासकर तब जब अनुराग-भावना का घृणा में परिवर्तन हो जाए। प्रेम और घृणा का आलंबन जीवन का गंभीर खतरा बन सकता है। ऐसी अवस्था में रागात्मक आवेग चिंता में परिवर्तित हो जाते हैं जो दमन के प्रक्रम का नियत परिणाम है।

यही राय वाला मामला ले लें। ऐसे दुराचारी को मौत के घाट उतारना उचित है जिसने गृहस्थ-धर्म की पवित्रता को भंग किया है। कानून इस संबंध में कोई सहायता नहीं करता। कानून कहता है, कोई हर्ज नहीं, तुम्हारी स्त्री तुम्हारे साथ रहना नहीं चाहती, तुमसे प्रेम नहीं करती तो कोई बात नहीं है। उसे वहां चली जाने दो जिससे वह प्रेम करती है, और तुम कोई भी दूसरे आदमी की पत्नी ढूंढ़ लो, जो तुम्हें प्यार

करे। परंतु मैं इस कानून को कैसे स्वीकार कर सकता हूं! यह पत्नियों की अदल-बदल बिलकुल वाहियात वस्तु है। फिर केवल प्यार ही तो पति-पत्नी के बीच का माध्यम नहीं। पारिवारिक और बहुत-से बंधन हैं। नहीं, ऐसा व्यक्ति दुनिया में जिंदा नहीं रहना चाहिए जो दूसरों की पत्नियों का हरण करता है, गृहस्थ की पवित्रता और निष्ठा को नष्ट करता है। मैं उसे आज मार डालूंगा। परंतु वह मेरा मित्र था। उसका प्यार याद आता है। बीते दिन याद आते हैं जब हम दोनों खूब हंसते थे, खाते-पीते थे, मौज-मज़ा करते थे।

तो न सही। मैं उससे कहूंगा कि वह रेखा से ब्याह कर ले और अपने को गोली मारकर आत्महत्या कर लूंगा। बस, बखेड़ा खत्म। मेरी भी सब तकलीफें खत्म और रेखा की बाधा दूर।

ओह, यह मेरे सिर में कैसे तेज़ चाकू चल रहे हैं! लेकिन अब मैं बेहोश होना नहीं चाहता। रिवाल्वर ठीक है। गोलियां भरी हुई हैं परंतु आवश्यक है कि शरीर और मन में पूरी स्फूर्ति हो। मैंने डटकर स्नान किया है, कपड़े बदले हैं। ठीक-ठीक शरीर-विन्यास किया है। और मैं हंसता हुआ रेखा के साथ चाय पी रहा हूं। पिक्चर देखने का मैंने ही प्रस्ताव किया है।

रेखा भीता-चकिता हरिणी की भांति चौकन्नी है। उसकी मनोदशा देखकर दुःख होता है। भला मेरे रहते रेखा की यह हालत! परंतु अफसोस, आज तो वह मुझीसे डरी हुई है। पति-जिसके अंक में स्त्री संसार के सभी भयों से निर्भय और सभी आनंदों से भरपूर रहती है, सो रेखा उसी पति से भयभीत है। न मैं उसे ढाढ़स दे सकता हूं-और न वही मुझसे अभय मांग सकती है। उसकी दशा तो उस पशु के समान है जिसे भान हो गया हो कि अभी उसका वध होने वाला है। कितनी करुणापूर्ण है उसकी दृष्टि! देखी नहीं जाती। कलेजा मुंह को आ रहा है।

शायद उसके मन में पश्चात्ताप का उदय हुआ है। पर अभी तक बिगड़ा कुछ भी नहीं है, यदि वह पश्चात्ताप करे, यदि वह फिर वैसी ही अमल-धवल शतधौत कमल

के समान उज्ज्वल हो जाए। उसके अधर फड़क रहे हैं। उच्छिष्ट-अभागे अधर। वह मुझ पति से भी डरते-डरते संकोच से बात करती है-बिलकुल जैसे पराई हो।

काश कि फिर वे दिन लौट आते! काश कि आज कोई शैतान आकर कह दे-अरे दत्त, वह सब तो सपने की बातें थीं। यह तेरी रेखा तो वही है-वैसी ही है। इसे अंक में भर। इसका चुंबन ले। किंतु खैर, अब इन बातों में क्या रखा है!

चाय खत्म हो गई है। और हम लोग पिक्चर देखने जा रहे हैं। प्रद्युम्न बहुत खुश है। हां, प्रद्युम्न की बात तो रह जाती है। प्रद्युम्न किसका बेटा है? क्या मेरा है? कौन जाने! पुंश्चली औरत का क्या भरोसा! अब तो बेटे भी विश्वसनीय नहीं रह जाएंगे। पत्नियों की एकनिष्ठता नष्ट हो जाएगी। समाज ने, कानून ने स्त्रियों की अदल-बदल की छुट्टी दे दी है अब तो। अब तो संसार के सब पुत्र संदिग्ध हो गए, अपवित्र हो गए, पिता के प्यार और विश्वास से वंचित हो गए! इस पुत्र का पिता कौन है, इस बात को तथ्यतः केवल एकमात्र वही औरत जानती है, जो जूठी हो चुकी, विश्वासघातिनी हो चुकी, पर-पुरुषगामिनी हो चुकी! कौन पति उस पर पतियाएगा?

जी चाहता है पूछूं रेखा से। शायद सच्चा जवाब दे दे! शायद प्रद्युम्न मेरा ही पुत्र हो, मैं ही इसका पिता होऊं! अब तक तो मैं अपने ही को पिता समझता रहा था पर यह मैं कहां जानता था कि रेखा बेवफा है, पर-पुरुषगामिनी है। अब तो जैसे कोई जंजीरों से जकड़कर मेरे मन को बांध रहा है। प्रद्युम्न की तरफ बढ़ने ही नहीं देता। पर बेचारे बालक को क्या पता है इन सब बातों का! वह तो आज बहुत खुश है। इतने दिन से वह परेशान था-मैं बाहर गया था, रेखा घर से बेघर हो रही थी। बेचारा बच्चा मां-बाप दोनों को खोकर अकेला रह गया। आज उसे प्राप्त है-मां भी, बाप भी। पर शायद प्यार न बाप का प्राप्त है न मां का। मेरे मन में तो शंका का भूत सवार है। और रेखा यदि उसे प्यार करती तो घर से बेघर क्यों होती! कुछ अपराध था तो मेरा हो सकता था, बेचारे बालक का तो नहीं! पर जाने दो इन बातों को। पुराने अभ्यास ही

से सही, मुझे प्रद्युम्न को प्यार करना चाहिए। रेखा को तो मैं अभी भी प्यार करता हूं- बेवफा को, कुल-कलंकिनी को। फिर बालक ने क्या बिगाड़ा है? वह बात भी मैं पूछ लूंगा, यदि मैं वापस सही-सलामत लौट आया, यदि मुझे स्वयं न मरना पड़ा। और यदि मुझे ही मरना पड़ा तो केवल कुछ घड़ी के जीवन के लिए एक और दर्द को दिल में क्यों उत्पन्न करूं!

प्रद्युम्न बहुत बातें कर रहा है, और मैं सबका उत्तर दे रहा हूं। कुछ ठीक, कुछ बे ठीक। रात मेरे बक्स से बहुत चीजें उसे मिल गई हैं। मेरे आग्रह से रेखा ने बड़े संकोच से वह कीमती साड़ी पहनी है जो मैं टूर पर जाकर खरीदकर लाया हूं उसके लिए। क्यों साहब? संकोच से क्यों? चाव से क्यों नहीं? खैर, जाने दीजिए।

शोफर कार ले आया है। अजब ढंग से वह देख रहा है हम लोगों को। जैसे वह राज़दां हो। लगता है वह मन ही मन मुझपर हंस रहा है, मानो कह रहा है-अरे, बड़े गधे, लानत है तुझपर! तू इतना बड़ा आदमी है तभी इस हरामज़ादी को सजा-वजाकर ले जा रहा है, हंसते-हंसते बातें करता हुआ। अरे, हम छोटे आदमी यह सब बर्दाश्त नहीं कर सकते। मैं होता तो गंडासे से सिर काट डालता छिनाल का। छिनाल औरत का भी भला क्या पतियाव!

सब कुछ उसकी आंखें कह रही हैं और मैंने उससे आंखें चुरा ली हैं। बूढ़ा माली दर्द-भरी नज़र से मेरी ओर देख रहा है। सब सब कुछ जानते थे पर जिसे जानना चाहिए था-वह मैं नहीं जानता था।

यह बाज़ार आ गया। कनाट प्लेस। पहले जब रेखा यहां मेरे साथ आती थी दर्जनों चीजें खरीदने का प्रोग्राम बनाती हुई, तो कितनी अच्छी लगती थी तब! किंतु आज तो वह चुप है। अजी, रेखा कहां है यह! यह तो रेखा की लाश है।

"चलो रेखा, चलो बच्चे, आओ, खरीदो! अपनी पसंद की चीज़। और रेखा, ज़रा इधर तो आओ। एक चीज़ मैंने पसंद की है तुम्हारे लिए। देखोगी तो खुश हो

जाओगी।" रेखा है कि उसके होंठ सूख रहे हैं। आंखों की पुतलियां घूम रही हैं। वह डर रही है। और मैंने एक हीरे की अंगूठी खरीदकर उसकी नाज़ुक उंगली में डाल दी है। लो साहब, मेरी सगाई हो रही है रेखा से। खुशियां मनाओ, बगलें बजाओ। आओ आप सब लोग आओ, मिठाइयां खाओ। खुशी का मौका है, आनंद का अवसर है। सगाई हो रही है मेरी रेखा से!

क्यों? आप चौंक क्यों गए? क्या मैं बूढ़ा हो गया हूं? अभी तो मैं चालीस का भी नहीं हुआ? रेखा तीस के पेटे में है। हम दोनों यौवन से भरपूर हैं। बराबर की जोड़ी है। हमारी सगाई क्या ठीक नहीं है? आप हंसते हैं। हंसिए साहब, हंसिए, यह हंसने ही का मौका है। मैं भी हंस रहा हूं। हा हा हा हा!

लेकिन रेखा चुप है, शरमा रही है, अथवा डर रही है, शर्माती नई-नवेली दुलहिन की भांति। न जाने क्यों फिर सिर में चाकू चलने लगे। अरे ओ गधे के सिर, ज़रा धीरज धर। अब कुछ ही घड़ी की बात है। तेरा पूरा इलाज हो जाएगा। सिरदर्द का अचूक इलाज मेरी जेब में है।

प्रद्युम्न ने बहुत-सी चीजें खरीदी हैं। रेखा उसे रोक रही है और मैं बढ़ावा दे रहा हूं-खरीदो, खरीदो बच्चे! खूब खरीदो। लेकिन यह क्या बात है-बेटा कहते मेरी ज़बान कटती है। खैर, खरीदो बच्चे, खरीदो, खूब। अभी जेब में रुपए हैं, बहुत हैं। घड़ी-भर बाद ये सब मेरे किस काम आएंगे भला! सभी को खर्च कर दिया जाए।

सिनेमा आ गया। पिक्चर कौन-सी है, यह जानने से मुझे क्या सरोकार है? मैंने टिकट खरीदे हैं। टिकट लेकर चल दिया, फिरती लेना भूल गया। वह पुकार रहा है-फिरती वापस लीजिए साहब। लाओ भाई दे दो या अपने पास रख लो। मेरे किस काम की हैं ये सब चीजें!

बाक्स में हम जा बैठे। पिक्चर शुरू हो गई है। मगर सिर में चाकू चल रहे हैं। मालूम होता है, शरीर का सारा खून सिर में आकर जमा हो गया है। पता नहीं इतना

शोर क्यों हो रहा है? शायद बाहर लोग लड़ रहे हैं, चीख-चिल्ला रहे हैं, या बादल गरज रहे हैं या क्या हो रहा है! कुछ भी हो। मैं पिक्चर देख रहा हूं। पर दीखता तो कुछ भी नहीं! यह क्या बात है? यह तो रंग-बिरंगे धब्बे आ रहे हैं, जा रहे हैं। चश्मा तो मेरी आंखों पर लगा है। फिर यह क्या बात है! शायद चश्मा उतर गया है। नंबर बदलवाना होगा। दूसरा चश्मा खरीदना होगा। लेकिन किसलिए? केवल दो घड़ी की बाकी जिंदगी के लिए? अरे वाह रे मूर्ख! दत्त, तु मूर्ख है ऐ? किसने कहा? "रेखा, तुमने सुना?"

"क्या?"

"कुछ नहीं। पिक्चर है शानदार। क्यों है न?"

रेखा मेरे मुंह को ताक रही है।

अकस्मात् ही मैं उठ खड़ा हुआ हूं। रेखा घबरा गई है। "क्यों? क्या हुआ?"

"ओफ, बड़ी गलती हो गई, रेखा! अभी आया मैं पांच मिनट में। अभी आया। अभी।" और मैं चल देता हूं, बाहर आदमी हैं, आ रहे हैं, जा रहे हैं। शाम का झुटपुटा है यह। मेरे काम के उपयुक्त ही वक्त है।

चलो दत्त, अब तुम आज़ाद हो। हिम्मत करो। अब कौन तुम्हें रोक सकता है! तुम्हारा मददगार, सच्चा दोस्त तुम्हारी जेब में है।

शोफर से मैंने कह दिया है कि मेम साहब को पिक्चर खत्म होने पर घर ले जाए। और मैं गाड़ी स्टार्ट करके राय के घर आ पहुंचा। बेबी बरांडे में खड़ी थी। मैंने संकेत से पूछा, "क्या राय घर में है?"

"जी हां," उसने कहा, "क्या खबर कर दूं?"

"मैं स्वयं चला जाऊंगा।" और मैं भारी-भारी कदम रखता हुआ ऊपर चला गया।

राय ड्रेसिंग टेबल के सामने खड़ा बाल बना रहा था। उसके कमर में एक तौलिया लिपटा हुआ था। वह गुसल करके निकला था। मैंने कहा, "राय, मैं आ पहुंचा।"

वह घूमकर खड़ा हो गया। भय से उसका चेहरा फक हो गया।

"डरो मत, डरो मत! यह कहो, क्या तुम रेखा से शादी करने को तैयार हो? क्या तुम उसे और उसके बच्चे को आराम और वफादारी से रख सकोगे!"

लीजिए साहब, क्या दिलचस्प सवाल मैं कर रहा हूं! अभी-अभी तो मैं रेखा को सगाई की अंगूठी पहनाकर आया हूं, और अभी यह सवाल कर रहा हूं। मगर इसमें आश्चर्य की बात क्या है! दुनिया में बहुत-सी दिलचस्पियां हैं। एक यह भी सही।

"हां, राय, जवाब दो।"

राय एकटक मेरी ओर देख रहा है। एक शैतानी मुस्कान उसके होंठों पर छा गई, वह कहता है :

"क्या रेखा ने आपसे कुछ कहा है?"

"सब कुछ।"

"खैर, अच्छा ही है।"

"कहो, तुम उससे शादी करोगे?"

"नहीं।"

"क्यों नहीं? क्या तुमने रेखा को घर से बेघर नहीं किया? उसे तुमने व्यभिचारिणी नहीं बनाया?"

"वह स्वयं मेरे सिर आ पड़ी। वह तुम्हें घृणा करती है।"

"और तुमसे प्रेम करती है! तो तुम उससे शादी क्यों नहीं कर लेते?"

"तब तो जो-जो औरतें मेरे साथ सोती हैं, मुझे उन सबसे शादी करनी पड़ेगी?"

"बदमाश, कुत्ता!" और मैंने रिवाल्वर निकाल लिया है। राय की आंखें फैल गई हैं। उसने कुछ कहना चाहा, पर होंठ हिलकर रह गए हैं। मुंह से बात नहीं फूटती है। वह बाथरूम की ओर खिसक रहा है।

मैंने कहा, "हिलना नहीं। रिवाल्वर में बारह गोलियां हैं।"

और वह चीते की तरह मुझपर टूट पड़ता है। उसने मेरी कलाई पकड़ ली है। हम गुंथ रहे हैं। यह प्राणों का युद्ध है। मैंने उसे धर पटका है। उसका सिर फट गया। घायल सांड की भांति कराह रहा है।

मैंने रिवाल्वर को फिर जांच लिया है। मेरी उंगली घोड़े पर है। मैंने उसे दबोच रखा है।

"अब बोल, शादी करेगा?"

"नहीं।"

"नहीं?"

"नहीं"

"तो ले।"

धायं!

धायं!!

धायं!!!

सब खत्म। खेल खत्म। मर गया कुत्ता। गोली ने भेजा फोड़ दिया। कितना खून निकला है!

और एक बार देखकर मैं चल देता हूं। बेबी चीखती हुई आती है। एक नौकर भी है।

"हाथ ऊपर करो!" मैंने कड़ककर नौकर से कहा। नौकर हाथ उठाकर खड़ा हो जाता है।

"रास्ता छोड़ो!" मैं बेबी को एक ओर धकेलते हुए नीचे आता हूं।

चौकीदार और माली गाड़ी की राह रोके खड़े हैं। मैंने रिवाल्वर दिखाकर उन्हें डरा दिया है।

और मैं घर लौट रहा हूं। सामने की घड़ी में ग्यारह बज रहे हैं। अभी रिवाल्वर में नौ गोलियां और हैं। क्या हर्ज है एक और खर्च कर दूं! यहां कौन मेरा हाथ रोकेगा! लेकिन एक बार रेखा को और आंख भर देख लूं!

मैं घर आ गया हूं। रेखा पागल की भांति दौड़ी आई है। उसके चेहरे पर रक्त की एक बूंद नहीं है। मैंने उसे बता दिया है कि मैंने राय को मार डाला है। मैं उससे अनुरोध कर रहा हूं कि वह अपना एक नर्म-गर्म आलिंगन मुझे दे, और मेरे कंठ में गलबांही डालकर मुझे गोली मार दे। कुछ ज़्यादा दिक्कत नहीं होगी, कनपटी पर वह बेहोश हो गई है। मेरे मन में रह गई। उसका सिर फट गया है।

उसे बिस्तर पर लिटाना चाहिए। मैं उठा रहा हूं। अंक में भर रहा हूं।

परंतु यह लीजिए, पुलिस आ गई। "आइए।"

"जी हां, मैंने एक आदमी को गोली मार दी है। लीजिए यह रिवाल्वर है। इसमें नौ गोलियां और हैं। हां, हां, मैं चलने को तैयार हूं। लेकिन ज़रा-सा समय दीजिए। रेखा बेहोश हो गई है। इनके सिर में चोट लग गई है। ज़रा मैं इसके लिए..."

"क्षमा कीजिए, मिस्टर दत्त, हम मजबूर हैं। आपको अभी चलना चाहिए।"

"तब लाचारी है। चलिए साहब।" सब नौकर-चाकर आ जुटे हैं। प्रद्युम्न भी जग गया है। वह रो रहा है। 'डैडी, डैडी' पुकार रहा है।

अब मैं क्या कहूं? क्या करूं? क्या कर सकता हूं?

"बेटे मेरे, ममी का ध्यान रखना।" मेरे मुंह से निकला। आंसू भी निकले, और निकलते चले जा रहे हैं। बूढ़ा माली रो रहा है। वह रोते-रोते मेरे कदमों पर गिर गया है। मैं कह रहा हूं, "रामू, मालकिन का ध्यान रखना। अभी डाक्टर को बुला लेना। लो ये चाभियां हैं।" चाभियों का गुच्छा जेब से निकालकर मैंने उसे दिया है।

"चलिए साहब!...मैं जा रहा हूं, जा रहा हूं-डार्लिंग, मैं मैं जा रहा हूं। विदा, अलविदा!"

रेखा

घर के ही चिराग से घर में आग लग गई! अपने ही हाथों मैंने अपना सुहाग लुटा दिया! हाय रे भाग्य! इसे ही कहते हैं, स्त्री-बुद्धि, सर्वसंहार-कारिणी बुद्धि। पैदा होते ही मैं क्यों न मर गई! मां-बाप ने गला घोंटकर क्यों न मार डाला! जैसे सांपिन अपने ही बच्चों को खा डालती है, वैसे ही मैंने सोने का घर फूँक दिया!

लाज भी मैं निर्लज्जी कहां तक करूं? अब तो घर-घर द्वार-द्वार मेरी ही यशोगाथा का बखान हो रहा है। ऊंचे घर की बेटी और ऊंचे घर की बहू, उच्चशिक्षा प्राप्त मैं अंत में कुतिया बन गई! दर-दर, गली-गली कुत्तों के साथ मारी-मारी फिरने वाली कुतिया! हाय राम!!

कैसी भयानक है यह इंद्रिय-वासना, जो समाज के सारे ही ढांचे को छिन्न-भिन्न कर डालती है! परंतु एक असहाय, निर्बल नारी को समाज ने किसलिए केवल वासना का माध्यम बनाकर घर में रख छोड़ा है! पुरुषों को हज़ार काम हैं, जिम्मेदारियां हैं। उनकी समूची चेतना, सारी ऊर्जा-शक्ति उसमें उलझी रहती है। केवल विश्राम के वक्त जब ज़रा मस्तिष्क खाली होता है, वासना का आनंद वे उपभोग करते हैं; मानसिक

भोजन के रूप में। पर स्त्रियां तो चौबीस घंटे वासना में सराबोर होती रहती हैं। उन्हें न कोई काम है न ज़िम्मेदारियां हैं। मस्तिष्क शून्य रहता है और समूची चेतना बनाव-शृंगार और वासनामूलक प्रसाधनों और चिंतनों में डूबी रहती है। उनका यही काम रहता है कि दिन-भर पुरुष के आगमन की प्रतीक्षा करती रहें, और रात-भर वासना की आग में जलें, भुनें। पुरुष की प्रतीक्षा पूरक रूप में नहीं, जीवन-साथी के रूप में नहीं, वासना-पूर्ति के माध्यम के रूप में। कैसी भयानक है यह एकांगी समाज-व्यवस्था! खराब, बहुत खराब। स्त्रियों का अविकसित मस्तिष्क, भावुक हृदय यदि वासना के आवेश में अपना संतुलन खो दे, तो यह केवल उसी का दोष नहीं है, समाज-व्यवस्था का भी दोष है।

यौन आवेग मनःशारीरिक आवेग है। इसमें एक वह शरीर-आवेग है जिसका संबंध जननेंद्रियों की चरम उत्तेजना के बाद क्षरण पर सीमित है। दूसरा वह जो प्रत्येक जोड़ीदार में एक-दूसरे के निकट शरीर से मानसिक सम्पर्क स्थापित करता है। यौन प्रक्रिया बड़ी जटिल है। उसका संबंध मनःशारीरिक आवेग से है। घरेलू जानवरों एवं सभ्य मनुष्यों में तो यह एक सरल क्रिया है, परंतु प्राकृतिक अवस्था में यह उतनी सरल नहीं है। आवेग की चरम प्राप्ति के लिए पुरुष को अतिशय सक्रियता और आत्म-प्रदर्शन तथा स्त्री को दीर्घ साधना और ध्यान करना पड़ता है। मूल लक्ष्य यौन स्फीत की वृद्धि है। वह दोनों में समान रूप से, पूर्वराग द्वारा, जो शारीरिक भी हो और मानसिक भी, होना चाहिए। इस यौन स्फीत की धीमी-तीव्र गति ही में प्रेम की डोर बंधी होती है, खिंची हुई औरत अवश्य अवस्था में एक पुरुष को त्यागकर दूसरे पुरुष तक पहुंच जाती है, और यह भूल जाती है कि उसका कोई सामाजिक रूप भी है या नहीं।

स्त्रियां दूरदर्शिनी नहीं होतीं। उनमें स्वाभाविक दुर्बलताएं भी हैं और मानसिक भी। इसी से समाज ने उन्हें अपने नीति के बंधनों में कसकर बांधा हुआ है। आज तो

मैं उन सब बंधनों के महत्त्व को, आवश्यकता को समझ गई हूं। कल तक ही तो मैं उन सब बातों का प्रबल विरोध कर रही थी। तब मैं नहीं जानती थी कि मनुष्य का सामाजिक संगठन ही उसके व्यक्ति के सब स्वार्थों का संरक्षण है। पर 'अब पछताए होत क्या, जब चिड़िया चुग गई खेत!

किंतु अब दत्त की रक्षा कैसे की जाए? मैं अपना शरीर, प्राण और आबरू तक दे सकती हूं। मैं जान की बाज़ी लगा दूंगी और प्रत्येक मूल्य पर उनके प्राणों की रक्षा करूंगी। मैंने बेबी को मिला लिया था-वह राजी भी हो गई। और हमने तय किया कि हम अपना बयान बदल देंगे। यह बयान दे देंगे कि हत्या मैंने की है। बेबी गवाही देने को राजी हो गई थी। पर दत्त ने स्वीकार नहीं किया। मेरे आंसुओं पर भी वे नहीं पसीजे। और हरचन्द यही कहते रहे-मैंने राय को मारा है। मैं उसका जिम्मेदार हूं। वे कहते हैं कि मैं अपराधी नहीं। मैं उस आदमी को मारकर कर्तव्य का ही पालन किया है।

अब कौन उन्हें समझाए! एक मूर्ख बदनसीब औरत को, जो दुर्भाग्य से वासना का शिकार हो गई, इतना बड़ा दंड मिल रहा है। उसके जीवन का सब प्राप्तव्य छीनकर केवल जीवन-निर्जीव जीवन उसके लिए छोड़ दिया गया। अरे, इस पृथ्वी पर इतने नर-नारी रहते हैं। क्या कोई ऐसा भी है जो मुझ मंदभागिनी पर दया करे। मुझ पतिता के आंसुओं को देखकर पसीजे? सारा संसार ही निष्ठुर हो गया! क्यों नहीं! जिस पर विधाता ही रूठ गया उसे सहारा कहां मिलेगा? मुझे तो किसी ज्योतिषी ने भी नहीं बताया था कि मेरा दुर्भाग्य पहाड़ के बराबर बड़ा है। परंतु पहाड़ से पहाड़ ही टकरा गया!!

आंसू, आंसू, आंसू। यहां से वहां तक-घर से, जहां मैं दत्त के साथ सब सुविधाओं के साथ रहती हूं, और उस मनहूस कोठरी तक, जहां दत्त बंद हैं-मेरे आंसुओं की नदी बह रही है। किंतु अकेली मैं ही इसमें डूब रही हूं, सारी दुनिया तो अपनी ही धुन में

है। मेरे आंसुओं का किसी पर असर नहीं है, किसी पर नहीं है। आज दुनिया ने मुझे अकेली छोड़ दिया है, दत्त के साथ ही। आज ही तो मैंने जाना कि दत्त ही मेरी दुनिया थे। पति ही स्त्री की दुनिया होता है। पति ही स्त्री का सर्वस्व है, जीवन का सहारा है, सब कुछ है, सब कुछ है।

सुनीलदत्त

मैंने राय को गोली मारी है। बिलकुल ठीक किया है मैंने। मुझे इसका कोई पश्चात्ताप नहीं है, कोई अफसोस नहीं है। आप कह सकते हैं कि मैंने कानून को अपने हाथ में लेकर अच्छा काम नहीं किया। क्यों नहीं किया? ऐसे ही अवसर होते हैं जब तेजस्वी जन कानून को अपने हाथ में लेते हैं; उन्हें लेना चाहिए।

कानून न्याय नहीं है, व्यवस्था है, जो न्याय का स्थानापन्न है। उसका काम समाज का संतुलन कायम रखना है और इसलिए कानून के लिए कभी-कभी सत्य का, न्याय का उल्लंघन करना और व्यवस्था का कायम रखना ज़रूरी हो जाता है। परंतु व्यवस्था सामाजिक मर्यादा से संबंधित वस्तु है, चरित्र से संबंधित नहीं। हो सकता है कि कहीं-कहीं व्यवस्था चरित्र की अपेक्षा अधिक महत्त्वपूर्ण हो जाए और चरित्र की श्रेष्ठता की अवहेलना कर दे। परंतु वैयक्तिक दृष्टि से चरित्र ही की महत्ता है वैयक्तिक सौष्ठव की दृष्टि से चरित्र को ही तेजस्वी पुरुष व्यवस्था पर महत्त्व देते हैं और ऐसी व्यवस्था में कानून को उन्हें अपने हाथों में लेना ही पड़ता है।

बेशक मैंने कानून को अपने हाथों में ले लिया। मैंने राय को अपनी अंतरात्मा की आवाज़ पर मार डाला। वह आदमी, जो घर की पवित्रता को भंग करता है, दूसरे की विवाहिता स्त्री को व्यभिचारिणी होने में सहायता देता है, व्यभिचारिणी बनाता है, उसकी कम से कम सज़ा मौत है। वह समाज के लिए एक भयंकर खतरा है। वह एक हंसी-खुशी से भरपूर गृहस्थ की शांति को भंग करता है।

परंतु कानून में इसकी सज़ा नहीं है, आज के कानून में-जब व्यभिचार एक साधारण दोष माना जाता है। खूब समझदार, सभ्य, शिष्ट पुरुष समझते हैं कि व्यभिचार से आदमी का ज़्यादा कुछ नहीं बिगड़ता। शरीर को धो-पोंछकर साफ कर लिया जा सकता है। वे प्रेम को महत्त्व देते हैं; काम-वासना का वैज्ञानिक विश्लेषण करते हैं, जब स्त्री की, पुरुष की और कभी-कभी सबकी कुर्बानियां करनी पड़ती हैं। तब सुख-सुविधा और व्यक्तिगत अधिकार नहीं देखे जाते। दुनिया में युद्ध होते रहे हैं और तब लाखों मनुष्यों को रणांगण में जूझ मरना उनके जीवन का सर्वोत्तम ध्येय माना गया है। परंतु जीवन का सर्वोत्तम ध्येय हंसी-खुशी से जीवित रहना है, मरना नहीं। पर यह आपातकालीन धर्म है।

हो सकता है कि स्त्री-पुरुषों को गृहस्थ-जीवन में शारीरिक बाधाएं हों मानसिक बाधाएं भी हों-इतनी बड़ी, इतनी शक्तिमान कि जिनके कारण जीवन का सारा आनंद ही खत्म हो जाए। उस समय स्त्री या पुरुष दोनों को अपने उच्च चरित्र का त्याग और निष्ठा का सहारा लेना चाहिए, वासना का नहीं।

राय जैसे लम्पट समाज में बहुत हैं। ये लोग सभ्य समाज के कीड़े हैं, सभ्यता की मर्यादा को दूषित करनेवाले। आप उन्हें सह सकते हैं, बर्दाश्त कर सकते हैं। क्योंकि आपमें सत्साहस का अभाव है। पर मैं बर्दाश्त नहीं कर सकता। मैंने उसे बर्दाश्त नहीं किया। एक गंदे कीड़े को मार डाला। समाज को एक अपवित्रता से मुक्त कर दिया।

अभी जेल से अदालत आते हुए मैंने देखा है अदालत के बाहर हज़ारों नर-नारी मेरे लिए दुआ मांग रहे हैं। खासकर नारियां बहुत उत्तेजित हैं। वे सब मेरे समर्थन में हैं। वे समझती हैं। मैंने ठीक किया-समाज के खतरे को खत्म कर दिया, नारी की पवित्रता का धब्बा पोंछ दिया। वे लोग चाहते हैं कि मैं हत्या के अभियोग से मुक्त हो जाऊं; पर यह मैं कैसे चाह सकता हूं।

इतना भारी मैंने समाज का उपकार किया है, और अपने चरित्र की प्रतिष्ठा की रक्षा की है; परंतु कानून को अपने हाथ में लिया है। मेरे लिए वह आवश्यक था,

अनिवार्य था। अब कानून अपना काम करे मुझे उसका दंड दे। मैं नहीं चाहता कि लोगों के सामने यह उदाहरण कायम हो जाए कि कानून को हाथ में लेना व्यक्ति के लिए उचित है, और अनधिकारी लोग ऐसा करें।

असाधारण काम असाधारण पुरुष ही कर सकते हैं, जिनमें असाधारण क्षमता, शक्ति और धैर्य हो। वही असाधारण काम मैंने किया है। इसी से मुझे अपने ऊपर, अपने काम पर गर्व है। आप कह सकते हैं कि मैंने कानून के विरुद्ध काम किया है, पर आप यह नहीं कह सकते कि मैंने नीति विरुद्ध काम किया है। आप मुझ पर कायरता का आरोप भी नहीं लगा सकते, जोकि एक अत्यंत घृणित आरोप है। बस यही मेरे लिए यथेष्ट है।

आप कहेंगे, रेखा का भी तो दोष है। वह भी तो वासना के बहाव में बह गई। उसने तो कुलटा का आचरण किया, पति से विश्वासघात किया, पर-पुरुष को अपना देह सौंप दिया। उसे क्यों नहीं मार डाला?

ठीक है, आप शायद यही करते। राय को मार डालने का शायद आपको साहस न होता। पर मैंने ऐसा नहीं किया। रेखा पथ-भ्रष्ट हो गई। कुलवधू की मर्यादा उसने भंग की, मेरे साथ विश्वासघात किया। सब ठीक है। उसके विरुद्ध ऐसे ही और भी आरोप लगाए जा सकते हैं, जो साधारण नहीं हैं। समाज और गृहस्थ-धर्म की पवित्रता को भंग करने की दृष्टि से वे राय के अपराध से कम नहीं हैं। मैंने रेखा को गोली नहीं मारी। उसे अपनी सब संपत्ति की स्वामिनी बना दिया। परंतु आपने देखा नहीं, वह दंड से वंचित नहीं रही; उसने अपने-आपको स्वयं ही दंड दे डाला। ऐसा दंड जो मृत्यु से बहुत अधिक भीषण और कष्टकर है।

मैं घोषित करता हूं कि इसे जीवित रहने दिया जाए-सब सुख-सुविधाओं के साथ समाज के बीच। और दुनिया को देखने का अवसर दिया जाए कि रेखा के समान वासना का शिकार बननेवाली कमज़ोर मन की स्त्रियों को अंत में कैसे दिन देखने

पड़ते हैं; उन्हें समाज से कटकर, समाज की विष-दृष्टि में तिरस्कृत और दर्द-भरा असह्य जीवन व्यतीत करना पड़ता है-स्त्रीत्व के सब आशीर्वादों, सम्मानों, आनंदों, सुरक्षाओं और पुण्यों से रहित।

मैं समझता हूं, रेखा के लिए यह सज़ा काफी है, जो उसे मैंने नहीं-उसके नारी-जीवन ने दी है। परंतु रेखा के लिए मैंने जो सबसे बड़ी सज़ा दी है, वह यह कि मैं रेखा को अब भी उतना ही प्यार करता हूं जितना सदा से प्यार करता रहा हूं। और उसे केवल अपनी धन-संपत्ति और प्रतिष्ठा ही नहीं, अपना वह असाधारण प्यार भी-जो अछूता और उसी के लिए था-उसे दिए जा रहा हूं, जिसका अनिर्वचनीय आनंद उसने अनुभव किया, परंतु अब वह उसके जीवन के अंत तक असह्य दुस्सह दर्द बना रहेगा।

न्यायपति

यह प्रमाणित है कि अभियुक्त सुनीलदत्त एक प्रतिष्ठित और प्रतिभावान पुरुष है। वह राज्य का एक निष्ठावान आफिसर रहा है, और उसने कठिन अवसरों पर धैर्य और बुद्धिमत्ता का परिचय दिया है। उसका काम सराहनीय है, और उसे कभी गंभीर परिस्थितियों में भी मन का संतुलन खोते नहीं देखा गया। वह एक आदर्श चरित्रवान व्यक्ति है।

अभियुक्त पर हत्या के इरादे से मृत दिलीपकुमार राय के घर में जाने और उसकी हत्या करने का आरोप है। अभियुक्त ने स्वीकार किया है कि उसने यह हत्या की, और हत्या के ही इरादे से वह मृत व्यक्ति के घर गया। परंतु वह अपने को दोषी नहीं स्वीकार करता। उसका कहना है कि उसने अपने उच्च्च चरित्र और निष्ठा के आधार पर ही यह कृत्य किया है। वह यह स्वीकार करता है कि उसने कानून को अपने हाथ में लिया, परंतु वह यह नहीं मानता कि ऐसा करके उसने कुछ अनुचित किया है।

बेशक वह सिद्धांततः कानून को हाथ में लेने के विरुद्ध है; परंतु अपने को वह इसका विशिष्ट अधिकारी मानता है।

मृत पुरुष की हत्या हुई है, और यह हत्या दृढ़ निश्चय के साथ अभियुक्त ने की है। मैंने अभियोग के सब अंगों पर विचार किया है और मैं समझता हूं कि कानून की दृष्टि से कुछ बातें विचारणीय हैं, जिनके आधार पर निर्णय निर्भर है। कानून की नजर में छोटे-बड़े का भेद नहीं है। सब बराबर हैं। कानून में यदि नुक्स है तो इसकी ज़िम्मेदारी कानून बनाने वाली धारासभा पर है। मुझे केवल यह देखना है कि वर्तमान कानून जैसा भी है, उसकी यथार्थता की सीमा में जो व्यक्ति जिस रूप में आता है, इसका छोटे-बड़े का बिना विचार किए, निष्पक्ष कानून के अनुसार विचार होना चाहिए। इसलिए मैं जनमत या भावुकता को प्राथमिकता नहीं दे सकता, और यह निर्णय देता हूं कि अभियुक्त दोषी प्रमाणित है। और मेरी आज्ञा है कि उसे फांसी पर लटका दिया जाए, जब तक कि उसके प्राण-पखेरू उसके शरीर से पृथक् होकर अंतरिक्ष में न उड़ जाएं।

रेखा

आज साजन की विदाई का दिन है। झूल रहे हैं वे। मेरे साजन। मेरे कृष्ण कन्हैया। देखो लोगो! देखो! अरी कुलवधुओ, भले घर की बहुओ, तुम भी देख लो। अपनी बड़ी-बड़ी आंखों का सुफल ले लो।

हां, हां, मैंने ही उन्हें उस झूले पर चढ़ाया है, उनके प्यार का बदला चुकाया है कौन औरत मेरे इस काम में बराबरी करेगी!

अरी, वे झूल रहे हैं। गाओ, गीत गाओ। बड़ी भारी बरसात आई है। सावन-भादों की झड़ी लगी है। काले-काले बादल उमड़ रहे हैं, गरज रहे हैं बदरा। सावन में सब

सजनी झूलती हैं। आज मेरे साजन झूल रहे हैं। गाओ री गाओ, चुप क्यों हो! क्या सब मर गई! दुनिया में इतनी औरतें हैं, पर मैं अकेली ही गा रही हूं। कोई मेरे सुर में सुर नहीं मिलाती। क्यों? अरी सावन है, क्या रोज़-रोज़ आता है! गाओ, गाओ :

झुलना झुलाओ

झुलना...

ओह! सावन-भादों की यह झड़ी! इस बार बरसकर शायद फिर कभी न बरसेंगी ये आंखें। अच्छा बरसो, बरसो। अरी बरसो, खूब बरसो। मेरे साजन झूल रहे हैं। झूलो, प्यारे झूलो। खूब सुख मिल रहा है! आंखें मुंद गई हैं। बदन निढाल हो गया है। वाणी मूक और अंग निस्पंद हो गए हैं। ठीक, ठीक! आनंदातिरेक की यही तो पराकाष्ठा है। पर इस बार अकेले ही यह आनंद लिया! मुझे यहीं छोड़ दिया! अकेले? भला कहीं दुनिया में, लोक में, परलोक में औरत अकेली रही भी है? औरत क्या अकेली रहने को विधाता ने सिरजी है! जरा मुझे भी झुला लो। ओ प्यारे, ओ साजन! इतने स्वार्थी तो न बनो।

और यह क्या है? क्या प्रलय हो रही है! शताब्दियों का समतल का उत्तुंग हिमाचल गल-गलकर, जल-जलकर भूतल पर खिसका चला आ रहा है। क्यों! किसलिए! नगराज का क्या पतन हो रहा है? नहीं रे भाई, नहीं। भूतल पर आकर उसने गंगा का नाम धारण किया है। पतितों को पावन करने के लिए अपना पतन किया है। देख तो भगवान भूतभावन गंगा की धार को अपने मस्तक पर ले रहे हैं। अरी आओ, अभागिनी नारियो! मरने से पहले एक बार इस सुरसुरि में मज्जन कर आएं। सब पाप ताप हर हर ले जाएंगे। आओ री, आओ।

हा, हा! सभी नदियां तो महागंगा में मिलती हैं! नदी ही क्या, नाले, गंदे नाले भी मिलते हैं। मिलकर सब गंगाजल हो जाते हैं।

इक नदिया इक नार कहावत मैलोहि नीर भर्यो।

ज्योंही धार पड़ी गंगा में सुरसुरि नाम पर्यो।

अरी, सुरसरि नाम पर्यो।

प्रद्युम्न जग गया है। वह रो रहा है। डैडी कहां हैं? डैडी कहां हैं? चल बेटा, डैडी को ले आएं।

आज ही का है मिलन-दिन, आज ही उनकी विदाई। "चलो बेटा चलो। बस वक्त भी हो गया है। हां, योंही चलो। कपड़े बदलने का समय अब कहां है? ऐसे ही चलो!"

उन्हीं का तो यह कंठ-स्वर है? सुन रही हूं, सुन रही हूं, "रेखा, मैं जा रहा हूं। मैं जा रहा हूं।" जाओ स्वामी, तुम्हें जाना होगा। और मुझे रहना होगा।

सारा घर मैंने गंगाजल से धोया है, तुम्हारे लिए, तुम्हारे स्वागत में। लेकिन इस भूमि पर कहीं न कहीं तुम्हारी चरणरज होगी ही-इसी से घर के फर्श को चूमती फिर रही हूं। नौकर-चाकर रो रहे हैं। प्रद्युम्न रो रहा है। सब रो रहे हैं। मैं चूमूं न इस चरणरज को? मैं तो नित्य चूमूंगी।

हां, यहीं वे आकर विराजेंगे। अपने आंचल से-नहीं, नहीं, सिर के केशों से झाड़कर मैंने इस दालान के फर्श को साफ किया है। अरे लोगो, रोओ मत। मुझे मत रुलाओ; आज मेरे प्रियतम की अवाई है और आज ही विदाई है, आज ही है मिलन-दिन और आज ही है चिरविदाई। अरे हृदय, धीरज धर। संयोग-वियोग तो दुनिया के धब्बे हैं, तनिक तो कठोर बन अधर्मी! दूर रहो सब, दूर रहो। मुझे छूना नहीं। मुझे चूमने दो इस भूमि को। साजन आ रहे हैं आज। हां बेटा! चलो अब, उन्हें ले आएं। फिर उन्हें विदा भी करना होगा। मैं अभागिनी कर भी क्या सकती हूं? उन्हें जाना होगा, मुझे रहना होगा।

चलो बेटा! चलो मेरे लाल!

कोई गा रहा है :

आज गवनवा की साम।
उमर मोरी अजहुं है बारी।
आज।

साज-समाज पिया ले आए,
लाए कहरवा चार।

नदिया किनारे बालम मोरा रसिया,
देत घूंघट पट डार।

आज गवनवा की साम।
उमर मोरी अजहुँ है बारी।

***

www.ingramcontent.com/pod-product-compliance
Lightning Source LLC
LaVergne TN
LVHW050037181026
850499LV00051B/2344
* 9 7 8 9 3 5 4 8 6 0 1 4 0 *